겔리시온 I

- 신이 떠난 세상 -

신이 떠난 세상

차례

이야기 안내서

이야기를 이끄는 사람들

순수하고 강한 마음을 가진 모험가.
세상에 나아가며 온갖 차별을 극복하고,
모크샤를 깨우기 위해 자신의 운명과
마주하게 된다.

보리얀

보리얀의 진실한 친구. 고집은 세지만
눈치가 빠르고 약속은 지키는 성격.
불길한 저주로부터 보리얀을 꼭
지켜내리라고 마음 먹는데….

루딘

매사 차갑고 치밀하며, 안으로는 늘
불꽃같은 분노를 품고 있는 상급 슈라문.
조용하던 그의 인생은 뜻밖의 명령에 의해
송두리째 뒤바뀐다.

{ 훌라르 }

루딘의 아버지. 본래 재치 있으면서도
영민하고 유쾌한 성격이나, 본인의
의지와는 상관 없이 거대한 권력의
소용돌이에 휘말리게 된다.

{ 스루딘 }

보리얀의 아버지이자 서쪽 호수
'자일리아샤'의 최고 선장. 곧은 성품을
가진 성실한 뱃사람이며, 아내와 딸을
지극히 사랑하는 가장이다.

{ 바얀 }

보리얀의 엄마. 루에린인 이유로
차별받는 바얀과 함께할 만큼 강인하고
담대한 에실린 여인. 끝까지 자신의 딸이
선택한 길을 지지한다.

{ 샬리타 }

모든 것이 수수께끼 같은 할아버지.
간혹 미래를 예견하는 듯한 모습으로
보리얀과 루딘을 놀라게 한다.
과연 그의 정체는…?

{ 아파라티 }

홀라르가 존경하는 스승이자 수행자들의
도시에서 온 현자. 훌륭한 조언자로서
홀라르의 곁을 지키며 그를 자신의
아들처럼 아낀다.

{ 세네칼 }

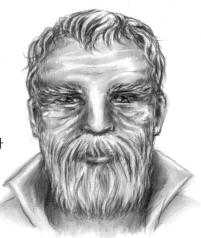

'성스러운 자'라고 불리는 무니안 중
한 명이지만, 사실상 권력의 하수인이다.
불우한 어린 시절은 그를 분노 조절 장애와
집착의 늪으로 빠트렸는데….

{ 제카르숌 }

세월이 흘러도 변하지 않는 황홀한
미모로 뭇 사내들의 마음을 뒤흔드는
황금 궁전의 주인. 늘 묘한 미소를
짓고 있는 그녀에겐 왜 마녀라는
소문이 따를까…?

{ 즈로이아 }

고아로 살아남아서 늘 생존이 목표였던 자라트라 요새의 병사. 잃어버린 그의 한쪽 눈에는 아끼던 이를 지키지 못한 가슴 아픈 사연이 있다.

{ 사타니크 }

동쪽 호수의 숨은 천재. 남다른 손재주로 발명품을 만들어내는 것이 특기이며, 요리 솜씨도 좋아서 선술집을 운영한다. 의외로 사타니크의 오랜 친구다.

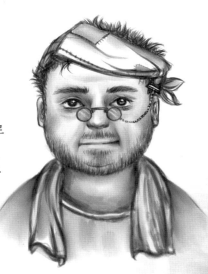

{ 채치트 }

중앙 섬의 자라트라 요새와 서쪽 호수를
관장하며 지령을 전하는 파견사. 정직한
군인의 표상으로, 바얀과 스루딘을 높게
평가한다.

{ **투르** }

자라트라 요새의 지휘를 맡고 있는
관리 장교 중 하나. 비참함으로 얼룩진
내면과 열등감 때문에 그만 큰 실수를
저지르는데….

{ **카슘** }

투르와는 결이 완전히 다른 파견사.
귀찮음이 많아서 잔머리를 잘 쓰지만,
정작 힘든 일들은 왜 죄다 그에게만
오는 것인지?

≪ 피트레온 ≫

집안 좋고, 성품도 훌륭한 자라트라
요새의 병사장. 보리얀을 위기의
상황에서 도와주게 되는 장본인으로,
그녀의 잠재력을 알아 본다.

≪ 지오투스 ≫

중앙 섬 남쪽의 부촌, 차루타스에 사는
하길웨인 의원의 아들. 어릴 때 훌라르
와의 인연이 있었으며, 남들이 모르는
특별한 능력을 가지고 있다.

하칠소아

하칠소아와의 옛 인연을 남 모르게
간직하고 있는 샤테이드의 어린 마녀.
즈로이아가 비밀리에 거두어 키웠던
자매들 중 하나.

히신스

중앙 섬에서 가장 존경받는 에실린
가문의 마지막 아이. 음모로 인해
병약해졌지만, 그녀를 이용하려는
세력과 싸울 만큼 당차고 현명하다.

{ 아르테스 }

눈치가 빠르고 영리한 시종. 스루딘을
보고 첫눈에 그를 주인으로 모실 생각을
가진다. 그 인연은 후에 다르게
이어지게 되는데….

{ 켄트라 }

바르벨루스 탑의 중앙 도서관에서
비밀리에 홀라르를 돕는 영민한 마에린 여인.
훗날 스루딘을 만나고 오래된 예언의
실현을 직접 확인하는데….

{ 미샤틴 }

무니안들의 수장. 사람의 심리를
교묘히 조종하여 주변의 모든 이들을
도구로 사용하며, 타고난 성격 장애를
자신의 권력 유지에 활용한다.

{ 솔리디몬 }

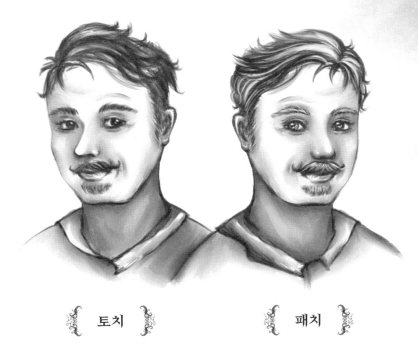

{ 토치 }   { 패치 }

보리얀이 자라트라 요새에서 만난 이란성 쌍둥이 병사들.
같은 부대에서 인연을 쌓은 사타니크를 도우며, 훗날 중앙 섬
동쪽에서 목숨을 걸고 활약한다.

신비로운 동식물들

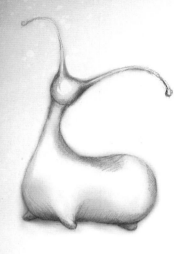

윕실론

창조의 신 에르가 만든 태초의 생물.
무한한 삶을 가지고 있어서 '시간 그 자체'
라고 볼 수 있다. 다른 생명체의 몸 속에
흡수되었다가 나올 수 있으며, 어두울 때는
몸을 밝게 빛내기도 한다. (보리얀을 '자기
야'라고 부른다.)

시타다라의 거북

신성한 동물들이 모여 사는 시타다라의 터줏대감. 동산만큼 커다란
등껍질은 온갖 신비로운 생물들의 집이 된지 오래다. 때가 되자
이 전설의 존재가 드디어 모습을 드러내는데….

비샤다

세 개의 발을 가진 거대한 불사조. 칠흑같이 검은 색으로 윤기가 흐르는 날개 속에는 화려한 색으로 빛나는 속 깃털이 있다. 무슨 이유에서인지 언제나 훌라르의 곁을 지킨다.

루드히라

시타다라에 있는 비샤다의 스승. 날렵하고 우아한 몸체와 고귀한 영혼을 가지고 있으며, 훗날 모크샤의 탄생을 위하여 큰 결심을 내리고 신성한 동물들을 규합한다.

메르모니아

예언을 하는 능력이 있는 신비로운 물속 존재. 본래 사람을 닮은 상체와
황홀한 꼬리 지느러미를 가진 아름다운 생명체였다. 대양 '샤'의 생물들이
모두 괴물로 변하기 전까지.

라플라

일명 '배 새'. 사람들이 탈 수 있을 정도로 큰 몸체와 깊숙히 패인 등판 때
문에 배로 활용된다. 하늘을 날 수 있으나, 뭍에서는 거의 움직임이 없고
늘 주눅이 들어 있다.

❧ 투케뻬쩨르 ❧

윕실론이 가장 싫어하는 악명 높은 물속 생물. 대양 '샤'에서 살고 있던 다른 생명체들과 마찬가지로, 뒤틀린 마라트의 기운에 의해 가장 무시무시한 괴물 중 하나가 되어버렸는데….

❧ 투팀 ❧

보리얀이 아파라티 할아버지의 목장에서 만난 숲 속의 동물. 비쩍 마른 몸집과 나뭇가지 같은 다리를 가지고 있으며, 눈망울은 황금색이다. 처음으로 보리얀에게 직접 말을 건다.

❴ 룸부 ❵

여러모로 삶의 낙이 없어 보이는 동물. 앞발이 퇴화하여 뒷발로 걸어다
니는데, 화가 나면 가슴팍의 구멍에서 뿔이 나온다. 보리얀이 다니는
견습 목장에 있는 가축이다.

❴ 미블 ❵

룸부와 마찬가지로 보리얀이 다니는 견습
목장에 있는 새. 까만 털실 공 같은 모양의
몸에 작은 날개가 숨어 있으며, 날지 못하는
특성 탓에 겁이 많고 순하다.

{ 헤사티오 }

수 천년 이상을 살 수 있는 거대한 나무. 은색 기둥과 호수의 물빛처럼 푸른 색을 띈 잎사귀들이 특징이며, 그 열매는 보리안이 가장 좋아하는 과일이다.

{ 이스다일 }

새벽에만 피는 난초과의 꽃. 고대의 요정 '니벨림'들의 발자취가 닿았던 곳에 피어난다는 이야기가 내려온다. 달콤한 꿀과 뿌리즙을 얻는 데 주로 쓰이며, 해독 능력 또한 탁월한 약초다.

세상의 지도

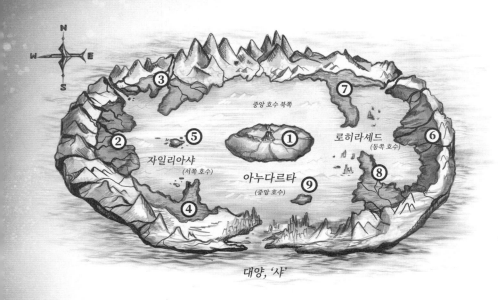

중앙 호수 북쪽

자일리아샤
(서쪽 호수)

로히라셰드
(동쪽 호수)

아누다르타
(중앙 호수)

대양, '샤'

전체 지도

❶ **중앙 섬 아누다르가야:** 대부분의 사람들이 동경하는 세상의 중심.

❷ **자일리아샤 중앙 마을:** 서쪽 호수에서 가장 번화한 곳. 보리얀의 고향.

❸ **자일리아샤 북쪽 마을:** 사람들 간의 차별이 심한, 춥고 척박한 땅.

❹ **자일리아샤 남쪽 마을:** 비교적 풍요롭고 문화적으로 발달한 마을.

❺ **잘리사야 섬:** 중앙 섬으로 가는 길목에 있는 '방랑자들의 섬'.

❻ **로히라셰드 중앙 마을:** 동쪽 호수의 세 마을을 대표하는 지역.

❼ **로히라셰드 북쪽 마을:** 수공예품 등의 물자를 중앙 마을로 보내는 곳.

❽ **로히라셰드 남쪽 마을:** 각종 향신료와 안료, 장식품들의 생산지.

❾ **샤테이드:** 괴물들의 본거지인 대양 '샤' 가까이에 위치한 마녀들의 섬.

{ 중앙 섬, 아누다르가야 }

❶ 중앙 화산: 전설적인 존재, '모크샤'가 천 년에 한 번씩 깨어나는 곳.

❷ 바르벨루스: 모크샤의 알을 돌보는 무니안들이 만든 성스러운 도시.

❸ 차루타스: 바르벨루스 남쪽에 위치한 커다란 부촌.

❹ 자라트라 요새: 대양 '샤'의 괴물들과 싸우는 병사들을 양성하는 훈련소.

❺ 시타다라: 베일에 싸인 영역이자, 신성한 동물들이 사는 신비스러운 숲.

❻ 네카루트 무기소: 자라트라 요새에 필요한 무기들을 공급해주는 장소.

❼ 케파르카: 세속의 생활을 떠나 조용한 삶을 선택한 수행자들의 도시.

❽ 스카투스 사막: 화산을 둘러싼 시타다라의 끝과 맞닿아 있는 광활한 사막.

❾ 미다스 궁: 중앙 섬에 유통되는 모든 황금을 생성하는 오래된 궁전.

이야기를 펼치며

　천 개의 강에 천 개의 달이 뜨는 밤이면, 나는 이야기들의 나무로 향한다. 그곳에서는 어찌나 아름다운 광경이 펼쳐지는지! 이 세상 각지에서 모인 이야기들이 밤새도록 무도회를 벌이면서 향기로운 음료를 마시며, 지칠 줄 모르고 자기 삶에 대한 수다로 거대한 나무 속의 공간을 가득 채운다. 단 한 번도 같은 선율이 반복되는 법이 없는 현란한 음악 속에서 이미 사라져 버린 이야기들, 지금까지도 되풀이되는 이야기들, 아직 시작되지 않은 이야기들이 서로를 만나고 또 다른 이야기를 엮어 나가는 그 풍경이란! 정말, 나같이 솜씨 없는 평범한 이가 그걸 어찌 다 말할 수 있을까.

이야기들이 도대체 어떻게 이야기를 나누냐고? 그야 제각기 다 나름의 방법이 있기 마련이다. 우리처럼, 그들에게도 형태와 특징이 있다. 어떤 이야기는 그저 평범한 요정이거나 아름다운 반인 반수의 모습이고, 어떤 이야기는 동그란 단추 모양이며, 또 어떤 이야기는 펠트 천으로 짜인 인형이거나 몇천 년은 되었을 것 같은 바위의 부조 같으며, 송홧가루로 이루어져서 뭉치고, 흩어지기를 자유자재로 할 수 있는 이야기도 있다. 어떤 이야기들은 심지어 동물인지, 식물인지 구별조차 되지 않는다. 몸집이 대왕 고래보다 몇 곱절은 큰 이야기도 있고, 생쥐의 눈보다 작은 이야기들도 있다. 그러니 상상할 수 있는 온갖 크기와 모양을 갖춘 그들이 한꺼번에 모이는 이야기들의 나무는 또 얼마나 웅장하고 거대하겠는가! 그 신비로운 장소에 깃든 마법에 대해 말하려면 입만 아플 것이다.

빛도 어둠도 없는 우주와 같은 공간에 자리한 이야기들의 나무는 마치 거대한 섬 같다. 수천 가지처럼 내려 있는 그 뿌리들 하나하나가 닿는 곳마다 헤아릴 수 없을 만큼의 커다란 강줄기가 흐르고, 수만 줄기로 뻗어 있는 우람한 가지마다 초승달부터 그믐달까지 가지각색의 시간을 나타내는 이 세상의 모든 달이 걸려 있다. 여기서 알아야 할 중요한 것은, 내가 말하는 '세상'의 의미가 지금까지 우리가 살면서 보아온 세상만을 뜻하지 않는다는 거다. 우리가 알고 있는, 그리고 알지 못하는 모든 시간과 공간의 조합은 모두 각기 또 다른 세상을 펼쳐낸다.

그럼 그 무수한 세상들에서 온 이야기들이 어디서 만나 서로를 알아갈 수 있을까? 바로 이 이야기들의 나무에서다! 속이 텅 비어 있는 거대한 나무의 기둥 속에는 별빛으로 수놓아진 등불이 영원히 반짝이며 연회장을 밝힌다. 그 한복판에서 서로가 어울려 신나게 춤을 추다가 지친 이야기들은 비로소 쉴 곳을 찾는다. 그들은 요상한 모양으로 튀어나온 기둥 안쪽 옹이들을 탁자 삼고, 그 아래 가장자리를 빙 둘러 늘어진 덩굴 뿌리를 의자 삼아 끼리끼리 모여 앉는다. 그리곤 마치 피로를 잊은 듯 목을 축이며 한바탕 수다꽃을 피우는 것이다. 그러다가 하품을 하며 좀 조용한 곳에서 쉬고 싶어진 이야기들은 나무 꼭대기로 향하는 층계를 층층이 올라가, '방'이라고 불리는 작은 구멍들로 들어가기도 한다. 이곳을 찾는 단골 이야기들만 아는 표현으로, 이러한 모든 시간은 '천 개의 강에 천 개의 달이 뜨는 밤'이라고 불린다.

이 나무가 언제 어떻게 생겼는지, 그리고 내가 여기를 어떻게 찾아냈는지는 또 다른 이야기다. 어쨌거나 중요한 건 문지기 위그노(이 또한 기구한 사연을 지닌 목각 난쟁이 친구인데 나중에 기회가 닿으면 그에 대해 소개하겠다)가 날 마음에 들어 한다는 것이다. 고맙게도 그는 내가 올 때마다 계속 이 신비로운 나무 안으로 들여보내 준다. 언젠가 고슴도치 머리에 메추리의 날개를 가진 이야기 '볼퍼팅어'를 만나 그의 말하는 지팡이에게 들은 것인데, 그 지팡이가 알기로는 이 나무를 운 좋게 찾아냈다 하더라도 원할 때마다 방문할 수는 없다고 한다. 그런데 나는 어떻게 단골 카페를 드나들듯이 이곳을 오갈 수 있게 된 걸까? 언젠가 한 번 위그노에게 그 이유를 물어봐야겠다. 늘 정신없이 바쁜 그 친구가 나와 길게 말할 시간이 있을지는 모르겠지만.

아무튼 내가 이 이야기들의 나무에 대한 이야기를 꺼낸 건 여러분에게 소개하고 싶은 이야기가 있기 때문이다. '스크룬하이'라는 젊은 모크샤에 대한 것인데, 내가 마침 그 전설의 주인공을 만나는 영광을 누렸으니 어찌 이야기하지 않을 수 있겠는가! 참고로 어떤 이들은 모크샤라는 신성한 존재가 고대 용의 후손이라고 믿는다. 그런데 내가 실제로 보니 오히려 불사조나 동방의 붕새(『장자』의 「소요유」 편에 나오는 전설 속의 새)를 닮은 것도 같았다. 들리는 말에 의하면 참아낼 수 없는 것을 참아내고, 견딜 수 없는 것을 견뎌야만 진정한 모크샤가 될 수 있다고 하던데. 도대체 어떤 일들이 있었길래? 나는 궁금증을 견딜 수 없어 그의 위엄이 주는 두려움을 삼키고 사정을 묻기로 했다.

　난생처음 모크샤의 장대한 모습을 본 그 순간은 아직도 생생히 내 머릿속에 남아 있다. 그는 이야기들의 나무 맨 꼭대기 가지에 조용히 앉아, 자줏빛과 황금색이 오묘한 무늬를 이룬 부리로 금강석같이 첨예하고 찬란한 겉 비늘과 진주처럼 온화하게 빛나는 속 깃털들을 다듬고 있었다. 그의 모든 움직임이 마치 솔잎에 이는 바람처럼 조용했기에 다른 이야기들은 그가 이 나무에 왔는지도 미처 몰랐을 것이다. 때마침 나는 나무 꼭대기 층에 있던 작은 방의 창문 너머로 그를 발견하는 행운을 누릴 수 있었다. 모크샤가 바로 내 눈앞에 있다니! 두근거리는 마음으로 그에게 다가가, 용기를 내어 말을 걸었다. 타오르는 흑갈색 불꽃과 같이 아득한 그의 두 눈동자란! 정말이지, 그가 나를 바라봤을 때처럼 심장이 떨렸을 때도 없었을 것이다.

　모크샤 자체가 정말 드물게 나타나는 존재인 만큼 그가 세상에 출현했던 이야기와 그것을 전하는 방법 또한 범상치 않았다. 나는 황송하게도 그의 부리에 손을 얹는 영광을 누렸고 그는 끝이 보이지 않는 거대한 날개를 펼쳤다. 촤르르 열리는 그의 겉 비늘이 마치 일렁이는 파도에 반짝이며 부서지는 달빛처럼 찬란하게 빛났다. 그 강렬한 빛에 나도 모르게 두 눈을 꼭 감았다. 그리고 바로 그 찰나, 나는 감은 두 눈으로 정말이지 모든 것을 볼 수 있었다. 이 젊은 모크샤가 살아온 그 엄청난 나날들을. 스크룬하이가 날개를 펼치는 순간에 나의 의식은 이미 그의 생이 있었던 시간과 공간에 다녀왔던 것이다. 그건 말이 필요 없는 이야기였으며, 그것이 그가 이야기하는 방식이었다.

내가 체험한 그의 역사가 얼마나 오랜 시간 동안 이어진 것인지는 가늠하기조차 어렵다. 그러나 내가 이야기들의 나무에서 다시 눈을 떴을 때 그는 오로지 날갯짓을 한 번 했을 뿐이었다. 경이로워하는 나의 얼굴을 보고 그는 웃으며 (적어도 나는 그가 웃는다고 느꼈는데) 시간은 상대적인 것이라고 했다. 그리고 내가 '다른 세상들의 이야기를 전하는 여행자'이며 진실되어 보이기에 그의 기억에 초대한 것이라고 했다. 나는 감사하는 마음으로 그의 이야기를 다른 이들에게도 전하겠다고 약속했다.

새벽달이 빽빽한 나뭇잎들을 푸르게 비추고, 그가 마침내 저 수평선 너머로 날아올라야 할 시간이 올 때까지, 나와 스크룬하이는 호기심 어린 별들이 빛나는 밤하늘 밑에서 끝없이 이야기를 나누었다. 그가 덧붙여 이야기해 준 예전 백일곱의 모크샤들의 전설만 하더라도 어찌나 대단하던지!

하지만 지금은 내가 만난 108번째 모크샤 '스크룬하이'에 대해 이야기할 차례이니, 그건 다음 세상의 달이 뜰 때 이어 나가도록 하겠다.

EPISODE I.

신이 떠난 세상

1장

﹛ 갈매기 무리 속의 까마귀 ﹜

"까악!"

검은 까마귀가 날아오른다. 새의 울음소리가 불안하게 허공을 울리는 거대한 호수. 자욱한 안개 저 너머의 높은 산꼭대기가 차가운 저녁 하늘빛으로 짙게 물들어 간다. 일렁이는 물결을 따라 고요히 떠 있는 배 한 척에는 흑갈색 눈동자를 반짝이는 소녀와 건장한 체격의 선장이 타고 있다. 하늘 위를 빙빙 도는 검은 새를 바라보며, 소녀가 나지막이 침묵을 깬다.

"아빠, 까마귀는 벌을 받은 새라면서요?"

소녀는 어딘가 언짢아 보인다. 그물을 정리하던 선장이 손을 멈추더니 소녀를 돌아본다. 축축한 바람에 젖어 흐트러진 검은 머리카락이 자신의 것과 똑같은 색이다.

"…우리 딸을 또 누가 놀렸구나?"

선장이 한숨을 쉬며 딸의 머리를 쓰다듬자 소녀는 입술을 조금 깨문다.

"나보고 까마귀라잖아요. 깍깍 울어보라고."

"그건 네가 달라서 그런 거야. 하지만 아빠가 늘 뭐라 그랬지?"

"다른 게 틀린 건 아니라고요."

"그렇지. 그런데 까마귀가 왜 벌을 받은 새라니?"

"까마귀가 어둠의 기운인 마라트의 꼬임에 넘어간 첩자여서 까매진 거래요. 자기네는 갈매기처럼 고귀한 에실린이라 은빛 머리에다가 선함을 타고났는데, 나는 머리카락도 새카만 것이 태생부터 글러 먹었대요."

"이런, 이런. 보리얀, 그런 터무니없는 말에 기분 상하지 말려무나. 어떤 사람은 창백한 피부와 은색 머릿결을 가지고 태어나고, 어떤 사람은 짙은 색 살결에 어두운 갈색 머리를 가지고 태어난 것뿐이야. 뭐가 더 좋다고 어찌 얘기할 수 있겠니? 그건 마치 백합이 하얗기 때문에 빨간 장미보다 더 아름다운 꽃이라고 하는 것과 같구나. 말도 안 되는 소리. 그리고 까마귀들은 현명한 새란다. 진주가 어디 있는지 알려주는 길잡이인걸."

"까마귀가 호수 속에 진주가 있는 곳을 안다고요?"

"그럼. 까마귀들이 빙빙 날아오르는 곳 아래에서는 늘 진주를 구하기가 쉽단다. 하지만 마라트가 보내는 괴물들을 피해 진주를 건져 올리려면, 재빠른 갈매기들처럼 눈치껏 행동해야 하지."

"그렇다면 까마귀들도 갈매기처럼 우리를 도와주는 새에요? 마라트의 첩자가 아니고요?"

"당연하지. 갈매기가 물고기를 잡는 어부들을 도와주는 새라면, 까마귀는 진정한 보물을 알아보는 눈을 가진 현명한 새란다. 중요한 건 갈매기도, 까마귀도, 백조도, 오리도 모두 서로를 헐뜯지 말고 도와야 한다는 거야. 특히 지금같이 힘든 시기에는."

스산하게 불어오는 바람이 머리카락을 흐트러트리자, 보리얀의 표정이 더욱 어두워진다. 그녀는 잠시 출렁이는 물결 속을 바라보다가 묻는다.

"아빠, 그런데 왜 갈수록 마라트의 괴물들이 점점 더 많이 나타나는 걸까요?"

"흐음. 사람들 말로는 모크샤가 깨어날 때가 가까워지면서 대양 '샤'에 있는 마라트의 기운도 세지고 있다는구나. 큰일이야. 호수로 올라오는 괴물들 때문에 진주를 건지기가 더 어려워지고 있으니…."

"참 궁금해요. 호수에서 건지는 진주를 몽땅 중앙 섬 화산의 분화구에 쏟아부어야 한다는데, 그게 어떻게 모크샤의 알을 만드는 걸까요? 정말 사람들이 그 많은 진주를 다 거기에 넣고 있을까요?"

"그걸 알고 싶다면 중앙 섬 '아누다르가'로 가야겠지. 모크샤의 알을 돌보는 것은 성스러운 자들인 무니안의 몫이니까. 커다란 바다만큼 넓은 이 자일리아샤도 우리 딸의 궁금증을 몽땅 담기엔 너무 작은 것 같구나."

선장 바얀이 천천히 키를 돌린다.

"다른 배들도 다 떠났으니, 오늘은 이제 그만 돌아가자. 이 호수 속에서 또 어떤 괴물들이 우리를 노리고 있을지 모르니까."

저무는 해가 호숫가 주변에 자리한 마을을 비춘다. 고즈넉한 노을 아래 둥근 지붕을 가진 이층집들이 옹기종기 모여 있다. 반짝이는 조개껍데기로 장식된 외벽의 무늬가 마치 물고기의 비늘 같다. 마을 사람들은 대부분 보리얀의 가족처럼 배를 타는 사람이거나 진주를 운반하는 이들이다. 보리얀의 집은 키 큰 나무들이 듬성듬성 자라고 있는 구릉지 위에 있는데, 아담한 집의 굴뚝에서는 하얀 연기가 몽실몽실 피어오르고 있다. 아마도 저녁 식사가 준비되고 있나 보다.

"오늘은 엄마가 우리보다 일찍 도착했나 보구나."

"와, 그럼 오늘은 맛있는 걸 먹겠다!"

보리얀이 탄성을 지르자, 바얀이 딸의 옆구리를 살짝 찌른다.

"허 참, 그러면 아빠가 해주는 건 맛이 없다는 거니?"

보리얀은 헤헤 웃으며 혀를 쏙 내밀고는 집으로 달려간다. 미소를 머금은 바얀이 그 뒤를 따른다.

난롯불이 타닥타닥 타는 가운데 조촐하지만 정성을 들인 저녁상이 차려진다. 보리얀의 엄마, 샬리타가 만드는 차르시크(둥근 옹기 접시에 곡물가루 반죽을 구워낸 후 꿀을 바르고 그 위에 구운 흰 살 생선과 레몬즙, 향신료를 곁들인 요리)는 단연 최고다. 단란한 분위기에서 맛있게 식사를 하는 가족은 도란도란 이야기를 나눈다. 향기로운 나무딸기 차를 마시고 잠자리에 들 준비를 다 마치면, 보리얀이 가장 기다리는 순간이 찾아온다.

"엄마, 오늘도 책 읽어주실 거죠?"

"글쎄, 아빠가 뒷정리를 좀 도와주면 시간이 있으려나?"

샬리타가 바얀을 보고 한쪽 눈을 찡긋한다. 바얀이 고개를 끄덕이자 그녀는 웃으며 보리얀에게 다정하게 말한다.

"자, 다 깨끗이 씻은 거지? 그럼 침실로 올라가 볼까?"

"네!"

보리얀은 신이 나서 콩콩 나무계단을 오른다. 방문을 활짝 열고 들어가 침대에 몸을 휙 던지고서는, 푹신한 이불 속에 폭 파묻혀서 고개만 쏙 빼놓는다. 샬리타는 작은 등잔과 아주 오래되어 보이는 두꺼운 책을 가지고 방으로 들어온다. 침대맡에 놓인 등불이 천천히 타오르며 그녀의 은빛 머리칼을 주황빛으로 비춘다. 이어서 샬리타의 하얀 두 손이 고대 언어로 쓰인 두꺼운 책 표지를 넘긴다. 보리얀의 아빠가 보물처럼 여기는 이 책에는 까마득한 옛날부터 내려오는 오래된 이야기가 그림과 함께 담겨 있다. 책장을 조심스럽게 넘기며 샬리타가 말한다.

"자, 어디 보자. '에르와 에린'. 여기 읽을 차례구나."

보리얀은 두 눈을 감고 엄마가 읽어주는 이야기 속으로 빠져든다.

"…이제 태초의 태양이자 세상의 시작, 그리고 세상의 끝인 '샤'가 어떻게 만들어졌는지에 대한 이야기를 마무리하고, 우리의 조상인 에린들이 어떻게 탄생하였는지에 대하여 살펴보도록 하자. 이는 내가 고대의 비밀을 간직하고 있는 성스러운 자인 '무니안'들을 보좌하며 알게 된 내용으로, 대양 '샤'를 만든 창조의 신 에르에게는 목표가 있었다고 한다. 그것은 자신의 부름을 받

드는 자들로 이루어진 거대한 빛의 제국을 만드는 것이었다. 에르는 신비로운 힘으로 '샤'의 증기를 끌어올려 거대한 구름 섬인 '겔리시온'을 만들었다. 겔리시온 한가운데에는 맑은 샘이 넘치는 '자일리아샤'라는 커다란 호수가 있었는데, 이는 현재의 서쪽 호수와도 이름이 같다. 그 신성한 땅은 태초의 자손이자 먼 고대 우리의 조상인 '에린(날개 있는 자)'들을 위한 것이었다. 에르는 태초의 자손인 에린에게 이러한 목소리로서 생명을 주었다.

"나의 자손아, 네 어깨에는 하늘의 새들이 지닌 자유가 있으리라. 네 눈에는 나의 은혜가 담긴 빛이 있을 것이며, 네 마음에는 너를 이끌 믿음이, 네 머리에는 그것을 실현할 의지가 있을 것이다. 하지만 너를 평안하게 할 지혜는 네가 평생을 다하여 구해야 하는 것이니, 늘 네 모습을 비추어 보아 나를 찾으며 네가 어디서 왔는지를 기억하라."

창조의 신 에르의 말대로 에린들의 등에는 각양각색으로 빛나는 날개가 있었고 눈동자에는 청명하고 밝은 빛이 가득했다. 또한 그들은 고매한 마음과 성실한 의지로 에르를 섬겼다. 그들은 에르를 도와 다른 피조물들을 만들고 관리했으며 항상 새들을 가까이 두고 에르의 상징으로 여겼다. 그러나 신의 지혜가 없었던 에린들은 에르의 신비한 능력과 끊임없이 계속되는 창조의 이유를 이해할 수 없었다. 에르는 그러한 에린들의 무지로부터 나오는 충성을 사랑했다. 그리고 신의 뜻을 따라 스스로 지혜를 얻고자 노력하는 에린 중, 최고의 현명함을 지닌 이들을 가까이 두고 아꼈다. 그러던 어느 날, 에르에게 가장 총애를 받던 에린 중 하나가 물었다.

"은혜로우신 어머니이자 아버지시여. 그동안 당신께서 창조하여 이 세상에 내린 생명 중 우리 에린들이 그 은혜를 가장 많이 입은 것을 잘 알고 있습니다. 그리고 당신의 곁에서 이 거룩한 일을 도울 수 있는 것을 커다란 영광으로 생각합니다. 하지만 이 어리석은 머리로는 도저히 알 수 없는 궁금한 것이 있기에 감히 여쭈어 봅니다. 에르께서는 작은 미물까지도 서로가 만나 새로운 생명을 낼 수 있도록 하셨습니다. 어미 새에게는 아비 새가 있고, 그들은 새끼 새를 낳지요. 그 새끼 새는 다시 자라 어미 새나 아비 새가 됩니다. 그런데 어찌하여 저희만은 그러한 힘을 주시지 않은 것입니까?"

그 말을 들은 에르는 열두 밤과 낮 동안 에린들에게 자손을 가질 수 있는 힘을 주는 것에 대하여 고민하였다. 에린은 지금껏 자신이 만든 다른 창조물들과는 전혀 다른 고등함을 지닌 존재들로, 그들에게 생식의 능력을 부여하는 것이 어떠한 결과로 돌아올지 알 수 없었기 때문이다. 그리하여 에르는 먼 과거에 자신과 한 뿌리에서 태어난 동료 신 중 가장 가까운 신이 만든 다른 존재들을 살피기 시작했다.

그중 에린의 아름다움과는 견줄 수 없을 정도로 미천하기는 했으나, 그들과 생김새가 비슷하고 영리한 생명체들이 있었다. 그 피조물에게는 날개가 없었지만 에린과 같이 두 팔과 다리가 있었다. 환경에 맞게 적응한 다양한 피부색과 머리색을 가지고 있었던 그들은 암수로 구분되어 자손들을 탄생시켰다. 그 때문에 이미 그들의 숫자는 에린보다 몇백, 몇천 배는 더 많았다. 그들은 '아만'이라고 불리었다.

에르는 아만을 창조한 신 오르와 긴 논의를 거친 끝에, 아만의 특징을 본떠서 에린에게도 성별과 생식능력을 부여하였다. 그러나 자손을 생산할 수 있게 된 대신 에린의 삶은 유한해졌다. 영생을 포기하고 생식 능력을 가지게 된 그들은 아만보다는 긴 수명을 누렸으며, 어느 정도 나이가 든 이후에 성별의 특징이 나타났다.

그러나 에린들이 성별을 가졌다고 해서 그들 모두가 자손을 낳을 수 있는 것은 아니었다. 이는 아만을 창조한 신 오르와는 다르게, 에르가 자신이 지정한 에린들에게만 새로운 영혼을 잉태할 수 있도록 허락했기 때문이다. 그 때문에 모든 에린들은 자손을 낳을 수 있다는 희망을 품고 살았으나 결국 선택받은 이들만이 아이를 가질 수 있었다. 또한 자신을 닮은 자손을 낳았던 아만들과는 다르게 에린에게는 유전이라는 특성이 없었다.

이는 에린들의 자손이 그 부모와는 상관없이 반드시 에르가 창조한 일곱 별(에린들은 달을 포함하여 에르가 만든 천체들을 모두 '별'이라고 칭하였다) 중 하나의 기운을 타고났기 때문이다. 따라서 에린들은 아이를 낳기 전까지 자신이 어떤 별을 타고난 아이를 낳게 될지 선택할 수도, 알 수도 없었다. 이러한 결정은 사랑하는 피조물들이 자신의 뜻대로 번창하길 원했던 에르의 선택이었다.

에르는 오르와의 합의 끝에 아만들에게도 작은 은혜를 베풀기로 하였다. 죽은 아만의 영혼을 선택적으로 거둔 에르는 구름 섬 겔리시온에서 그들을 고양시켰다. 그렇게 신의 축복을 받은 영혼들은 다시 아만의 세상에서 새롭게 태어나 현명한 지도자가 되어, 어리석은 자들을 바른길로 이끄는 역할을 했다. 이 모든 과정에는 에린들이 관여하였기에 아만들은 종종 에린을 '신의 대리자'라고 칭하였다. 간혹 새롭게 탄생한 이후에도 에르와 에린에 대한 기억을 간직하고 있던 아만들은 각종 제사 의식과 상징물을 만들어냈다. 그들은 신의 권능을 찬양하며 생을 마친 후에 다시 에르의 품인 겔리시온으로 돌아가기를 기원했다.

그런데 아만들이 에르를 신으로 섬기고 어떠한 생활양식으로 살아가던 정작 그들을 창조한 신, 오르는 개입하지 않았다. 오르는 에르와는 다른 방법으로 자신의 피조물을 사랑했기 때문이다. 그리고 그 다른 방법의 사랑은 에린과 아만의 운명을 바꾸어 놓았다. 미개하게 여겨졌던 아만들의 세상은 오르의 개입 없이 피조물들만의 주체적인 선택으로 점차 발전하게 되었다. 하지만 에르의 의지와 점차 마찰을 빚게 된 에린들의 세상은 기나긴 전쟁 속에서 그 신성함을 잃어갔다. '추락의 전쟁'이라는 그 큰 사건이 일어났을 때 다수의 살아 있는 아만들이 지원군으로 겔리시온에 들어온 이후, 에르가 떠나며 두 세상의 소통은 모두 사라지게 되었다.

이제 다음 장에서는 에린들의 날개가 사라지고 구름 섬 겔리시온이 멸망하게 된 역사적 사건, 추락의 전쟁에 대해 알아보자. 창조의 신 에르는 왜 자신이 그토록 아꼈던 피조물인 에린들을 떠났을까? 그리고 하늘이 내린 고매한 존재였던 조상과는 다르게, 에린의 후손인 우리는 어찌 세 쪽으로 갈라진 호수에서 물고기를 잡고 가축을 기르는 존재가 되었을까? 역사는 이것이 결국 창조의 신 스스로가 선택한 사랑의 방법이 불러온 비극이라고 전한다. 지금부터 펼쳐질 이야기는 그 전쟁에 대하여 알기 위해 우리가 먼저 짚고 넘어가야 할 부분이다.

⸻ ✦ ⸺

샬리타가 책장을 덮는다.

"오늘은 여기까지 읽자. 내일도 하루를 일찍 시작해야 하니까."

보리얀은 골똘히 천장을 응시하다가 묻는다.

"…엄마, 왜 창조의 신들마다 자기가 만든 존재들을 사랑하는 방법이 다를까요?"

"글쎄, 그건 우리랑 같지 않을까? 부모가 자기 자식을 사랑하며 키우는 방법이 다 다른 것처럼 말이야. 엄마와 아빠는 보리얀을 사랑하니까 배에 태우고 진주를 건지는 법과 고기 잡는 법을 가르치지만, 다른 아이들의 엄마, 아빠들은 또 다르게 생각하겠지. 그러니까 이웃들이 우리에게 걱정스러운 소리를 하면서 여자아이를 배에 태운다고 나무라는 것 아니겠니."

보리얀이 입술을 삐죽 내민다.

"그건 그 아줌마 아저씨들이 몰라서 그러는 거예요. 내가 얼마나 잘한다고요. 아빠가 그러시는데, 내가 또래 다른 남자애들보다 그물 올리는 힘도 세고 노도 더 잘 젓는대요."

"그럼. 엄마도 알지. 오늘도 네가 잡아 온 커다란 물고기를 봤는걸."

"그런데 말이에요, 창조의 신 에르는 아만을 만든 신하고 한 뿌리에서 나왔다고 하지 않았어요? 그 둘은 서로 전혀 다른 신들인 거예요? 아님 형제자매 같은 건가?"

"음…. 엄마에게 고대의 성스러운 문자를 읽는 법을 알려주신 네 외할머니께서 해주신 말씀인데, 신들은 구름과도 같다고 하시더구나. 서로 같지도, 다르지도 않다고 하셨거든. 언뜻 보면 다른 모양인 것처럼 보이지만, 합쳐지기도 하고 다시 흩어지기도 하고. 구름들이 서로 부딪치면 천둥과 번개를 만드는 것처럼, 신들 사이에도 그런 마찰이 생길 수 있지만 때로는 그것이 축복이 되어 비처럼 내릴 수 있다고 하셨어."

"저는 그게 무슨 말인지 하나도 모르겠는데요."

"사실 엄마도 잘 모른단다. 우리가 그런 일을 모두 이해하고 알 수 있었다면, 아마 '추락의 전쟁' 때문에 세상이 이렇게 되지는 않았겠지?"

보리얀이 두 눈을 반짝이며 샬리타에게 속삭인다.

"그런데 아만은 진짜 어떻게 생겼을까요? 아직도 그 다른 세상에 남아 있을까요?"

"전설은 어디까지나 전설일 뿐이란다, 보리얀."

"이 세상 어딘가에는 모든 우주의 이야기가 하나의 뿌리로 이어져 있는 거대한 나무가 있대요. 그 나무에서는 다른 세상에서 온 존재들을 볼 수 있다고 하던데, 혹시 거기서 아만을 만날 수 있지 않을까요?"

"그런 건 또 어디서 들었니?"

"아파라티 할아버지께서 말씀해 주셨어요."

"너도 참…. 그럼 혹시, 점심때 또 혼자 할아버지네 목장에 올라갔던 거니?"

"네."

"다른 아이들과 같이 가지 않고?"

보리얀은 이불 속으로 머리를 쑥 집어넣는다.

"……."

샬리타가 가만히 이불을 제자리로 돌려놓는다. 그리고 딸의 볼을 쓰다듬으며 나직한 목소리로 말한다.

"견디기 힘든 것 안단다. 아빠도, 너도 검은 눈동자와 머리색 때문에 말도 안 되는 일들을 겪는다는 걸 잘 알아. 심지어 엄마도 아빠와 함께 산다는 이유로 다른 사람들의 눈총을 많이 받고 있잖니. 그런데 그럴수록 우리가 더 당당해야 해. 우리가 그들을 피하면, 그들은 정말 우리에게 잘못이 있어서 그러는 줄 알 거야. 엄마 생각에는 네 진짜 모습을 알게 된다면, 분명 너와 친해지고 싶어 하는 아이들이 있을 것 같은데?"

"저 보고 까마귀래요. 저주받았대요. 우리 같은 애들 때문에 세상이 망했대요. 내가 착한 행동을 하면 바보가 되고, 아는 것을 얘기하면 잘난 체하는 것이 되고, 고기를 잘 잡으면 억척스러운 게 돼요. 나보고 어쩌라는 건지 모르겠어요."

"에휴. 엄마 같아도 그런 아이들과는 어울리기 싫겠구나. 그런데 나중에 엄마 아빠가 없을 때 네가 커서 같이 배를 탈 사람도 없고, 네 편이 되어줄 수 있는 친구도 하나 없다면 어떻겠니? 엄마는 그것이 걱정되는 거란다. 아니면 아파라티 할아버지처럼 혼자 목장을 할 수 있겠니? 너는 배를 타고 싶어 하는 아이라는 걸 엄마가 뻔히 아는데?"

보리얀이 작은 목소리로 중얼거린다.

"나한테 친구는 엄마, 아빠랑 아파라티 할아버지밖에 없어요. 언제나 그랬어요."

"좋은 친구는 또 생길 거야. 아직 우리에게는 시간이 많으니까, 천천히 하면 돼. 아빠도 엄마를 만났잖니. 그리고 주변 사람들과도 잘 지내잖아. 게다가 이젠 선장이기까지 하고. 너도 그럴 수 있어."

보리얀이 돌아누우며 통명스럽게 대답한다.

"그래도 나는 아마 선장은 못 할 거예요. 여자잖아요."

"그건 네가 커 보면 알 수 있겠지. 또 아니, 네 꿈이 바뀔지? 일단은 내일 잘 일어나야지. 시간이 늦었구나. 잘 자렴, 보리얀."

"안녕히 주무세요, 엄마."

보리얀의 이마에 입을 맞추고 방을 나가는 샬리타의 그림자 뒤로 오래된 나무문이 닫힌다.

한 걸음, 두 걸음. 샬리타가 조심히 옮기는 발걸음을 따라 나무 층계가 조금 삐걱댄다. 등잔을 가지고 내려오며, 그녀는 의자에 앉아 있는 바얀을 바라본다. 그는 탁자 앞에 고개를 숙이고 생각에 잠겨 있다. 이마에 얹은 깍지 낀 바얀의 두 손이 거칠고 투박하다.

"······."

샬리타가 그의 앞에 앉으며 낮은 목소리로 말한다.

"여보, 난 어릴 때부터 당신을 봐와서 알아요. 이곳에서 검은 머리인 루에린으로 산다는 것이 얼마나 힘든지. 그런데 보리얀은 심지어 여자애잖아요. 배를 타고 싶어 하는데, 앞으로도 얼마나 힘이 들까…."

바얀은 깊은 한숨을 내쉰다.

"아빠로서 보리얀에게 미안한 마음이 들어요. 그래도 난 우리 아이가 강하다고 생각하는데. 자기가 하고 싶은 것이 뚜렷하니까 이 세상을 살아가기가 힘들 수도 있겠지만, 자질로 봐서는 분명히 훌륭한 뱃사람이 될 수 있을 거예요."

"글쎄, 그 애한테 뭐가 가장 좋을지 모르겠네요. 꿈을 향해 가라고 우리라도 응원해야 하는 건지, 아니면 일찍 포기하는 법을 가르쳐야 하는 건지."

"아이들은 알아서 크는 힘이 있잖아요. 우리는 그걸 믿어야죠. 일단 보리얀의 마음을 이해해 주고 곁에 있어 주는 것이 가장 중요하지 않을까 싶은데…."

물끄러미 바얀을 바라보던 샬리타가 옅은 미소를 짓는다.

"모르겠어요. 엄마로 사는 것은 처음이라. 당신도 아빠 역할 하기 쉽지는 않죠?"

"하하. 난 그래도 좋은데요. 당신하고 사랑스러운 아이와 이렇게 행복하게 살고 있는데, 뭐든 다 견딜 수 있지."

샬리타가 바얀의 손을 꼭 잡는다.

"고마워요, 여보."

"고마운 건 나지요. 당신은 용감한 사람이에요, 샬리타."

조용히 타오르는 등잔의 불빛이 미소 짓는 두 사람의 얼굴을 비춘다. 샬리타의 은색 머리와 바얀의 흑갈색 머리가 이루는 그림자가 같은 빛깔로 벽을 채운다.

다음 날 아침, 아직 동이 완전히 트기 전이다. 창틀에 기대어 바깥을 바라보는 보리얀의 머리카락이 살랑인다. 새벽바람을 타고 날아온 갈매기 한 마리가 창틀에 앉는다. 보리얀은 하얀 새를 물끄러미 쳐다본다. 갈매기도 날개를 푸드덕거리며 보리얀을 마주 본다.

"나한테 먹을 거 없어."

보리얀이 중얼거리자, 갈매기는 고개를 갸웃거리더니 훌쩍 날아가 버린다. 보리얀은 한숨을 내쉬며 머리를 쓸어올린다. 조금 있으면 다른 아이들과 함께하는 견습 목장 활동에 참여해야 한다. 그래도 점심 이후에는 아빠의 배를 타러 갈 수 있으니 그때까지만 참으면 될 것이다. 엄마는 오늘도 아침 일찍 진주를 골라내고 담는 작업을 하러 가셨다. 작업장은 집에서 조금 멀지만 엄마는 한 번도 불평하지 않으셨다.

보리얀은 날아가는 새의 뒤를 따라 시선을 옮긴다. 조그만 점처럼 저 멀리 사라지는 갈매기 아래로 드넓은 호수의 풍경이 펼쳐진다. 물안개가 아직 가시지 않은 호수의 잔잔한 물결 위에는 나룻배들과 조금 더 큰 배들이 쉬고 있다. 물가 주변의 푸른 구릉지에는 작달막한 과일나무들이 어린잎을 내민다. 저 멀리 보이는 아파라티 할아버지의 낡은 오두막과 커다란 나무 한 그루 근처에는 보리얀이 견습 활동을 하는 목장이 있다. 선장인 아버지 바얀의 허락으로 벌써 배를 타는 법을 익히고 있지만, 보리얀은 아직 또래의 아이들과 함께 가축들을 다루는 법을 배워야 한다.

'지루해.'

생각에 잠긴 보리얀은 연한 보라색으로 밝아오는 구름을 바라본다.

'중앙 섬은 어떤 곳일까? 모크샤의 알은 어떻게 생겼을까? 까마귀는 정말 저주를 받은 새일까? 꼭 알아내고 싶어.'

보리얀은 낡은 나무 선반에서 지도를 꺼내어 침대에 펼쳐놓으며 중얼거린다.

"…여기, '아누다르가야'에서."

세상의 지도

보리얀의 작고 야무진 손가락이 가리키는 곳에는 중앙 호수 '아누다르타'
의 한가운데에 자리한 커다란 섬이 있다. 그 섬을 양쪽으로 둘러싸는 호수들
은 동쪽의 '로히라셰드'와 서쪽의 '자일리아샤'다. 보리얀의 집이 있는 곳은 서
쪽 호수의 마을 중 가운데 위치한 중앙 마을이다. 호수들은 사실상 바다만큼
이나 거대한데, 사람들은 육지 안에 둘러싸인 생활의 터전을 대양 '샤'와 구
분 짓기 위해 그저 호수라고 부를 뿐이었다. '샤'는 세상의 절벽 저 너머, 육지
의 생명은 닿을 수 없다고 알려진 전설의 대양이다. 그곳은 바로 어둠의 기운
인 '마라트'가 존재하는 금기의 장소이기도 하다. 소문에 따르면 '마라트'는 보
이지도, 들리지도, 아무런 향도 나지 않지만 매우 강력한 힘의 원천이라고 한
다. 그 기운이 만들어 내는 괴물들은 호수에까지 쳐들어와서 공포의 대상이

되고 있다. 흥미진진하게 지도를 바라보는 보리얀의 눈이 반짝인다.

"아빠 말씀이 맞아. 자일리아샤는 나에게 너무 작아."

햇빛 한줄기가 지도를 비춘다. 완연히 동이 터 오며 새벽안개가 걷히고 있다. 새들의 노래가 밝은 아침을 여는데 그중에는 까마귀 소리도 들린다. 보리얀은 그것이 듣기 싫다는 듯 눈살을 찌푸리고 지도를 접어서 넣어둔다. 그리고 침대를 대충 정리한 다음 후다닥 방문을 나선다.

부엌에는 부모님이 미리 준비해 놓은 작은 보따리가 놓여 있다. 보리얀은 내심 기대하는 마음으로 다가간다.

"오늘 점심은 뭐지?"

혼잣말을 하며 보따리를 조금 끌러보는 보리얀의 얼굴에 미소가 번진다. 점심 도시락이 마음에 들었는지, 보리얀은 신난 표정으로 보따리를 집어 들고 대문을 나선다.

바깥은 여느 때와 다름없는 아침이다. 말갛게 빛나는 조약돌들이 물가에서 햇빛과 아침 인사를 나누고 있다. 한적한 길을 따라 언덕으로 올라가니 은색 기둥을 가진 나무들이 서 있다. 보리얀은 잠깐 멈추어 서서 나뭇잎의 향기를 맡는다. 쌉싸름하면서도 달큰한 향내가 기분 좋게 코끝을 간지럽힌다. 보송한 솜털이 나 있는 잎사귀들은 은색을 띠고 있고, 끝으로 갈수록 호수와 비슷한 푸른색을 띤다. 가지마다 달려 있는 옥색 구슬 같은 열매들을 살펴보던 보리얀은 기쁜 표정으로 중얼거린다.

"이제 조금만 더 있으면 헤사티오 열매를 먹을 수 있겠구나."

헤사티오 열매는 보리얀이 가장 좋아하는 과일이다. 열매가 한번 열리기만 하면 꽤 빨리 자라는데, 크기가 어른 주먹만 해지고 표피에 은색 그물막이 생기면 다 익은 것이다. 단단한 껍질 아래로 꽉 차 있는 맛 좋은 과육 한가운데에는 작고 동그란 씨앗이 있다. 보리얀은 어렸을 때 그 은색 씨앗들을 모아 진주라고 생각하며 놀았다. 물론 헤사티오 진주를 함께 가지고 놀 친구는 별로 없었지만 큰 문제는 아니었다. 어차피 혼자 노는 것에 익숙했기 때문이다. 그렇게 놀다가 심심해지면, 보리얀은 모은 씨앗을 아파라티 할아버지네 목장으로 가져가곤 했다. 목장의 동물들은 헤사티오 열매의 과육보다 단단한 씨앗을 더 맛있게 잘 먹었다.

다른 집들과 멀찍이 떨어져 있는 아파라티 할아버지네 근처에는 엄청나게 큰 헤사티오 나무가 있다. 그 나무는 할아버지네 오두막보다도 큰데, 소문으로는 고대의 정령이 살고 있다고 한다. 사실 아파라티 할아버지에 대해 정확히 아는 사람은 아무도 없다. 그가 언제 어디에서 왔는지, 그 노인에게 가족이 있었는지 없었는지조차도 알 수가 없다. 그는 정직하고 자신의 목장을 성실히 가꾸는 노인이지만 사교성이 뛰어난 사람은 아니었다. 아이들은 무엇이든지 꿰뚫어 보는 듯한 그의 눈과 휘어 있는 지팡이를 무서워했다. 하지만 보리얀은 아파라티 할아버지가 들려주는 신비로운 이야기들이 좋았다.

보리얀은 헤사티오 나무에서 발걸음을 옮긴다. 새벽에만 피는 꽃 '이스다일'은 아침이 되자 다시 봉오리 모양으로 오므라들었다. 무릎까지 자라있는 그 난초들을 헤치며, 보리얀은 꽃봉오리가 다치지 않게 조심조심 걷는다.
'차라리 이런 돌멩이와 풀, 꽃들이 내겐 더 친구 같은 걸.'

보리얀은 한숨을 푹 내쉰다. 자신을 싫어하는 다른 아이들을 볼 생각을 하니 견습 목장에 다가가는 마음이 점점 더 무거워진다. 벌써 저쪽에서 다른 아이들이 투닥거리고 노는 소리가 들려온다. 그들의 소리가 점점 가까워질수록 보리얀은 입술을 굳게 다문다. 그리고 검은 머리를 질끈 묶은 후, 은빛 머리를 가진 아이들의 무리 한가운데로 뚜벅뚜벅 걸어간다.

한편, 항구에서 출항 준비를 마친 바얀 앞에는 낯선 사내가 서 있다. 깔끔하게 자른 짧은 은색 머리를 한 그는 고급스러운 옷차림을 하고 있다. 사내는 두꺼운 장부를 뒤적이며 묻는다.

"바얀 호의 선장이라…. 그렇다면 당신이 바얀이겠군요? 배의 이름은 보통 선장의 이름을 따르니까. 작은 배들을 여섯 척 정도 관리하고 있습니까?"

"네. 그렇습니다."

"음, 드디어 전설의 주인공을 만나보는군요. 이야기로는 들었습니다. 루에린들을 차별하는 것으로 유명한 서쪽 호수에서도 검은 머리 선장이 났다고 말입니다. 그만큼 배와 사람을 다루는 법에 탁월한가 보군요."

바얀은 멋쩍어서 고개를 조금 숙이다가 걱정스러운 얼굴로 사내에게 되묻는다.

"저기, 그런데 중앙 섬에 무슨 일이 있습니까? 왜 파견사께서 통보문도 없이 이렇게 급작스럽게 내려오셨는지…. 그리고 저는 중앙 섬의 지령을 직접 전달받을 최고 선장이 아닙니다. 게라트 씨가 저를 비롯한 열 명의 선장들을 대표하시는 분입니다."

"게라트 씨가 당신을 최고 선장으로 추천했습니다, 바얀."

"…네?"

사내가 장부를 닫고 바얀을 바라본다.

"그걸 알려주고 임명장을 전해주기 위해 직접 온 것입니다. 당신은 오늘부터 서쪽 호수의 최고 선장입니다. 마라트가 내보내는 괴물들의 상황이 날이 갈수록 심각해져서, 지금 중앙 섬으로 안전하게 진주를 옮길 인원이 부족합니다. 게라트 씨는 중앙 섬의 자라트라 요새로 거처를 옮겨서 정찰 명령을 수행해야 해요. 그곳으로 가는 데만 며칠이 걸릴 테니 아마 지금쯤 가족들과 함께 출발했을 겁니다."

바얀은 믿기지 않는다는 얼굴로 입을 다물지 못한다. 사내는 그런 바얀을 보며 빙그레 웃는다.

"놀랄 만도 합니다. 요즘 하도 상황이 어수선하다 보니 이렇게 전례 없는 일들도 생기네요. 아무튼 당신이 자일리아샤의 최고 선장이 되었으니 앞으로 우리 서로 자주 보겠군요. 인사가 늦었습니다. 아시다시피 나는 파견사이고, 편하게 '투르'라고 부르면 됩니다."

"예, 투르 씨. 제가 무슨 일부터 하면 되겠습니까? 예상하지 못한 일이라 좀 당황스럽네요."

"게라트 씨가 그러더군요. 이미 당신이 최고 선장이 하는 일들을 도맡아서 하고 있었다고. 단지 다른 사람들의 시선이 곱지 않아서 그렇지, 원래 이 자리는 당신의 몫이었다고 그러던데요. 그러니 장부 정리나 선박 운항은 이전처럼 계속하면 될 겁니다. 아, 물론 당신 배는 바뀌어야겠지요."

투르가 가리키는 호숫가 저편에서는 자일리아샤에서 가장 큰 배가 다가오고 있다.

"저기 보이는 배는 이제 '게라트 호'가 아니라 '바얀 호'입니다. 지금부터는 최고 선장으로서 서쪽 호수인 자일리아샤의 정찰을 도맡아서 하셔야 할 것입니다. 정찰은 여러 번 나가 보셨죠?"

"네. 게라트 씨를 대신해서 항상 제가 지휘하였습니다."

"좋습니다. 믿고 맡기도록 하지요."

투르가 임명장을 건네자 바얀은 그것을 공손히 받는다. 고급스러운 종이에 찍힌 인장에는 아누다르가야의 표식이 선명하다. 투르는 가슴팍의 주머니에서 무엇인가를 꺼내서 건넨다.

"게라트 씨가 전해달라고 했습니다. 마지막 인사도 못 하고 가는 것이 마음에 걸렸던 모양입니다. 통지문은 제가 전하지만, 다른 이들에게는 당신이 직접 상황을 설명해 주길 부탁하더군요."

바얀은 몇 번 접힌 종이쪽지를 받아든다.

"예. 선원들에게는 제가 얘기하겠습니다."

"그럼, 행운을 빕니다."

"고맙습니다."

투르가 저 멀리 걸어간다. 바얀은 우두커니 서서 커다란 배가 다가오는 것을 바라본다. 손에 들려 있는 종이쪽지를 펴고 읽어 내리는 그의 눈동자에 복잡한 마음이 스친다. 바얀은 손바닥으로 얼굴을 한번 쓸어내리더니 작게 한숨을 내쉰다. 그때, 뱃머리에서 누군가가 힘차게 손을 흔들며 그를 부른다.

"여어, 형님!"

펄럭거리는 돛들 사이로 호리호리한 은색 머리의 청년이 외친다.

"아니지, 최고 선장님! 이거 오늘 잔치라도 해야겠는데요? 누나랑 조카가 엄청 좋아하겠네. 형님 덕에 이렇게 서쪽 호수 최고의 배도 다 타보네요, 하하!"

바얀이 그를 보고 빙그레 웃는다.

"그래, 특히 네 조카 보리얀이 아주 좋아하겠구나."

그러고는 기뻐할 딸의 얼굴을 생각하며 다시 중얼거린다.

"…보리얀이 아주 좋아하겠어."

견습 목장에서 수업을 듣는 보리얀은 따분하다는 듯 우두커니 앉아 있다. 앞에는 덩치가 거대한 '룸부'가 풀을 씹고 있다. 보라색 얼룩이 있는 등을 보면 소처럼 생겼는데, 두 뒷발은 넙데데하고 앞발은 전혀 쓸모가 없는지 어린애 발바닥보다도 작다. 둥그스름한 얼굴에 토끼 같은 입을 연신 오물거리는 게 마치 평생 풀만 씹을 것 같은 모습이다. 아이들은 그 거대한 동물의 식사 광경을 탐구하듯 둥그렇게 모여 앉아 있다. 그 사이로 견습 목장의 지도를 담당하는 여자가 왔다 갔다 한다. 룸부와는 정반대로 바늘같이 뾰족하고 예민하게 생긴 그 여자가 묻는다.

"자, 그럼 누가 대답해 볼까? 왜 '룸부'가 키우기 까다로운 동물이지?"

한 아이가 심드렁하게 대답한다.

"그건 룸부가 생긴 것과 다르게 성질이 사납기 때문이에요. 특히 풀을 씹고 있는데 건드리면 뿔에 받히기 쉬워요."

"그래, 그런데 룸부의 뿔은 어디에 있다고 했지?"

같은 아이가 구멍이 나 있는 룸부의 가슴팍을 가리킨다.

"저기 큰 거 하나, 작은 거 하나요. 보통 때에는 가만히 있다가 위협을 느낄 때 튀어나와요."

"그렇지. 그럼 이번엔 다른 친구가 한 번 얘기해 보자. 보리얀, 룸부는 왜 빛깔을 바꾸지?"

보리얀은 이 예민하게 생긴 여자가 항상 자기를 걸고 넘어간다는 것을 잘 알고 있다. 특히 자기가 멍하게 있을 때는 더욱 그렇다. 그래서 그녀를 똑바로 바라보며 대답한다.

"나이 때문에요. 어린 룸부는 분홍색이에요. 크면 보라색이 되고요. 죽을 때가 거의 다 되어 갈 때는 갈색이 돼요. 보라색 룸부는 새끼를 낳을 수 있어요. 하지만…."

그때, 한 아이가 뒤에서 보리얀의 머리를 툭 치며 말한다.

"그럼 까만색 룸부는?"

아이들이 킥킥 웃는다. 보리얀은 한번 눈을 질끈 감고 다시 아무 일 없다는 듯 말을 잇는다.

"…하지만 새끼를 낳고 나면 금방 갈색으로 변해버려요. 갈색 룸부들은 특히 성질이 고약하죠. 그래서 가축으로 키우기는 힘들어요."

"그렇지. 잘 알고 있구나. 그럼 오늘 점심시간에는 보리얀이 남아서 다루기 까다로운 갈색 룸부들에게 밥을 주도록 하자."

아이들이 뒤에서 키득거린다. 보리얀이 대답 없이 릴테라를 쳐다보자, 그 예민한 여자가 묻는다.

"왜, 점심시간에 다른 할 일이 있니?"

그때 보리얀의 뒤에 앉아 있던 다른 아이가 소리친다.

"릴테라 님, 저 까마귀는 너무 바쁠걸요? 오늘도 정신이 오락가락하는 그 이상한 할아버지네로 곧장 가버릴 거예요. 거기 가면 뭐 모이라도 주나 보죠."

아이들이 와하하 웃는다. 누군가는 아예 보리얀의 머리를 잡아당긴다. 보리얀은 욱하는 마음을 참는다. 화가 나서 소리를 지르거나 아이들과 싸우기라도 하면 고스란히 자기 잘못이 될 것이 뻔했기 때문이다. 보리얀은 고개를 저으며 여자를 쳐다보고 말한다.

"아녜요, 릴테라 님. 오늘은 제가 갈색 룸부들 밥을 줄게요. 대신 내일은…."

예민하게 생긴 여자는 주위를 쭉 둘러보며 보리얀의 말을 끊는다.

"그러렴. 오늘 수업은 여기까지 하자."

아이들이 너도나도 자리에서 일어나서 달려 나간다. 어떤 아이는 심지어 보리얀의 머리를 툭 치고 간다. 야외 목장에 혼자 남은 보리얀은 하늘을 올려다보며 한숨을 내쉰다.

"봐요, 엄마. 난 절대 저 애들하고 친하게 지낼 수가 없다니까요."

보리얀은 천천히 갈색 룸부들이 있는 헛간의 빗장을 열고 들어간다. 짚이 깔려 있는 울타리 뒤로, 등에 갈색 반점이 있는 룸부들이 맥없이 누워있다. 입구 쪽에 쌓여 있는 건초를 안아 들고 룸부들에게 향하는 보리얀의 발걸음이 조심스럽다.

"밥 먹어야지, 밥."

도무지 꿈쩍할 기미가 보이지 않는 룸부들은 건초에는 관심조차 없는 것 같다. 룸부들 앞에 건초를 다 나눠줘 보지만 소용이 없다. 결국 별수 없다는 듯, 보리얀은 그들 앞에 앉아서 자기 점심 도시락을 펼치기 시작한다.

'엄마가 해준 맛있는 음식이라 아파라티 할아버지랑 나눠 먹고 싶었는데….'

각종 과일이 올려진 부드러운 프릿(고운 곡물가루만 골라내어 켜켜이 쌓은 반죽을 익힌 후, 새벽에만 피는 꽃 '이스다일'의 달콤한 뿌리 즙에 적셔 숙성한 다음 과일 등을 얹어서 먹는 간식)의 먹음직스러운 모습에 군침이 돈다. 한 입 베어 무니 향기롭고 달착지근한 풍미가 입안 가득 퍼진다. 입꼬리가 점점 올라가며 기분이 좋아진 보리얀은 아빠가 알려준 옛날 뱃노래를 흥얼거린다.

"집으로 데려다주렴, 작은 돛단배야.
나를 집으로 데려다주렴.
그 모든 기쁨을 다시 돌려주렴.
다시 데려다주렴, 나의 사랑에게로.
바람이 험난하고 부드럽지 않을 때,
나는 소리 높여 노래를 부른다네.
다시 돌아갈 수 있기 위해서,
나의 사랑하는 사람에게로."

노랫소리가 신기한지, 룸부들이 고개를 갸우뚱하며 쳐다본다. 보리얀은 건초를 집어 들고 룸부에게 몸을 조금 기울인다.
"…먹어볼래?"
건초를 들이밀어 보지만 룸부는 고개를 돌린다. 대신 프릿에 관심을 보이는 듯하다. 보리얀이 프릿을 조금 떼어 내밀자 룸부는 커다랗고 두툼한 코로 킁킁 냄새를 맡더니 오물오물 받아먹는다. 프릿 맛을 본 후, 게슴츠레했던 동물의 작고 까만 눈동자가 조금 커진다.
"맛있지? 헤헤. 근데 너희는 이런 거 먹으면 안 될걸? 들키면 큰일 나. 비밀이야. 알았지?"

보리얀은 미소 지으며 프릿을 조금 더 떼어서 건넨다. 룸부는 그 작고 까무
잡잡한 손을 잠시 쳐다보더니 또 받아먹는다. 한 룸부가 보리얀이 건네는 음
식을 먹으니, 다른 룸부들도 프릿에 관심을 보인다. 이번엔 다시 조심스럽게
건초를 건네 보지만 룸부는 싫다는 듯 고개를 돌린다. 그러다가 보리얀과 눈
이 마주치자 씹는 것을 멈추고 그녀의 눈을 뚫어지게 쳐다본다.

'왜 이렇게 쳐다보는 거지?'

가만히 숨을 죽이고 있는 그녀의 눈에 룸부의 조그만 눈동자가 비친다.
고요한 침묵 속에서 보리얀은 자기도 모르게 건초를 내려놓고 룸부를 향해
손을 뻗는다. 마치 느림보 룸부가 된 것처럼, 아주 천천히. 예민한 릴테라가
봤으면 위험하다고 난리가 났을 일이다. 이어서 작은 손이 룸부의 커다란
가슴팍에 닿는다. 하지만 릴테라가 누차 경고한 날카로운 뿔은 솟아나지 않
는다. 마치 열 주머니 같은 뜨거운 심장이 쿵쿵 뛰는 게 느껴질 뿐이다.

'다 죽어가는 줄만 알았는데…'

손가락 끝으로 전해지는 강한 심장 박동에 놀란 보리얀은 룸부의 눈을 가
만히 응시한다. 그러자 알 수 없는 슬픔이 점점 그녀의 온몸에 가득 차오르기
시작한다. 생생하게 전해지는 룸부의 감정에 눈가마저 촉촉해진다. 보리얀
은 마음속으로 이런 말을 건넨다.

'룸부들아, 무슨 일인지는 모르겠지만 너희들이 많이 슬픈 것 같은데 내가
지금 줄 수 있는 건 이 건초밖에 없어. 어떡하지? 우리 엄마가 만든 프릿이라
도 좀 더 먹어볼래?'

보리얀은 남아 있는 프릿을 모두 내민다. 룸부는 천천히 그것을 다 먹고서

물끄러미 그녀를 바라본다. 무언가 이야기를 건네는 듯한 눈빛이다. 그 눈동자를 들여다보는 보리얀의 두 눈이 놀라움으로 떨린다.

'뭐? 이제 마음이 좀 풀렸으니 건초를 먹겠다고?'

머릿속에 생각이 스치는 순간, 정말 룸부가 건초 쪽으로 코를 들이민다. 보리얀은 엉거주춤 건초 더미를 집어 들어 룸부에게 건넨다. 룸부가 먹성 좋게 그것을 모두 먹자, 그 모습을 가만히 지켜보던 다른 룸부들도 자기 앞에 놓인 건초를 먹기 시작한다. 보리얀은 그 광경을 믿을 수 없다는 듯 쳐다본다. 그녀는 눈가에서 눈물을 훔치고 오물거리며 건초를 씹는 동물들을 바라본다.

"…이상한 일이야, 정말."

2장
{ 처음으로 손을 내민 친구 }

"보리얀, 여기 그릇 좀 옮겨주렴."

"네, 엄마."

보리얀의 집에서는 잔치 준비가 한창이다. 활짝 열려있는 대문 안쪽에서 밝고 따뜻한 불빛과 먹음직스러운 음식 냄새가 흘러나온다. 작은 마당에 세워진 천막들이 저녁 바람에 살랑이고 그 아래로는 긴 나무 의자들이 놓여 있다. 서로 모여 앉아서 이야기꽃을 피우는 사람 중에는 다른 마을에서 왔는지 못보던 얼굴들이 많다. 샬리타와 바얀은 분주하게 오가는 사람들 사이로 손님을 맞이한다. 뱃사람의 옷차림을 한 사람들이 바얀에게 축하의 말을 전한다. 그들의 머리칼은 대부분 은색이다.

"바얀, 정말 축하하네. 항상 자네가 최고 선장이 되어야 한다고 생각했는데, 드디어 그날이 왔군!"

구불거리는 은빛 머리를 가진 선장이 함박웃음을 지으며 바얀의 어깨를 두드린다. 바얀은 환하게 웃으며 반가운 친구의 손을 잡는다.

"고맙네, 스루딘. 자네가 아니었다면 지금껏 버티지 못했을 거야. 관할 영역이 달라서 우리가 자주 못 보는 것이 늘 아쉬울 뿐이라네. 그런데 다른 이들도 이 상황을 반길지 모르겠군. 자네와 친한 선장들 빼고는 아무도 안 그럴 것 같은 예감이 드는데?"

"하하, 바얀. 여전히 걱정이 많군. 무슨 상관인가? 이미 자네는 자일리아샤 선장들의 최고 통솔권자야. 물론 시기하는 자들은 늘 있기 마련이지. 아직까지 자네의 머리색을 운운하는 덜떨어진 자들이 많은 것도 사실이고. 여기서는 검은 머리 루에린으로서 배에 오른다는 것도 힘든 일인데, 이제 자네가 최고 선장까지 되었으니 어디 그들이 마음 편하게 축하해주겠는가?"

"축하는 바라지도 않아. 이제부터 그들을 잘 이끌어야 하는 게 문제지. 내가 갑작스럽게 최고 선장이 된 탓에 자일리아샤의 질서가 무너지는 게 아닌가 해서. 안 그래도 요즘 괴물들의 상태가 심상치 않은데…."

"이렇게 세상이 어수선하니 자네가 더욱 필요한 거 아니겠나. 그들도 배가 아프겠지만 알 거야. 어선 관리며, 정찰이며, 진주 수집이며, 모든 면에서 자네가 가장 뛰어난 것을 어쩌겠나."

바얀은 허허 웃으면서도 복잡한 표정으로 고개를 젓는다. 스루딘은 바얀에게 가까이 다가가서 속삭인다.

"잘 알다시피 마라트의 힘이 점점 강해지고 있어. 예전에는 보도들도 못했던 괴물들이 나타나고 있단 말일세. 그래서 그 어느 때보다도 지금, 자네와 같이 실력 있는 최고 선장이 꼭 필요해. 우린 선택받은 세대니까 견뎌보자고. 십수 년만 버티면 된다고 하잖나. 그럼 드디어 이천 년을 기다린 모크샤의 탄생을 볼 수 있을지도 몰라."

"그렇지. 어둠이 너무 길었어. 이번에는 반드시 중앙 섬에서 모크샤가 깨어나야 해."

"걱정 말게, 바얀. 큰 목표가 있으면 우린 하나가 될 수밖에 없어. 그리고 생각보다 자네를 응원하는 이들이 많다는 것을 알았으면 해. 당장 내 아들부터도 자네를 가장 존경하는걸. 바얀 선장이 내 제일 친한 친구라고 늘 자랑하고 다닌다니까. 오늘 드디어 자네가 사는 곳에 와본다고 엄청 들떴지 뭔가, 하하. 아니, 그런데 얘가 어디를 갔나?"

스루딘이 주위를 두리번거리며 자신의 아들을 부른다.

"루딘!"

귀 뒤로 고불거리는 은색 머리를 가진 사내아이가 호기심 많은 눈으로 마당 여기저기를 기웃거린다. 그러다가 그만 그릇을 나르던 비슷한 또래의 검은 머리 소녀와 부딪힐뻔한다.

"조심해!"

소녀가 그릇을 꽉 붙잡는다.

"어이쿠, 미안."

소년도 그릇을 잡아준다. 그러다가 여자아이의 머리를 보고는 조금 놀란 듯 묻는다.

"너, 루에린이야?"

"응."

소녀는 시큰둥한 얼굴로 홱 뒤돌아서 걸어가다가 소년을 다시 보며 쏘아붙인다.

"뒤에서 내 머리 잡아당기면 가만 안 둔다."

소년은 조금 당황스러운 듯 두 눈을 껌뻑이더니 곧 소녀를 따라간다.

"안 잡아당길게. 근데 이름이 뭐야?"

"보리얀이야. 따라오지 말아줄래?"

"보리얀? 그럼 혹시 네 아빠가 바얀 선장님이야?"

"응."

"우와, 정말? 바얀 선장님은 자일리아샤에서 가장 멋있는 사람이잖아!"

보리얀이 걸음을 멈추고 소년을 흘긋 바라보더니 묻는다.

"너 누구야? 우리 아빠를 어떻게 아는데?"

"난 루딘이야. 우리 아빠도 선장님인데, 너네 아빠랑 제일 친한 친구래! 우리 아빠는 자일리아샤 남쪽 마을 모두를 맡고 계셔."

"남쪽? 그럼 혹시…. 스루딘 선장님?"

"맞아!"

보리얀은 접시를 마당에 있는 탁자에 내려놓고 소년에게로 돌아선다.

"스루딘 선장님 얘기는 많이 들었어. 그분 아들이 사고뭉치라는 얘기도 들었고. 그런데 너도 배를 타고 싶어 한다지?"

"응. 나중에 꼭 선장이 될 거야."

"나도 선장이 될 건데."

"너는 여자인데도?"

"맞아, 게다가 검은 머리지. 그래도 난 배를 탈 거야. 우리 아빠처럼."

보리얀이 내던지듯 말하며 나무 의자에 털썩 앉는다. 그리고 아이들의 세계와는 전혀 다른 곳에 있는 것처럼 웃으며 이야기를 나누는 어른들의 무리를 쳐다본다. 루딘은 그런 보리얀을 멀뚱멀뚱 바라보더니 곧 옆에 앉으며 고개를 끄덕인다.

"그래. 그럼 너도 선장이 되면 되겠네."

보리얀이 의아하다는 눈으로 그를 쳐다보자, 루딘은 무슨 문제라도 있냐는 듯 되묻는다.

"왜? 선장이 되고 싶다며."

"응, 그렇지."

"근데 뭐?"

"…왜 안 비웃어?"

"비웃다니? 내가 왜?"

"검은 머리 까마귀가 어쩌고, 여자애가 함부로 배에 타려 한다니, 뭐 그런 얘기 안 하냐고."

"이미 그런 소리는 많이 듣지 않았어?"

"응. 그러니까 물어보는 거 아냐. 왜 너는 그런 소리를 안 하는지."

"말도 안 되는 소리를 뭣 하러 해."

"……."

잠시 두 아이 사이에 침묵이 흐른다. 그러다가 루딘이 입을 연다.

"그리고 사실, 난 검은 머리 루에린들이 멋있다고 생각해."

"뭐?"

"음, 뭔가 특별하잖아. 이곳 자일리아샤에는 은색 머리만 너무 많아. 동쪽 호수 로히라셰드에는 루에린들이 더 많이 산대. 난 거기 가보고 싶어."

"동쪽 호수 사람들은 자일리아샤에 오고 싶어 할걸? 여기가 고대로부터 내려오는 신성한 땅이라잖아. 은색 머리 에실린들이 가장 많이 모여 사는 곳이기도 하고."

"에이, 다 옛날얘기지. 자일리아사는 세상이 추락하기 전에 있었던 신성한 샘의 이름이었던 건데 뭐. 너, '에린들의 역사' 기본 편까지는 다 알지?"

"치, 당연하지. 우리 엄마가 바로 성스러운 고대 언어를 아는 사람이라고. 저녁마다…."

보리얀은 집안 대대로 내려오는 책에 대해 말하려다가 그만 입을 다문다. 책에 대한 것은 반드시 비밀로 해야 한다는 엄마 아빠의 당부가 생각났기 때문이다.

"저녁마다 뭐?"

"…저녁마다 내가 얼마나 열심히 공부를 하는데."

보리얀은 얼버무리며 자리에서 일어난다.

"그럼 난 이만 가볼 데가 있어서. 좋은 시간 보내, 스루딘 선장님의 아들."

"내 이름은 루딘이라니까. 야, 너 어디 가는데?"

"음식을 날라야 해."

보리얀은 따라 일어서려는 루딘을 돌아본다.

"그리고, 따라오지 마."

루딘은 총총 집으로 들어가는 보리얀을 멀뚱히 쳐다본다.

부엌에서는 분주함과 기쁨으로 상기되어 있는 샬리타가 큼직한 꾸러미를 만들고 있다. 보리얀이 다가오는 것을 보고 그녀가 활짝 웃는다.

"그릇 다 놓았구나? 자, 여기. 아파라티 할아버지께는 네가 직접 가져다 드리렴."

"헤헤, 할아버지께서 되게 좋아하시겠어요."

보리얀은 신이 나서 엄마를 한번 꼭 안아주고 꾸러미를 챙겨 든다.

"다녀올게요!"

"너무 늦지는 말고."

보리얀은 집 밖으로 종종거리며 나간다. 보따리를 소중하게 들고 기분 좋게 대문을 나서는 보리얀 뒤로, 은색 머리 소년이 살금살금 따라 나간다.

번잡한 마당에서 나온 보리얀은 기분이 좋아서 콧노래를 흥얼거린다. 언덕을 오르자 풀요정들의 단조로운 노랫소리가 선명하게 들려온다. 걸음을 옮길 때마다 저녁에 피는 향기 버섯들의 빛나는 포자가 퍼져서 공기 중으로 흩어진다. 보리얀은 잠깐 멈추어서 위를 쳐다본다. 큼직큼직한 연한 보라색 구름들이 진홍빛으로 물드는 서쪽 하늘로 느릿느릿 향하고 있다.

'마치 룸부들 같아.'

견습 목장에서 보았던 룸부의 두 눈이 떠오른다. 아파라티 할아버지라면 그때 일어났던 그 이상한 일에 대해 설명해주실 수 있을지도 모른다. 다시 발걸음을 옮기려는데 자주색 빛깔을 띤 풀요정 한 마리가 팔랑이며 보리얀의 얼굴 가까이에서 춤을 추다가 저 멀리 날아간다.

"오늘은 날씨가 따뜻해서 그런지 풀요정들이 신났구나. 나도 날개가 있었으면 중앙 호수 아누다르타로 훨훨 날아갈 텐데…"

고대 에린들의 날개는 어떻게 생겼을까 상상하며, 보리얀은 아파라티 할아버지의 오두막으로 향한다.

아파라티 할아버지는 집 옆에 있는 거대한 헤사티오 나무 아래에 앉아서 마을을 내려다보고 있다. 그는 한 손으로 나무의 기둥을 쓰다듬으며 중얼거린다.

"암, 그렇고말고. 모든 것에는 때가 있는 법이지. 그 모든 것에는 다⋯."

그는 싱긋 미소를 짓더니 끙차 일어나며 나무를 향해 말한다.

"그리고 지금은 저녁때지. 저기 보리얀이 오는구먼. 자, 몇 이파리 실례하겠네."

아파라티 할아버지는 가까이 있는 나뭇가지에서 연한 잎사귀 몇 개를 조심스럽게 딴 후 주머니에 넣는다. 그리고 천천히 걸음을 옮겨 오두막의 대문을 열어놓은 다음, 작은 난로 위에 주전자를 올리고 물이 따뜻하게 데워질 때까지 기다린다.

둥그스름한 작은 주전자는 표면이 조금 거칠고 반투명한 녹색 돌로 만들어져 있다. 아파라티 할아버지가 주머니에서 헤사티오 잎사귀를 꺼내서 주전자에 넣는다. 잎사귀들의 향이 온 주전자에 그윽하게 퍼질 즈음, 보리얀의 목소리가 들린다.

"아파라티 할아버지, 계세요?"

"오, 그래. 어서 오렴. 마침 차가 다 준비되었구나."

보리얀은 가지고 온 음식을 아파라티 할아버지의 낡은 탁자에 올려놓으며 한바탕 이야기보따리를 풀어놓는다. 아빠의 새로운 배가 어떻게 바람을 가르는지, 이제 아빠와 삼촌들이 한배에 다 모여 탈 수 있어서 얼마나 기쁜지, 또 그 큰 배가 얼마나 많은 진주와 물고기들을 실을 수 있는지 등등에 대해 재잘거린다. 아파라티 할아버지는 그저 빙그레 웃고는 고개를 끄덕이며, 가끔씩 '아하', '그래? 그것참 대단하구나' 등 대꾸를 할 뿐이다. 그리고 드디어 보리얀이 숨을 돌릴 즈음 그는 넌지시 말한다.

"그런데 애야, 오늘은 그것 말고도 다른 이야기가 있어 보이는구나."

보리얀은 은빛이 오묘하게 감도는 헤사티오 차를 잠시 바라보더니 꿀꺽 잔을 비운다. 그리고 삐걱거리는 의자를 당겨 앉고서 낮은 목소리로 속삭인다.

"아파라티 할아버지, 저 아무래도 이상해진 것 같아요."

"그게 무슨 소리냐 보리얀. 너는 원래부터 이상했잖니."

"아이, 할아버지도 참."

"허허 맞는 소리 아니냐. 이상한 아이니까 이상한 늙은이를 찾아오는 거지. 그런데 아마도 평상시보다 더 이상한 일이 생겼나 보구나. 그렇지?"

보리얀이 고개를 끄덕이고 입을 연다.

"사실 견습 목장에서요…."

보리얀은 자신이 겪은 이야기를 아파라티 할아버지에게 말한다. 늘 반복되는 아이들의 괴롭힘과 릴테라의 부당한 지시, 갈색 룸부들에게 먹이를 주게 된 것, 그리고 그 동물의 눈동자를 마주 보았던 것 등등…. 보리얀이 이야기를 마치자 할아버지는 잠시 생각에 잠기더니 뜻 모를 미소를 짓는다.

"그랬구나. 따라와 보렴. 네게 보여줄 것이 있단다."

"네?"

"따라와 보래도."

아파라티 할아버지가 천천히 일어나더니 지팡이를 짚고 앞서 나간다. 보리얀도 엉겁결에 따라서 일어선다. 할아버지는 작은 오두막 뒤편에 있는 목장으로 향한다.

밖은 벌써 어둑어둑해져 간다. 청보라 색 하늘 사이로 이른 별들이 하나둘 떠오른다. 두 사람은 군청색으로 물드는 넓은 언덕의 두 점이 되어 말없이 걷는다. 그런데 멀어져 가는 그들의 모습 뒤로 또 하나의 작은 그림자가 소리죽여 따라가고 있다. 그 상황을 이미 눈치챘다는 듯, 목장을 향해 천천히 걸음을 옮기던 아파라티 할아버지의 얼굴에 미소가 번진다. 할아버지는 보리얀을 돌아보며 불쑥 말한다.

"드디어 네 또래의 친구를 사귄 게로구나, 보리얀."

"네? 저는 친구 없는데요. 잘 아시잖아요."

"그래? 그럼 이제부터 잘 만들어보면 되겠구나."

아파라티 할아버지는 낮은 콧노래를 부르고, 보리얀은 무슨 말인지 갸우뚱하며 할아버지를 따라간다.

할아버지의 발걸음 소리가 들리자 목장의 동물들이 하나둘 반갑게 일어선다. 그런 동물들에게 할아버지가 말을 건넨다.

"…아직 안 가고 여기 있었구나. 너도, 그리고 너도. 넌 이제 돌아가도 괜찮을 텐데?"

보리얀은 작은 목장을 쓱 훑어본다. 이곳은 울타리도 낮은 데다가 문까지 너덜거려서, 목장이라기보다는 온갖 동물들이 쉬어가는 쉼터 같다. 신기한 것은 기존의 동물들이 나가면 새로운 동물들이 알아서 여기를 찾아 들어온다는 것이다. 아파라티 할아버지는 가끔 헤사티오 열매나 잎사귀를 따다 줄 뿐 동물들의 젖도 짜지 않았고, 딱히 먹이도 주지 않았다. 하지만 마을 사람들은 이곳을 부를 마땅한 이름을 찾지 못했기에 그저 '목장'이라고 불렀다.

"보리얀, 이 새끼 투팀을 보렴. 본래 숲에서 살던 아이였지. 하지만 부모가 죽는 바람에 먹을 것이 없어서 내려왔단다. 나는 이 동물을 조금 돌봐 줄 수는 있겠지만 키워줄 수는 없어. 그게 왜인지 아니?"

보리얀은 나뭇가지처럼 곧고 가는 네 다리를 가진 투팀을 쳐다본다. 보송보송한 꼬리와는 다르게 비쩍 마른 몸통과 길쭉한 머리가 단단한 비늘로 덮여 있고, 커다란 두 눈동자는 황금색으로 빛난다.

"음…. 투팀은 잘 길들여지지 않아서 목장에서 키우기가 어렵지 않나요?"

"사실 이유는 단순하단다. 여기 동물들은 본래 이 울타리 안에서 살지 않았기 때문이지. 지금은 잠시 도움이 필요해서 이곳에 머물겠지만, 곧 자신의 영역으로 돌아가서 스스로의 힘으로 성장할 거란다. 그러니 누군가 억지로 이 안에 가두어서 키우려 한다면 그것은 이들의 삶을 침범하는 게 되겠지."

아파라티 할아버지가 지그시 보리얀을 바라본다.

"울타리는 표식이야. 크게 떠벌리고 다니지 않아도, 이곳이 누군가의 영역이라고 보여주는 거지. 목장들뿐만이 아니라 우리는 저마다 울타리가 있어. 그렇지 않니? 그 울타리를 무시하고 함부로 남의 영역에 들어갈 때 약탈이 일어나는 거란다. 그게 바로 고통의 시작인 게야. 눈에 보이는 약탈은 남의 재산을 훔치는 거고, 보이지 않는 약탈은 자유를 훔치는 거지."

"자유를 훔친다고요?"

"그래. 생각의 자유와 감정의 자유 말이다. 네 또래 아이들이 너를 괴롭힐 때도, 그 못난 애들이 자기 멋대로 네 마음의 울타리 안으로 들어와서 문제가 생기는 것 아니겠니. 너는 보리얀으로 태어났어. 그리고 그렇게 살아갈 자유가 있지. 하지만 그 애들이 널 뭐라고 부르지?"

"까마귀요."

"허허, 그놈의 까마귀. 그 애들이 네 마음속에 쳐들어와서 '보리얀'을 훔쳐 가고 까마귀를 데려다 놓는 게야. 그럼 어떤 기분이 드니?"

"아주 나쁜 기분이요. 까마귀 울음소리만 들어도 진절머리가 나요. 마치 평생 그렇게 저주받고 살 것 같은 생각이 들거든요."

"그렇겠구나. 하지만 까마귀가 저주를 받았는지, 어땠는지 그 애들이 보았다니? 무슨 근거로 그렇게 믿는다니? 그리고 너는 엄연히 두 팔과 두 다리를 가진 아이인데 어딜 봐서 새처럼 생겼다니? 기껏 해봐야 머리색 때문에 그렇게 말하는 걸 텐데, 생긴 모습으로만 보면 오히려 날개가 있는 갈매기가 까마귀와 더 닮았겠구나. 말도 안 되는 소리."

"그러네요. 정말 말도 안 되는 소리예요."

"암, 헛소리이고 말고. 하지만 아직도 까마귀의 '까'자만 들으면 기분이 나쁘지?"

"…네."

"그게 바로 그 못난 것들이 네 생각과 감정의 자유를 훔쳐 가서 그런 거란다, 보리얀."

"……."

보리얀은 잠시 묵묵히 있더니 묻는다.

"그럼 제가 그걸 어떻게 다시 찾을 수 있을까요?"

"아주 간단해. 네 울타리 안에서 보리얀인 양 행세를 하는 까마귀를 날려 보내고, 다시 네가 그 안으로 들어오면 되지."

"제가 다시 들어온다고요?"

"그래. 누군가는 자꾸 네 울타리를 넘어오려고 하겠지. 계속 네 자리에 까마귀를 넣어놓고 싶어서 안달이 날 게야. 하지만 진득하게 마음을 지키고서 네가 어떤 사람인지 잊지 않으면, 그 누구도 너를 해칠 수 없단다. 그래서 나중에는 까마귀던, 까막눈이던 그 어떤 소리를 듣더라도 네 울타리 안을 지킬 수 있을 거야. 알겠니?"

보리얀이 한숨을 푹 내쉰다.

"…근데 저는 제가 어떤 사람인지도 잘 모르겠는데요."

그러자 아파라티 할아버지가 빙긋 웃으며 묻는다.

"그래, 그것 참 좋은 질문이구나. 네 생각에 너는 어떤 아이니?"

곰곰이 생각한 끝에 보리얀이 입을 연다.

"음, 저는 아빠를 따라서 배를 타고 진주를 모으는 걸 좋아해요. 드넓은 호수가 하나도 무섭지 않거든요. 나중에 커서는 아빠처럼 커다란 배의 선장이 될 거예요. 그리고…."

보리얀은 잠시 생각하더니 덧붙인다.

"그리고 헤사티오 열매랑 엄마가 만들어준 프릿을 가장 좋아해요. 또, 엄마께서 저녁 시간에 책 읽어주는 것도 정말 좋아요. 하지만 어떤 책인지는 말할 수 없어요. 비밀이거든요."

"오, 아주 훌륭하구나. 그럼 그렇게 용감하고 똑똑한 아이의 이름은 뭐지?"

"저요? 보리얀이죠."

"그래, 그럼 보리얀은 그런 소녀로구나."

보리얀이 아파라티 할아버지를 보고 빙그레 웃는다.

"맞아요, 할아버지. 저는 그런 사람이에요."

아파라티 할아버지가 허허 웃자, 그 소리에 투팀이 두 귀를 쫑긋하게 세운다. 할아버지가 동물들을 가리키며 보리얀에게 묻는다.

"그렇다면, 보리얀. 저들은 누굴까?"

보리얀이 물끄러미 새끼 투팀과 그 곁의 야생 동물들을 바라본다. 대부분 어딘가 시원치 않아 보인다. 아파라티 할아버지가 나직한 말투로 말을 잇는다.

"보기에는 우리가 만든 울타리에 저 동물들이 들어와 있는 것 같지만, 사실 우리가 저들의 울타리를 쳐들어간 게지. 원래 저들은 숲속의 자손들이었단다. 고대의 에린들은 창조의 신 에르가 만든 모든 피조물과 어우러져 살았어. 우리의 마음이 다 하나로 이어져 있었단 말이다. 하지만 지금, 동물들은 더 이상 우리에게 말을 걸지 않아. 우리는 아예 그들의 이야기를 들으려 하지도 않지."

아파라티 할아버지가 긴 한숨을 내쉬고 말을 잇는다.

"아, 보리얀. 지금껏 너무나도 많은 약탈이 있었단다. 너무나도 오랜 고통 속에서…."

노인이 고개를 저으며 말끝을 흐리자 보리얀이 중얼거린다.

"전 그걸 봤어요, 할아버지. 그때 룸부의 눈에서요."

"그래. 너는 볼 수 있는 아이란다. 저들에게 귀를 기울이는 방법을 알지. 살아 있는 모든 것들과 이야기를 나누는 첫 번째 방법은 바로 그거란다. 들어주는 것 말이다. 드디어 네가 그걸 알게 된 때가 온 거야."

보리얀의 두 눈이 새끼 투팀의 황금빛 눈과 마주친다.

"……."

보리얀은 가만히 투팀의 눈동자를 응시한다. 그리고 룸부에게 했던 것처럼 마음속으로 말을 건다. 그 순간, 보리얀의 눈동자가 마치 동물의 두 눈처럼 황금색으로 변한다. 투팀과 보리얀은 마치 하나가 된 듯 서로를 응시한다. 그 모습을 보는 아파라티 할아버지의 눈빛이 떨린다.

'역시 맞았구나. 고대 루에린의 힘을, 저 아이가 가지고 있어!'

놀란 사람은 아파라티 할아버지뿐만이 아니다. 지금껏 수풀 속에 숨어서 모든 광경을 지켜보고 있던 은색 머리 소년은 입을 다물지 못한다. 구불거리는 머리카락이 입속으로 들어가는지도 모르고, 그는 눈동자 색깔이 변한 보리얀을 쳐다본다. 그러다 문득 누군가의 시선을 느껴서 고개를 돌리던 중 아파라티 할아버지의 두 눈과 정면으로 마주친다.

'헉!'

소년은 질겁하며 쏜살같이 언덕을 도망쳐 내려온다.

그날 밤, 많은 이들이 잠들지 못한다. 보리얀은 밤새 침대 위에서 뒤척이며 마음속에서 생생히 느꼈던 새끼 투팀의 이야기를 되뇐다. 분명 찰나의 순간이었을 그때, 보리얀의 눈앞에는 투팀이 자라온 숲의 모습이 선명하게 그려졌다. 심지어 투팀이 즐겨 먹던 이끼의 맛도 느낄 수 있었으며 지금껏 외톨이로 살아왔던 그 동물의 두려움도 느낄 수 있었다. 그 순간 그녀의 머릿속에는 처음으로 동물의 목소리가 들려왔다.

'너는 우리의 소리를 듣는구나.'

'어…?'

'조심해. 우리의 눈이 네 눈에 담길 때, 조심해야 해.'

'그게 무슨 말이야?'

'네가 우리를 보고 들을 때, 우리도 너를 보고 들을 수 있어.'

'너도 내가 보여? 내가 어떻게 살아왔는지 보인다는 거야?'

'그래. 그래서 선택한 거야. 네게 말을 걸기로.'

투팀의 목소리가 아직도 생생하다. 계속 뒤척거리던 보리얀은 결국 이불을 치우고 몸을 일으켜 앉는다. 난감하다. 이 상황을 엄마, 아빠한테 어떻게 설명해야 하는 것일까? 아니, 아예 얘기하지 않는 편이 나을지도 모른다. 살그머니 방문을 열고 아래층을 살펴보니, 엄마, 아빠도 아직 잠들지 않았는지 식탁에 등잔이 켜져 있다. 보리얀은 그들의 대화에 가만히 귀를 기울인다.

등잔불을 사이에 두고 바얀과 마주 앉아 있는 샬리타가 진지한 얼굴로 묻는다.

"…게라트 씨가 이렇게 글을 남기면서까지 당부한 데에는 분명 이유가 있었을 텐데. 그렇지 않아요?"

바얀이 고개를 끄덕이며 샬리타를 바라본다. 그들의 앞에는 게라트가 바얀에게 남긴 편지가 놓여 있다. 접어서 구깃해진 종이를 천천히 검지로 펴며, 바얀이 말한다.

"사실, 게라트 씨는 언제나 스루딘을 여기로 부르고 싶어 했어요. 여기 적힌 대로 원래 나 대신 최고 선장을 맡기려고 했다잖아요. 게라트 씨는 북쪽 마을을 걱정했던 거예요. 거기 사람들이 워낙 나 같은 루에린에 대한 반감이 심하니까. 내가 최고 선장이 된다면 당연히 그쪽 사람들이 가만있지 않을 거라 생각했겠죠. 문제는 스루딘이 그 자리를 맡지 않겠다고 고집을 피워서 결국 내가 하게 된 건데….”

바얀이 말끝을 흐리자 샬리타가 그의 손을 잡는다.

“여보, 우리는 스루딘을 옛날부터 봐 왔어요. 그 사람은 늘 당신이 최고 선장이 되길 바랐잖아요. 스루딘의 고집, 잘 알죠?”

“그럼. 어릴 때부터 아주 유명했으니.”

“어쩌면 당신이 스루딘을 여기로 다시 돌아오게 할 수 있을지도 몰라요. 예전에 마라트의 괴물한테 그 사람 가족들이 그렇게 당했을 때도, 아예 두 번 다시 배를 타지 않으려던 걸 당신이 설득했잖아요. 그래서 아직까지 그가 선장으로 남아 있는 거 아니겠어요? 이번에도 당신의 부탁이라면….”

샬리타가 바얀의 표정을 살피자 그는 깊은숨을 내쉰다.

“하지만 그때도 그가 여길 떠나서 남쪽 마을로 가는 건 결국 막을 수 없었잖아요. 그 끔찍한 일을 잊고 새로운 곳에서의 삶을 시작하고 싶어 했으니까. 그리고 문제는 그 친구 아들 루딘이에요. 꼭 자기 아버지처럼 배를 타겠다고 한다는데, 스루딘이 안 된다고 해도 점점 세게 고집을 피운다네요.”

“아휴, 그 성격이 어디 가나요. 꼭 닮았군요.”

“허허 그러게요. 사실 오늘 잔치에서도 나를 붙잡고 부탁하더라고요. 자기 아들 좀 말려달라고.”

“이런. 말리기는커녕 아예 여기로 다시 부르게 생겼으니….”

“어쩔 수 없죠. 스루딘 대신 골치 아픈 자리에 앉게 되었잖아요. 잘해내려면 그 친구의 도움을 좀 받아야지요. 게라트 씨가 맞아요. 그가 여기 있다면 큰 힘이 될 거예요. 남쪽 마을에는 스루딘을 따르는 부선장들이 많잖아요. 그들과 함께 조직을 좀 개편한다면, 북쪽에서도 함부로 하지 못할 테니까.”

"그럼 스루딘에게는 어떻게 말을 꺼낼 생각이에요?"

샬리타의 물음에 바얀이 조용히 웃는다.

"실은 아까 그가 떠날 때 작은 선물을 줘서 보냈어요. 풀어봤다면 아마 오늘 밤에 잠은 못 잘 텐데."

밤하늘이 내려앉은 사이로 별빛이 빛난다. 길 한가운데 덜거덕거리는 바퀴 소리가 깊은 밤의 고요를 가른다. 고급스러운 조가비 장식이 박혀 있는 수레에는 근심스러운 얼굴의 스루딘이 타고 있다. 그의 손에는 작은 꾸러미와 함께 중앙 마을 선장으로 임명한다는 바얀의 발령서 겸 편지가 들려 있다. 꾸러미 안쪽에는 나무로 만들어진 오래된 선장 목걸이가 보인다. 앞면에는 자일리아샤 중앙 마을의 문양이 새겨져 있고, 반대 면에는 선장이라는 표식과 함께 '스루딘'이라고 쓰여 있다. 스루딘은 세월의 때가 묻어 있는 목걸이를 살짝 쓰다듬는다. 고향인 중앙 마을에서 바얀과 함께 선장이 되었을 때 받은 것이었다. 돌이켜보면 아직도 어제 일처럼 생생하다. 스루딘은 한숨을 푹 내쉬며 중얼거린다.

"아이고, 바얀. 자네에게 이걸 주고 떠날 때 이 물건을 두 번 다시 볼 일이 없을 줄 알았는데."

그는 탄식하듯 읊조리며 다시 목걸이를 쳐다본다. 그렇게 묵묵히 앉아 있던 그는 이내 마음을 다잡은 듯 뒤를 돌아본다.

"루딘, 계속 거기 있을 거냐?"

대답 없는 루딘은 수레 끝에 앉아서 별들이 빛나는 하늘을 멍하니 쳐다보고 있다. 스루딘은 좀 더 큰 소리로 다시 부른다.

"루딘!"

루딘이 천천히 고개를 돌린다. 스루딘이 아들에게 타이르듯 말한다.

"도대체 정신을 어디에다 두고 있는 거냐."

"…생각할 게 많아서요."

"생각할 게 많다고? 나도 그렇다. 와서 얘기 좀 하자."

루딘이 말없이 눈을 껌뻑거리자 스루딘이 손짓을 하며 부른다.

"아, 얼른!"

잠시 후 수레에서는 루딘의 환호성이 들린다. 드디어 자일리아샤에서 으뜸 가는 바얀 선장과 진짜로 한배를 타게 되었다는 둥, 자기도 꼭 승선시켜야 한다는 둥, 소년은 신이 난 목소리로 얼른 이삿짐을 싸자고 조른다. 수레를 끄는 동물들이 놀란다며 제발 조용히 좀 하라는 스루딘의 목소리와 함께, 은색 머리 부자를 실은 수레가 점점 멀어져 간다.

홀쭉했던 달의 모양이 통통해질 만큼 시간이 흐른다. 온화한 햇살이 자일리아샤 호수를 비추는 평화로운 어느 아침, 커다란 돛을 단 '바얀 호'가 빛나는 물결을 가르며 호수의 한가운데로 나아간다. 선원들이 갑판 위에서 분주히 움직이고 있다.

"여기 풍경은 여전하군, 그래."

스루딘은 끝이 보이지 않는 호수 저 너머를 응시하며 엷은 미소를 짓는다. 그의 목에는 바얀이 주었던 나무 목걸이가 걸려 있다.

"그래도 자네가 없는 사이 많이 변했지. 목장들은 물론이고, 배들도 많이 늘었어."

옆에 서 있는 바얀이 스루딘의 어깨에 손을 얹는다. 조금 떨어진 곳에서 항해하는 배가 눈에 들어온다. '스루딘 호'라고 쓰여 있는 그 배는 각종 조개 장식으로 화려하게 꾸며져 있다. 우아한 자태로 물살을 가르는 뱃머리와 후미의 장식이 돋보인다. 스루딘 호는 당분간 최고 선장의 배를 엄호하는 역할을 맡게 된 보좌선이다. 그리고 오래된 관습대로, 보좌선의 선장 스루딘은 최고 선장의 배에 함께 탑승하여 항해한다.

"하하하, 스루딘. 자네 배야말로 어찌 그렇게 변한 것 하나 없나. 저 요란한 치장은 언제나 봐도 적응이 안 된다니까. 마라트의 괴물들이 보면 놀라서 도망가겠네."

스루딘이 바얀을 대뜸 돌아본다.

"왜, 저게 남쪽 마을에서 가장 유행하는 무늬였다고. 자네, 분홍 살 따개비의 껍데기가 얼마나 쓸모가 많은 줄 아나? 바닷물이 스미는 것도 막아주고, 보기에도 좋고, 화려하고, 멋스럽지."

"음. 내 귀엔 보기 좋고, 화려하고, 멋스럽다는 말은 다 똑같은 의미로 들리네만."

바얀의 말에 스루딘이 장난스럽게 코끝을 찡긋하며 되받는다.

"허허, 이 사람. 그게 어떻게 같나. 하여간 다행인 줄 알게. 만약 최고 선장을 뽑는데 미적 감각이 요구 조건이었다면, 자네는 배 타는 것은 고사하고 아예 처음부터 목장 행이었을 거야."

목장이라는 말에 바얀이 무언가 생각난 듯 스루딘에게 묻는다.

"아, 참. 자네가 이사 온 데가 우리 집과 가까우니, 루딘이 오늘 보리얀과 같은 견습 목장으로 갔겠군. 루딘은 목장에 가는 걸 좋아하나?"

스루딘이 고개를 절레절레 흔들며 한숨을 내쉰다.

"정말이지 그 녀석은 도통 누구를 닮았는지 모르겠어. 예전 마을에 있던 견습 목장에서는 아예 이동 조치를 받았다고."

"왜? 또 사고를 쳤나?"

"말도 말게. 하루는 그 견습 목장에 끝까지 남아 있다가 열쇠를 훔쳐서, 거기 있는 동물들을 몽땅 풀어주었다네. 그것도 아주 떳떳하게 자기가 그랬다고 말을 하더라니까. 난 배에 있느라고 그 일을 저녁때나 알았지. 더 기가 막힌 건 뭔 줄 아나?"

"…뭔데?"

"화가 난 주인이 펄펄 날뛰며 애를 잡으려고 하니까 그 목장 주인을 동물들 대신 헛간에 가둬두고 나왔다는 거야. 그 말을 듣고 내가 깜짝 놀라서 서둘러 그 목장으로 갔더니, 세상에, 그 주인이 진짜 자기 헛간에 갇혀 있지 뭔가! 이른 밤이 다 되도록 말일세. 얼마나 소리를 질렀는지 목이 다 쉬어서 완전히 기진해 있더라고."

"아이고, 저런. 주변에 아무도 없었나?"

"그 사람 이웃들이 있었지. 하지만 그 주인이 하도 소리를 지르고 동물을 함부로 하는 게 일상이어서, 또 무슨 화풀이를 하는 거겠거니 하고 신경 쓰지 않았다더군."

"흠…. 정말 그런 작자였다면 루딘이 이해가 갈 것도 같네만."

"아무튼 루딘이 그 일 이후로 다른 견습 목장으로도 못 가는 바람에 내 배에 태워서 데리고 다녀야 했지. 그러다 보니 그 애가 더 뱃사람이 되고 싶어 하는 것 같아. 사실, 여기에서도 사고를 칠까 봐 좀 걱정된다네."

스루딘은 생각만 해도 아주 피곤하다는 얼굴로 절레절레 고개를 흔든다. 바얀은 그런 스루딘의 어깨를 툭툭 쳐준다.

"천하의 스루딘이 걱정은 무슨. 괜찮아. 내가 봤을 땐 루딘은 잘 클 걸세. 아이들은 스스로 자라는 힘이 있지 않은가. 여기서도 좋은 친구 한둘만 사귀기 시작하면 잘 적응할 거야."

스루딘이 잘 모르겠다는 듯 어깨를 한번 들썩하더니 중얼거린다.

"글쎄. 그 괴짜 놈에게 친구가 생길런지…."

같은 시간, 견습 목장에서는 수업 준비가 한창이다. 보리얀은 처음으로 아이들의 관심이 자신을 괴롭히는 것이 아닌 다른 데에 쏠리는 것을 느낀다. 그리고 자기 옆에 앉은 새로운 얼굴을 슬쩍 바라본다. 구불거리는 은색 머리가 귀 아래까지 오는, 커다란 은회색 눈의 남자아이가 두 눈을 껌뻑거리며 턱을 괴고 앉아 있다. 그 소년을 두고 다른 아이들이 수군거린다.

"쟤가 그 스루딘 선장님 아들이래."

"어쩜, 자기 아빠랑 똑같이 생겼네. 잘생긴 것 좀 봐."

"치, 잘생기기는. 계집애 같은걸."

오늘도 잔뜩 예민해 보이는 릴테라가 조용히 하라는 듯 손뼉을 치자 아이들의 수군거림이 잦아든다. 릴테라는 주위를 쓱 둘러보더니 새로운 소년에게 말한다.

"자, 그럼. '루딘'이라고 했나? 남쪽 마을에서도 배웠을 텐데, 지금 마당에 있는 동물들에 대해 한번 얘기해 볼까?"

루딘은 커다란 눈을 껌뻑거리며 종종종 뛰어다니는 주먹만 한 동물들을 쳐다본다. 검은색 털로 뒤덮인 동그란 몸통에 다리는 세 개인데, 두 눈과 뾰족한 부리가 몸에 거의 붙어 있는 것 같다. 앞에 있는 한 다리로 땅을 디디면 나머지 두 다리가 목발이 앞으로 나가듯 움직여서 뒤뚱거리는 모습이 좀 우스꽝스럽다.

"귀엽네요."

소년이 릴테라를 보고 대답한다. 그녀는 잠시 아무 말도 하지 않더니 선심을 쓴다는 듯 다시 묻는다.

"그렇지. 이것들의 이름은 알고 있니?"

"아뇨."

몇몇 아이들이 키득키득 웃는다. 릴테라가 애써 미소를 지으며 말한다.

"이 날지 못하는 새들은 '미블'이지. 미블은 주로 땅에 떨어진 꽃씨를 먹거나 꿀을 먹고 사는데, 이 새들의 알은 독성이 있어서 먹을 수 없단다."

"네. 그건 저도 알아요. 그런데 '미블'은 우리가 붙인 이름이잖아요. 저는 저 동물들이 자기네끼리 어떻게 부르는지 모르겠는데요. 쟤네들의 진짜 이름 말이에요."

루딘은 대답하며 진지한 눈으로 릴테라를 쳐다본다. 그런 소년을 빤히 바라보며, 그 예민한 성격의 여자는 자신의 견습 목장 지도 경력에 또 하나의 난관을 만났음을 직감한다. 그녀는 입꼬리에 힘을 주더니 애써 루딘을 무시하듯 휙 돌아선다.

"자, 지금부터 미블을 관찰하는 시간을 가져볼 거란다. 두 사람당 미블 한 마리씩 들고 자리에 들어가렴, 어서."

우르르 몰려드는 아이들에게 겁을 먹은 미블들은 뒤뚱거리며 도망친다. 시큰둥한 표정의 보리얀은 앉은 자리에서 꼼짝하지 않는다. 루딘은 그 모습을 멀뚱히 보다가 앞에 있는 미블을 한 마리 조심스럽게 들어서 보리얀에게 내민다.

"…여기. 두 사람당 한 마리래."

보리얀은 루딘이 내미는 미블을 쳐다본다. 불안해 보이는 미블은 까만 털실 공 같은 둥근 몸속으로 얼굴을 더 파묻는다. 보리얀은 자신도 모르게 그 조그만 동물의 눈을 바라본다. 동그란 짙푸른 눈동자가 불안으로 가득 차 있다. 바들바들 떨리는 그 겁먹은 시선을 보고, 보리얀은 동물의 몸에 천천히 손을 뻗으며 중얼거린다.

"괜찮아. 겁먹지 마."

잔뜩 긴장한 채로 두리번거리던 미블의 두 눈이 보리얀의 눈동자와 마주친다. 보리얀은 그 불쌍한 동물을 진정시키려는 듯 지그시 미블의 두 눈을 바라본다. 그러자 까만 털공 같은 몸에 파묻혀 있는 미블의 눈이 점점 커지며 보리얀을 응시한다. 보리얀의 눈에 미블의 눈동자가 겹치며 그녀의 눈동자가 변하려 하는 순간, 루딘의 손이 보리얀의 눈을 가린다. 보리얀은 놀라서 시선을 돌려 그를 쳐다본다. 다른 아이들이 눈치채지 못하게 루딘은 살짝 고개를 저으며 속삭인다.

"안 돼, 여기서 그러면…."

보리얀은 순간 당황하여 아무 말도 하지 못한다. 루딘이 심각한 표정으로 다시 속삭인다.

"너, 변하잖아. 눈 색깔."

"…뭐?"

보리얀이 당황해서 묻는데, 갑자기 그녀의 머리 위로 미블 한 마리가 푸다닥거리며 떨어진다.

"으앗!"

놀란 보리얀이 떨어지는 미블을 얼른 받아들고 주위를 살핀다. 뒤에 앉은 녀석들이 실실 웃고 있다. 그중 한 아이가 빈정거린다.

"야, 까마귀. 뭘 쳐다보냐? 시꺼먼 게 딱 네 친구 같아서 줬는데."

아이들이 키득거린다. 보리얀은 신경 쓰고 싶지도 않다는 듯 고개를 돌려버린다. 엉겁결에 보리얀의 손에 들리게 된 미블 두 마리가 서로를 멀뚱거리며 쳐다본다. 보리얀은 조심스럽게 동물들을 다시 마당에 놓아준다. 그러자 루딘이 뒤의 아이들을 돌아보고 묻는다.

"너희 아까부터 계속 그러던데, 보리얀이 왜 까마귀랑 친구야?"

"보면 모르냐? 저주받은 루에린이잖아. 저 징그러운 머리카락 색 좀 봐."

뒤에 앉은 아이가 말하자 주변의 아이들이 따라서 킥킥 웃는다. 루딘은 잠시 두 눈을 끔뻑이더니 짧은 대답을 내뱉는다.

"아하."

보리얀에게 미블을 던진 두 아이를 쳐다보던 루딘은 갑자기 그들의 머리채를 양손에 하나씩 움켜잡고서, 둘의 머리통을 서로 박아버린다.

"꽝!"

순간, 소란스럽던 견습 목장에 정적이 흐른다. 머리를 박힌 두 아이가 어안이 벙벙한 눈으로 서로를 쳐다보더니, 곧이어 밀려오는 고통에 각자의 머리를 부여잡고 울음을 터트린다. 루딘은 그런 그들에게 싱긋 웃으면서 말한다.

"나도 너희 둘이 친구 같아서 그런 거야. 서로 머리색도 똑같고, 머릿속에 든 것도 똑같네."

아이들의 울음소리를 들은 릴테라가 날카롭게 외친다.

"이게 무슨 일이야? 루딘, 보리얀! 당장 자리에서 일어나!"

루딘은 태연하게 자리에서 일어난다. 그리고 차가운 정적 따위는 아랑곳하지 않으며 말한다.

"저기요, 릴테라 님. 제가 아침서부터 봤는데 저 애들이 계속 보리얀을 괴롭히는데도 한 번도 뭐라고 안 하시네요. 심지어 몇 번은 애들을 따라 몰래 웃기까지 하는 거, 저 다 들었어요. 제 귀가 좀 좋거든요."

"……!"

예상치 못한 상황에 릴테라는 아무 말도 하지 못한다. 그런 그녀를 무시한 채 루딘은 보리얀에게 묻는다.

"야, 여기 진짜 별로다. 난 다른 데로 갈 거야. 같이 갈래?"

보리얀은 적잖이 당황했으나 고개를 끄덕인다.

"그…래."

아이들은 멍하니 이 광경을 쳐다보고, 릴테라는 너무도 기가 막혀서 입을 다물지 못한 채 그저 우두커니 서 있을 뿐이다. 그렇게 보리얀과 함께 걸음을 옮기던 루딘은 유독 자신을 빤하게 쳐다보고 있는 한 아이의 어깨를 툭 치며 말한다.

"아, 참. 너 아까 나보고 잘 생겼댔지? 근데 나 성격은 별로 안 잘생겼어. 우리 아빠 닮았거든."

루딘을 쳐다보던 아이가 마른침을 삼키고 엉거주춤 뒤로 물러난다. 주변의 다른 아이들도 아무 말 없이 루딘과 보리얀을 피한다. 그렇게 자연스럽게 만들어진 길을 따라, 두 아이는 유유히 목장의 울타리를 떠난다.

얼떨결에 목장에서 나오게 된 보리얀은 일단 루딘을 따라 말없이 종종 걷는다. 발 닿는 대로 앞서 걷는 루딘은 뭐가 즐거운지 콧노래도 흥얼거리며 천하태평이다. 태양을 따라 점점 짧아지는 그림자가 두 아이의 뒤를 따른다. 그렇게 어느 정도 걷다가, 도저히 안 되겠는지 보리얀이 우뚝 멈춰선다. 그러자 조금 앞서가던 루딘도 걸음을 멈추고 보리얀을 돌아본다. 보리얀은 양손을 허리춤에 얹고 묻는다.

"이제 어떡하려고 그래? 어디로 갈 건데?"

"몰라. 나 여기 처음이야. 아직 가보고 싶은 곳은 많아."

"와, 완전히 제멋대로네."

보리얀이 고개를 절레절레 젓자 루딘이 목장 쪽을 응시하며 묻는다.

"너는 걔네한테 왜 아무 말도 안 해?"

"…말해 봤자 소용없어. 그리고 무슨 소동이라도 나면 다 내 잘못이 될 거고, 그럼 결국 우리 아빠만 더 힘들어질 거야."

"그래? 그럼 아예 거길 나와버리지 그랬어?"

"올해까지는 다니기로 엄마랑 약속했단 말이야. 그리고 이미 나한테 지정된 목장에서 어떻게 막 나와? 그게 그렇게 쉬워?"

보리얀의 물음에 루딘은 보라는 듯 어깨를 으쓱한다.

"했잖아, 지금."

"……"

보리얀이 할 말을 잃고 루딘을 쳐다보자 그는 씩 웃는다.

"봤지? 생각보다 쉬운데?"

보리얀은 한숨을 내쉰다. 그리고 답답하다는 듯 바닥을 쳐다보고 중얼거린다.

"아, 진짜. 엄마랑 약속했다니까. 올해는 꼭 거기서 친구 사귀기로."

"친구?"

보리얀은 아무 말도 하지 않고 땅바닥만 내려다본다. 루딘은 빙긋 웃는다.

"그럼 이제 됐네. 여깄잖아, 친구. 내가 친구 해줄게."

그 말에 보리얀은 어이가 없다는 듯 루딘을 쳐다본다.

"야, 루딘. 친구는 그렇게 되는 게 아닐 텐데?"

"왜? 우리 친구 하면 좋잖아. 그럼 이제 너는 엄마랑 약속 지킨 거니까 영영 거기 안 나가도 되고."

보리얀은 정말 그런 건가, 하는 눈치로 골똘히 생각한다. 루딘이 보리얀의 얼굴을 살피면서 덧붙인다.

"그리고 친구니까 내가 네 비밀도 지켜줄게."

"내 비밀? 맞다. 너 혹시…."

"어, 나 알아. 그때 그 할아버지네에서 봤거든."

"야! 너, 따라오지 말라고 내가 그랬잖아!"

"에이. 미안해. 보다시피 나는 내 맘대로 하는 성격이어서. 그래도 난 거짓말은 안 해. 약속은 지키고."

보리얀이 의심 가득한 눈으로 루딘의 커다란 눈동자를 흘겨보자, 루딘이 두 손으로 입을 가리고 고개를 저으며 웅얼거린다.

"절대 말 안 할게. 그 누구한테도. 약속!"

루딘이 정말이라는 듯 두 눈을 껌벅이며 보리얀을 쳐다본다. 마침내 보리얀이 탐탁지 않지만 어쩔 수 없다는 듯 한숨을 내쉰다.

"...알았어."

"헤헤, 좋아! 그럼 친구야, 이제 우리 어디 가지?"

루딘이 신이 나서 보리얀에게 묻자 보리얀은 잠시 생각한다.

"음, 네가 그때 본 그 할아버지네로 가자. 아파라티 할아버지네 목장, 아니 정원으로. 이제부터 정원이라고 부르기로 했어. 거긴 목장이 아니니까."

"그래. 근데 나 그 할아버지 좀 무섭던데."

"야, 나는 네가 더 무서워. 또 무슨 사고를 칠지, 어휴…."

보리얀이 앞서 나가자 루딘이 신난다는 표정으로 그 뒤를 따른다.

보리얀과 루딘이 향하는 언덕 위에서는 아파라티 할아버지가 헤사티오 나무를 바라보고 있다. 무럭무럭 커지고 있는 열매들이 탐스럽다. 아파라티 할아버지는 천천히 그것들을 살피다가, 문득 손을 멈추고 언덕 아래쪽을 바라본다. 잠시 그렇게 가만히 서 있던 할아버지는 다시 울창한 거목을 올려다보며 중얼거린다.

"음…. 이제부터 찻잔을 하나 더 준비해야겠구먼. 자, 그럼 오늘도 이파리 몇 장만 실례하겠네."

그날, 루딘은 보리얀 말고도 그렇게 한 명의 친구를 더 사귀게 된다. 예사롭지 않은 눈빛을 가지고 있는 그 노인은 따뜻하게 두 아이를 맞이해 준다. 이후 보리얀과 스스럼없이 이야기하는 아파라티 할아버지를 보며, 루딘은 점점 마음을 열어보기로 한다. 알고 보니 그 할아버지는 첫인상과는 달리 꽤나 살가운 분이었다. 무엇보다도 대부분 어른들 같지 않게 아이들의 마음을 알아주는 것 같았다. 목장을 도망쳐 나온 두 아이를 위해 혼나지 않는 방법을 알려주기도 했으니까.

"여러 방법이 있겠다만, 이렇게 급한 상황에는 딱 이것이 특효약일 게야. 일단 어른들과 상대하려면 그들처럼 아주 어른스러운 마음을 가져야 한단다. 왜 견습 목장에서 그런 일이 일어났어야만 했는지, 왜 그곳에서 나와야 했는지 진지하게 생각해 보는 거지. 너희가 진지하게 얘기할 때 비로소 상대방도 그걸 진지하게 듣거든. 그리고 나서 그 마음을 한번 부모님께 전해보렴. 글로 옮겨보는 것도 좋은 방법이야. 물론 조금 혼나더라도 울지 말고. 너희가 끝까지 무서워하지 않고 진정성 있는 태도를 보인다면, 어른들도 이해하실 거란다."

그렇게 할아버지가 두 아이의 반성문 아닌 반성문 쓰기를 열심히 도와준 덕분인지, 결국 보리얀과 루딘은 목장에 나가지 않아도 된다는 허락을 받아낸다. 난처해하던 바얀과 샬리타는 결국 보리얀의 의견을 존중해 주는 쪽으로 마음을 기울인다. 루딘에 대한 소문이 마을에 파다하게 퍼지자 스루딘은 한숨을 내쉬며 고민한다. 이제 중앙 마을에서도 루딘을 받아줄 만한 견습 목장을 찾기가 어려워졌기 때문이다.

'남쪽 마을에서처럼 내 배에 태울 수도 없고…. 그러다가 조금만 더 크면 분

명 정식으로 배에 오르겠다고 덤빌 게 뻔하잖아. 내 속도 모르고.'

그는 결국 바얀과 샬리타를 찾아가서 새로운 묘책을 제시한다.

"바얀, 내가 여러 가지로 고민을 해 봤네. 아이들을 견습 목장에 보내는 대신, 보리얀이 루딘에게 중앙 마을을 안내해 주게끔 하는 게 어떻겠나? 물론 새로운 주민들의 정착을 돕는 것이 책임 선장 가족의 의무이기도 하지만…. 무엇보다도 날 좀 도와준다는 마음에서 말이야. 보리얀이라도 붙여 놓으면 그나마 루딘이 사고를 좀 덜 치지 않을까 해서. 오전 시간만이라도 어떻겠나?"

그리하여 두 아이에게는 견습 목장을 대신하는 새로운 일과가 생긴다. 루딘은 오전 시간을 보리얀과 함께 보내며 자일리아샤 중앙 마을의 문화와 지리를 익힌다. 하지만 재밌는 시간이 금방 지나가고 오후가 되면 다시 혼자 남는다. 보리얀이 바얀을 따라 배를 타러 가기 때문이다. 루딘은 호숫가로 가는 보리얀을 부러운 눈으로 쳐다보며, 자기도 배에 타겠다고 계속 아버지를 조른다. 하지만 스루딘은 완강하게 반대할 뿐이다.

보리얀은 그런 루딘을 안타깝게 생각하며 자신만의 비밀 장소를 한 군데 알려준다. 그곳은 보리얀의 집 뒤로 흐르는 시내를 따라 산기슭 언저리에 자리한 넓고 깊은 계곡이다. 맑은 물 주변으로 자란 풀숲에서는 마치 고대 요정 '니벨림'들이 살 것만 같다. 보리얀이 잔가지들 사이로 계곡을 가리키며 말한다.

"자, 여기라면 수영 연습이라도 마음껏 할 수 있을 거야. 이 물은 산꼭대기에서 흘러나오는 거라 마라트의 괴물을 걱정할 필요도 없어."

나뭇가지를 헤치고 계곡을 보는 루딘의 커다란 두 은회색 눈동자가 기쁨으로 반짝인다.

"우와! 여기 잠수하기 딱이다! 우리 아빠한테는 얘기하지 마. 알았지?"

"그래, 알았어. 대신 나 없는 동안 사고나 치지 마."

그 이후, 오전 시간이 지나고 보리얀이 떠나면 루딘은 계곡에서 혼자 수영과 잠수 연습을 한다. 스루딘이 돌아오는 저녁 전까지만 집에 가 있으면 들킬 걱정도 없다.

"흐읍!"

루딘은 숨을 참고 물속으로 풍덩 뛰어든다. 차가운 물의 온도에 서서히 적응이 되면 마치 허공에 붕 떠 있는 기분이 든다. 루딘은 자기 키보다도 깊은 물 속에서 오랫동안 숨을 참는다. 마치 고요 속에서 미동도 없는 바위처럼. 그렇게 눈을 감고 물에 몸을 맡기다 보면 잠수부였다는 엄마 생각이 떠오른다. 얼굴이 기억나지 않는 삼촌들의 이름도. 그러면 둥둥 뛰는 심장을 따라 괜한 슬픔이 밀려들어 온다. 가슴을 옥죄어 오는 것은 그리움일까, 시린듯한 계곡물의 차가움일까. 끝내 그 정체 모를 것이 턱 끝까지 차오르면, 루딘은 다시 수면 위로 올라와서 숨을 고른다.

"어푸우-"

잠시 올려다보는 파란 하늘에는 흰 구름만이 아무 말 없이 흐른다. 루딘은 두 눈을 감고 다시 잠수해 들어간다. 깊은 외로움 속으로 침잠하듯 아까보다도 깊이, 더 깊이.

"……"

그렇게 한참을 물속에서 헤엄치며 생각에 잠겨 있다 보면 몸과 마음이 다 추워진다. 그럴 때면 근처에서 작은 모닥불을 피워 젖은 몸을 말린다. 타들어 가는 모닥불을 바라보며 루딘은 침묵 속에 놓인다. 그러다 문득, 자신이 보리 얀을 생각하고 있다는 걸 깨닫는다. 해가 뜨면 다시 만나 웃고 떠들 그 친구를. 생각만으로도 입가에 미소가 어린다. 그래도 이건 보리얀에게는 비밀이다.

오후까지도 안개가 자욱했던 어느 날, 바얀과 스루딘은 날씨 때문에 항해 를 조금 일찍 끝낸다. 스루딘이 집에 돌아와 보니 루딘이 없다. 분명 집에 있 어야 할 시간인데.

"아니, 얘가 또 어디를 갔지?"

전날 저녁에도 반드시 뱃사람이 되고야 말겠다는 루딘과 한바탕했던 터라, 스루딘의 마음은 편치가 않다. 해 질 녘이 되어도 아들이 집에 들어오지 않자 그는 바얀의 집에 가 본다. 하지만 루딘은 그곳에도 없다. 스루딘은 한숨을 푹푹 내쉬며 보리얀에게 말한다.

"아마도 그 애가 단단히 화가 난 모양이다. 계속 배를 타겠다고 해서 어젯 밤에는 좀 크게 혼을 냈더니. 골난 게 좀 풀리면 집으로 들어오겠지. 그 애가 아침에 네게 뭐라고 하지는 않았니?"

"아뇨, 그냥 평상시 같았는데…."

"그래? 알았다. 내가 좀 더 찾아보마. 에휴, 팔자야."

스루딘이 떠난 후, 보리얀은 잠시 생각을 하더니 서둘러 나갈 준비를 한다. 그리고 바얀과 샬리타에게는 루딘을 찾으러 나갔다 오겠다고 한다.

"생각나는 데가 있어서요. 제가 한 번 가볼게요."

"사박사박."

보리얀의 발걸음이 집 뒤로 흐르는 시냇가 쪽으로 향한다. 벌써부터 걱정이 몰려든다.

'설마, 아직까지 거기 있는 건가?'

어두워지는 하늘을 따라 이런저런 불안한 생각이 엄습해 온다.

'혹시 계곡에서 무슨 일이라도 생긴 거라면…'

산기슭 쪽으로 향하는 보리얀의 걸음이 빨라진다.

"루딘!"

계곡에 도착한 보리얀은 어린 나뭇가지들을 젖히고 루딘의 이름을 여러 차례 부른다. 하지만 돌아오는 대답은 없다. 보리얀이 물가 쪽으로 가까이 다가가려 근처의 바위를 짚는데 발밑에 무언가가 있다. 아무렇게나 휙 던져져 있는 루딘의 윗옷이다. 보리얀은 물속을 다시 살핀다. 수면은 무서울 정도로 잔잔하다. 마치 살아 있는 존재의 흔적이 없는 것처럼.

"루딘?"

보리얀은 겉옷을 벗어놓을 새도 없이 물을 헤치고 들어간다. 맑은 물속에 사는 이끼들의 푸른 빛 사이로 넘실거리는 은색 머릿결이 보인다. 보리얀은 온 힘을 다해 루딘의 머리 위로 손을 뻗는다. 물속에서 눈을 감고 있던 루딘은 갑작스러운 손길에 놀라서 눈을 뜬다. 보리얀은 있는 힘껏 루딘을 끌고 나온다.

"어푸!"

고요하던 개울가에는 한바탕 첨벙거리는 소리와 함께 물보라가 친다.

"아야야, 내 머리!"

루딘이 고통에 소리를 지르자 보리얀은 비로소 그의 머리채를 쥐고 있던 손에 힘을 놓는다. 그리고 숨을 헐떡이며 그의 얼굴을 쳐다본다.

"너 괜찮아? 정신이 좀 들어?"

"……."

아픈 머리를 부여잡던 루딘은 어이가 없어서 보리얀을 쳐다본다. 물이 뚝뚝 떨어지는 검은 머리, 겁에 질려 있는 창백한 얼굴. 커다래진 두 흑갈색 눈동자는 자신을 뚫어지게 쳐다보고 있다. 보리얀에게서는 처음 보는 모습이다.

"뭐, 뭐야? 잠수 연습 중이었는데."

루딘이 더듬거리며 허리를 세워 앉자 보리얀은 그제서야 맥이 탁 풀려서 옆에 주저앉는다. 그리고 다시 예전의 표정으로 돌아가서 루딘을 흘겨본다.

"스루딘 선장님께서 왔다 가셨단 말이야. 다들 얼마나 걱정을 하고 있는데! 왜 아직도 여기 있는 거야?"

"…집에 가기 싫어서."

루딘이 퉁명스럽게 말하자 보리얀은 뭐라고 하려다가 그의 표정을 보고 입을 다문다. 그냥 막무가내로 고집을 부리는 얼굴이 아니기 때문이다. 찰나의 순간이었지만 분명히 느껴졌다. 루딘의 눈에 드리워진 것은 불만이 아닌 슬픔이라는 것을. 루딘의 손이 조금 떨리는 것을 보고 보리얀이 묻는다.

"추워?"

"……."

"무슨 일인데 그래?"

루딘은 고개를 조금 돌려서 보리얀을 바라본다. 또 아까처럼 걱정하는 얼굴이다.

"너, 내가 걱정돼서 온 거야?"

보리얀이 고개를 끄덕이자 루딘은 쫄딱 젖은 보리얀의 겉옷을 가리키며 또 묻는다.

"이렇게 그대로 물속에 뛰어들 만큼?"

보리얀은 선심 쓴다는 표정으로 다시 고개를 끄덕인다. 루딘은 살짝 미소를 짓고 그녀를 바라본다. 잠시 둘 사이에 침묵이 흐른다. 무슨 생각이 들었는지 루딘은 자리에서 일어나며 손을 내민다. 그 모습을 보고 보리얀이 묻는다.

"집에 갈 거지?"

"아니, 아직."

보리얀은 잠시 고민하더니 이내 그가 내민 손을 잡고 일어난다. 루딘은 이끼가 푹신한 곳에 보리얀을 앉혀놓고 모닥불을 피운다. 마른 나뭇잎과 잔가지들에 금방 불이 붙는다. 한두 번 해본 솜씨가 아닌 것 같다.

"이거 덮고 있어."

루딘은 자신의 마른 옷가지를 보리얀의 젖은 어깨에 걸쳐준다. 보리얀은 바로 돌아가야 한다는 걸 알면서도 쉽사리 그 말을 꺼내지 못한다.

"…나 없는 동안 여기서 계속 이러고 있었던 거야?"

"응. 수영도 하고, 잠수도 하고. 추우면 이렇게 모닥불도 피우고."

쓸쓸해 보이는 루딘의 모습이 왠지 낯설다. 보리얀은 걱정스러운 얼굴로 그를 바라본다.

"어제 스루딘 선장님한테 많이 혼났다며…. 왜 아침에는 나한테 아무 말도 안 했어?"

"너랑 있으면 재밌는데 굳이 그런 걸 얘기할 필요는 없잖아."

물끄러미 모닥불을 응시하는 루딘은 턱을 괴고 중얼거린다.

"나한테도 다 계획이 있다고. 넌 오후만 되면 가잖아. 그러니까 재밌는 건 너랑 같이, 심심하고 슬픈 건 나 혼자. 그렇게 하는 거지."

"심심한 건 알겠는데 왜 슬퍼? 어제 혼나서?"

보리얀이 묻자 루딘은 잠시 아무 말 없이 계곡을 쳐다보다가 입을 연다.

"물속이, 이상하게도 집 같아서."

"무슨 말이야?"

"우리 아빠랑 너희 부모님, 이 중앙 마을에서 함께 자라셨대. 나도 사실 여기서 태어났다는데 기억은 하나도 없어. 엄마는 이 마을 최고의 잠수부셨다는데…. 정찰 중에 다른 분들처럼 돌아가셨다는 것만 알아. 그래서 아빠가 남쪽 마을로 이사를 가신 거래. 두 살이 채 안 된 나를 데리고. 아마 넌 그때 아직 이 세상에 없었겠지?"

"……."

"물속에 있으면 자꾸 그런 생각이 나. 엄마는 어떻게 헤엄치셨을까, 살아 계셨다면 어떤 모습일까. 그러면 이상하게 마음이 슬프면서도 편안해지는 거야. 그래서 난 물이 좋아. 아빠처럼 멋진 뱃사람이 돼서 물살을 가로지르며 살고 싶거든."

"스루딘 선장님께서는 그렇게 생각하지 않으시는 것 같던데."

"당연히 그러시겠지. 나를 혼내실 때마다 아빠도 슬퍼 보이시거든. 그래도 어쩔 수 없어. 나도 한 고집 하잖아. 아빠 닮아서."

"휴, 네 고집은 내가 잘 알지. 근데 그런 얘기는 나한테도 좀 해주지 그랬어.

친구인데."

루딘은 보리얀을 마주 보며 미소 짓는다. 그리고 잠시 고민한다. 그 얘기를
할까, 말까.

"…음, 너도 알다시피 내가 좀 괴짜라 남쪽 마을에서도 별로 친구가 없었어.
근데 여기 오니까 나보다 더 특이한 애가 있지 뭐야. 근데 그 애가 또 자일리
아샤에서 최고로 멋진 바얀 선장님의 딸인 거야. 장난치면서 놀리는 것도 재
밌고, 같이 다니는 건 더 재밌고. 너랑 있으면 시간이 엄청 금방 가거든. 그러
니까 슬픈 얘기는 안 하고 싶었어. 너한테는."

타닥거리며 모닥불이 밝게 타들어 간다. 보리얀은 작게 중얼거린다.

"진짜 친구는 다 같이 하는 거지. 재밌는 것도, 슬픈 것도. 난 걱정했단 말
이야. 혹시 내가 알려준 이 계곡에서 네가 어떻게 된 건 아닌가 하고. 그래서
아까도 널 보자마자 허겁지겁 끌고 나온 거야. 내가 얼마나 놀랐는데…."

그러자 루딘이 살짝 장난스러운 얼굴로 묻는다.

"왜? 내가 없으면 슬플 것 같아?"

보리얀은 빙글거리는 루딘의 얼굴을 흘겨보며 쏘아붙인다.

"그럼 슬프지, 안 슬퍼? 넌 내가 막 사라지면 안 슬플 것 같냐?"

"……."

루딘은 잠시 보리얀을 쳐다본다. 그리고 짓궂게 보리얀의 어깨를 툭 친다.

"그러지 마라. 너 없으면 재미없어."

그러자 보리얀은 자리에서 일어난다.

"으휴. 그런 꼴 안 보고 싶으면 얼른 집에나 가자. 엄마, 아빠한테 금방 돌아
오겠다고 했단 말이야."

"알았어. 하여튼 너도 약속은 참 잘 지켜. 그치?"

괜히 궁시렁거리는 루딘에게, 이번에는 보리얀이 손을 내민다. 루딘은 잠시 그 작고 야무진 손을 쳐다본다. 보리얀이 루딘을 보며 치근댄다.

"이제 얼른 일어나. 집에 가서 스루딘 선장님한테 아무 일 없었다고 말씀드리자. 응? 그래야 내일도 같이 놀 거 아냐. 나도 너 없으면 심심하다고."

루딘은 이내 보리얀이 내민 손을 잡고 천천히 일어선다. 보리얀의 얼굴에 퍼지는 미소가 그의 얼굴에까지 번진다. 그 순간, 루딘은 생각한다.

이 친구의 손을 오래도록 잡고 싶다고.

어쩌면 평생.

모닥불이 꺼진 자리에서는 푸근한 연기가 피어오른다. 저녁 별들이 총총히 뜨기 시작한 하늘 아래, 나란히 걸어가는 보리얀과 루딘의 뒷모습이 보인다. 졸졸 흐르는 시냇물은 그들의 발자국을 따라 같은 방향으로 흐른다.

집이 있는 곳을 향해.

⚜ 3장 ⚜

⟨ 닻을 올리고, 돛을 펼쳐라 ⟩

그로부터 몇 년이 지난다.

아직 동이 트려면 멀었는데도 새로운 하루를 깨우는 발걸음 소리가 들린다. 들뜬 얼굴의 견습 선원 둘이 나란히 걷고 있다. 그들은 최고 선장과 다른 선원들이 오기 전, 배의 상태를 미리 점검하기 위해 항구로 향하는 중이다. 그중 하나가 검은 머리를 질끈 묶으며 옆을 보고 묻는다.

"스루딘 선장님께서는 북쪽 해협으로 가신 거지?"

"응. 정찰 당번이시거든."

"그렇구나. 그럼 빨라도 다음 주 정도에나 뵙겠네…. 해협이면 조심하셔야 할 텐데."

"워낙 정찰 경험이 많으셔서 괜찮으실 거야. 근데 아직도 나를 못 믿으시나 봐. 나더러 정찰 나갈 생각은 꿈도 꾸지 말라고 하시더라."

"루딘, 너 처음엔 노만 저어도 엄청 행복해했잖아. 스루딘 선장님께서 결국 두 손 들고 바얀 호에 타게 해주셨는데 이제 갑판 일 시작하니까 또 슬슬 욕심이 나는구나?"

"에이. 더 많이 배우고 싶어서 그러는 거지. 그리고 솔직하게 말해 봐, 보리
얀. 너도 정찰 나가보고 싶지 않아?"

보리얀이 루딘을 빤히 쳐다보다가 말한다.

"당연하지."

둘은 킥킥 웃으며 바얀 호에 다다른다. 웅장해 보이는 배의 형상이 경외스
럽다. 보리얀과 루딘은 능숙한 솜씨로 가뿐하게 배에 오른다. 보리얀은 배 이
곳저곳을 꼼꼼히 살펴보고, 루딘은 장부를 보며 배에 실린 각종 물품을 확인
한다. 장부에 고개를 들이밀며 보리얀이 묻는다.

"모두 이상 없음?"

"없음."

루딘이 대답하며 널찍한 갑판에 눕는다. 새벽하늘 저 멀리 떠 있는 샛별이
눈에 들어온다.

"루에리온…. 고대 루에린들의 별이네."

루딘이 중얼거리며 보리얀에게 손짓한다.

"보리얀, 저기 봐봐."

보리얀이 따라 눕자 루딘이 샛별을 가리킨다.

"저기, '루에리온'이야. 진짜 창조의 신 에르가 저것도 다 만든 걸까?"

"그렇다잖아. 우리의 태양인 '라델리온', 달인 '에실리온', 그리고 저기 떠 있
는 샛별 '루에리온' 등등…. 그렇게 총 일곱 개의 별을 만들고 각각 그 별의 기
운을 가진 이들을 만들었다지?"

보리얀이 한쪽 팔을 접어 머리를 받치며 불만스럽게 덧붙인다.

"근데 왜 하필 그 많은 것들 가운데 나는 루에리온의 기운을 타고났을까? 저 별을 타고난 사람들은 다 검은 머리고, 심지어 날 때부터 '반역자의 후손' 이라는 꼬리표를 가지고 살아야 하잖아. 나도 너처럼 달의 기운을 타고났다면 지금쯤 은색 머리를 휘날리며 살고 있겠지? 끝까지 창조의 신 곁을 지킨 고귀한 자의 후손으로…."

"에이, 고귀한 자는 무슨. 내 조상들은 그냥 에르한테 복종을 잘했겠지. 진짜 선택받은 자들은 태양의 기운을 타고난 '라델린'들이었대. 아주 드물게 태어나는, 에르의 사랑을 받은 이들 말이야. 끝이 정해지지 않은 시간을 가져서 자신이 원할 때 삶을 마무리할 수도 있고 공간도 자유롭게 이동할 수 있었다는데. 물론 지금은 다 사라졌다지만."

루딘의 말에 보리얀은 새벽빛에 스러져가는 다른 별들을 쳐다보며 중얼거린다.

"라델린은 진짜 단 한 명도 안 남았을까? 하긴, 루에린과 에실린을 제외하고는 다른 별들을 타고난 후손들도 이제 예전보다 많지 않으니까…."

"아마 없을걸. 만약 있다면 엄청난 보물 취급을 받으며 어딘가에 모셔지고도 남았겠지, 뭐. 생각해 보면 라델린들이 제일 불쌍하지 않아? 루에린들은 차별을 받긴 해도 아직 동쪽 호수에 꽤 남아 있으니까."

"……."

아무 말 없이 하늘을 응시하던 보리얀은 한숨을 내쉬고 낮은 목소리로 말한다.

"전쟁…. 호수를 지금처럼 세 개로 갈라놨다는 그 거대한 전쟁 말이야."

"그 추락의 전쟁?"

"그래. 나는 언젠가 꼭 중앙 섬 아누다르가야로 가서 그 전쟁의 진실에 대해 알고 싶어. 그 사건이 어떻게 어둠의 마라트를 불러냈고, 우리가 빛의 존재로 여기는 모크샤는 또 어떻게 출현하게 된 건지. 중앙 섬의 사람들이 우리에게 다 얘기하지 않는 무언가가 있어. 틀림없이."

"하긴. 거긴 워낙 고대에서부터 내려온 문서들을 쌓아두고 있을 테니 뭔가 더 많이 알고 있겠네. 아, 나도 궁금하다. 빨리 선장이 돼서 다 돌아다녀 보고 싶어."

루딘의 대답에 보리얀이 몸을 일으킨다.

"그럼 일단 일어나자. 날이 곧 밝아올 거야. 부지런히 움직여야 물고기라도 한 마리 더 잡고, 진주라도 한 개 더 건지지."

루딘도 보리얀을 따라 일어선다.

"그래. 아님 괴물이라도 하나 더 박살 내던가."

보리얀은 뱃머리로 올라가서 호수를 살핀다. 아직도 그녀의 마음속에는 예전에 샬리타가 읽어주던 책의 내용이 생생히 자리 잡고 있다. 일곱 개의 별을 타고난 에린들이 함께 모여 살던 거대한 구름 섬 '겔리시온', 그 가운데 있던 신성한 샘, 그리고 그 모든 것의 추락을 일으킨 전쟁. 보리얀은 밝아오는 동쪽 하늘을 보며 중얼거린다.

"…아무리 생각해도 이상해. 오늘 밤에는 그 책을 다시 한번 봐야겠어."

"무슨 책인데?"

언제 왔는지 루딘이 바로 뒤에 바짝 서서 묻는다.

"으악! 야, 놀랐잖아."

보리얀이 소리 지르자 루딘이 돛의 밧줄을 잡고 빙그르르 돌며 말한다.

"하, 놀라기는. 원래 배를 타는 사람은 바람처럼 가볍고, 재빠르며, 물결의 방향이 바뀌는 소리도 들을 수 있어야 하는 건데. 야, 너는 선장 되기는 다 틀렸다."

"으휴, 하여튼 저 얄미운…."

보리얀을 놀리는 루딘의 은빛 머리 위로 새벽빛이 밝아온다.

조금 있으니 선원들이 하나둘 바얀 호로 모여들기 시작한다. 새로운 날을 맞이할 준비가 마무리되자 바얀 최고 선장의 외침이 자일리아샤의 아침을 깨운다.

"닻을 올려라!"

바얀 호가 호수의 물결을 매끄럽게 가르며 앞으로 나아간다. 아침 햇살이 쏟아지는 호수 한가운데로 커다란 배의 그림자가 지난다. 푸른 하늘을 향해 고개를 든 보리얀은 상공을 가르는 새 떼를 보며 미소 짓는다. 시선을 돌려 옆을 보니 바얀 호의 양옆으로 조금 작은 배 두 척이 따라오고 있다. '베카르 호'와 '아지르 호'다.

"오늘은 바람이 좀 있는 것 같습니다, 선장님!"

호리호리하고 유쾌해 보이는 은빛 머리 선원 한 명이 소리친다. 그는 보리얀의 외삼촌이자 샬리타의 남동생이다. 바얀은 그를 보며 고개를 끄덕인다.

"그래. 오늘은 북서쪽으로 간다! 바람이 좋으니, 전속력으로!"

"네, 선장님!"

바다처럼 드넓은 새파란 호수 위로 하얀 물보라가 흩뿌려진다. 바얀 옆으로 곱슬머리 베카르 선장이 서 있다. 그는 이번 주에 정찰을 나간 스루딘 선장 대신 바얀을 보좌하러 왔다. 베카르 선장이 갑판 위를 보고 외친다.

"거기 견습 둘!"

보리얀과 루딘이 동시에 대답한다.

"예!"

"중앙 돛을 펼쳐라! 최고 선장님께서 전속력으로 가자신다!"

"알겠습니다, 선장님!"

보리얀은 날쌔게 돛대를 타고 올라, 돛이 묶여 있던 밧줄을 풀어서 아래서 던진다. 루딘은 그녀가 던지는 밧줄을 능숙하게 쇠고리에 잡아맨다. 거대한 흰 돛에 보리얀의 그림자가 비친다. 루딘은 밝은 햇살에 눈을 반쯤 찌푸리고 보리얀의 날랜 몸놀림을 쳐다본다. 반대쪽 돛대까지 모두 정리한 보리얀은 밧줄을 붙잡고 갑판으로 가뿐하게 내려온다. 날개처럼 바람에 펄럭이는 그녀의 옷자락을 보며 루딘이 중얼거린다.

"…무슨 한 마리 새 같네. 역시 타고난 건 다르다니까. 부러운 녀석."

그때 뱃머리 쪽에서 보리얀의 외삼촌이 달려오며 신난 듯 외친다.

"어이, 거기 둘! 여기 좀 와 봐라. 이 아래 좀 봐. 진주가 한 가득이야!"

그 말에 보리얀과 루딘은 쏜살같이 달려가서 아래를 내려다본다. 눈부실 정도로 아름다운 광경이 펼쳐져 있다. 투명한 청록색으로 일렁이는 물결 저 속으로, 호수 바닥과 암초들 사이에 깔려 있는 색색 가지의 영롱한 진주가 햇빛에 반짝인다.

"와, 진주가 그대로 다 보이네!"

보리얀이 탄성을 지른다. 뱃머리에서 바얀이 신호를 보내자 베카르 선장이 큰소리로 외친다.

"잠수부들, 대기하라!"

"네, 선장님!"

명령이 떨어지자 대여섯 명의 잠수부들이 일렬로 서서 물속으로 뛰어들 준비를 한다. 루딘도 그 옆에 서서 윗옷을 벗고 몸을 푼다. 베카르 선장이 잠수부들을 향해 신신당부한다.

"반드시 명심한다! 지금은 진주에 욕심부리지 마라. 괴물 밥이 되기 싫으면 물살과 깊이만 확인하고 나와야 한다!"

"네, 알겠습니다!"

잠수부들이 소리친다. 루딘도 따라 대답하며, 갑판에 머물러 있는 보리얀에게 씩 웃어 보이고 푸른 물속으로 첨벙 뛰어든다. 보리얀은 난간에 몸을 숙이고 수면 아래로 매끄럽게 헤엄쳐 들어가는 루딘을 쳐다본다. 유연한 팔다리와 빛나는 은색 머리가 물결치며 호수의 바닥을 향해 잠수한다. 보리얀은 그 모습을 보며 내심 감탄한다.

'쟤는 수영하는 게 완전히 물고기네. 옛날부터 그렇게 연습하더라니….'

해초들 사이로 루딘의 밝은 머리가 가려졌다 보이기를 반복한다. 잠시 후 물속을 살핀 잠수부들이 모두 갑판으로 다시 올라와서 상황을 보고한다.

"암초가 좀 있으나 물살은 괜찮습니다. 괴물은 안 보입니다."

베카르 선장이 고개를 끄덕이며 바얀에게 말한다.

"오늘은 마라트의 괴물들이 우리의 위치를 눈치채려면 좀 걸릴 겁니다. 이런 맑은 날엔 통상 괴물들이 활개를 치고 다니진 않으니까요. 물론 운이 아주 나쁘지만 않다면 말이죠."

바얀은 잠시 생각하는 듯하다가 지시를 내린다.

"바얀 호의 잠수부들은 여기서 우측의 아지르 호와 협력하여 진주를 채집한다. 그리고 좌측의 '베카르 호'와 그 선장은 바얀 호와 함께 북서쪽으로 항해를 계속한다. 근처에 괴물이 자주 출몰하는 곳이 있으니, 거기서 사냥을 할 것이다."

"네, 최고 선장님!"

바얀은 잠수부들 하나하나를 보며 당부한다.

"잘 알겠지만 이곳 바닥은 암초 사이로 갑자기 깊어지는 공간이 많다. 자칫하다가는 시간 내에 나올 수 없을지도 모르니 조심하도록. 늘 명심한다. 욕심만큼 무서운 건 없다."

"욕심만큼 무서운 건 없다! 명심하겠습니다!"

잠수부들이 바얀의 말을 복창한다. 바얀은 고개를 돌려 루딘을 쳐다본다.

"루딘, 너는 오늘 잠수 부대에서 빠진다. 바얀 호에서 계속 항해한다."

물이 뚝뚝 떨어지는 채로 서 있는 루딘에게 바얀이 조용히 덧붙인다.

"스루딘 선장의 당부다."

"…네, 최고 선장님."

루딘은 조금 실망한 표정으로 고개를 떨군다. 보리얀이 루딘에게 그의 윗옷을 던져준다. 루딘은 구불거리는 머리카락을 털며 옷을 입는다. 그런 루딘을 바라보는 바얀의 머릿속에 스루딘과 했던 대화가 스친다.

스루딘에게 북쪽 해협으로 정찰을 가라는 지령이 내려졌을 때의 일이었다. 저녁 느지막이 찾아온 그를 보고, 바얀은 아무 말 없이 집 안에 고이 숨겨둔 헤사티오 열매 주를 꺼냈다. 스루딘은 술잔을 기울이며 한숨을 내쉬었다.

"내가 미쳤지. 그 애한테 배 타는 연습을 하라고 허락하는 게 아니었어. 기어이 이렇게 정식으로 승선시키게 되다니. 바얀, 어떡하면 좋겠나? 만약 루딘까지 잃는다면 어떡하지?"

"루딘의 기질은 자네도 잘 알잖나. 그 애도 자네처럼 천생 뱃사람이야."

"에휴. 팔자야…."

"스루딘, 내 마음은 어떻겠나? 하나뿐인 딸을 배에 태우는 것도 모자라 이제 내 가장 친한 친구는 저 멀리 북쪽으로 정찰을 나가고, 심지어 그의 아들은 내가 책임지는 배에 거두게 생겼는데. 팔자타령은 내가 해야 하지 않겠는가?"

스루딘이 픽 하고 웃음을 터트리며 두 손으로 이마를 감쌌다.

"하하…. 그것도 참 지옥이 따로 없겠군. 도대체 왜 우리 자식놈들은 그렇게 배를 타고 싶어 하는지 모르겠어."

"왜긴. 자네도 알지 않는가."

바얀이 잔을 들고 한 모금을 들이키며 다정한 목소리로 말을 이었다.

"우리가 견습 선원이던 시절에 자네가 그랬잖나. 배에는 자유의 꿈이 있고 물에는 마음의 집이 있다고."

"……."

아무 말 없이 술잔만 바라보던 스루딘은 슬픈 표정으로 웃음을 터트리며 중얼거렸다.

"아이고, 그놈의 지긋지긋한 배. 그래도 어쩌겠는가? 우리가 다 뱃놈들인데."

"그래. 우리는 이 거대한 호숫가에서 나고 자랐어. 아마 땅에 있는 날보다 배 위에 있던 날이 더 많았을걸. 그런 아버지들을 보고 자란 아이들인데, 어쩌겠는가?"

스루딘은 바얀을 한동안 물끄러미 쳐다보더니 미소를 지으며 물었다.

"바얀, 기억나나? 옛날에 우리가 견습 때 만들었던 그 촌스러운 인사?"

바얀은 어떻게 잊겠냐는 듯 빙그레 웃으며 잔을 들었다.

"닻을 올리고,"

"…돛을 펼쳐라!"

스루딘이 맞받으며 잔을 올리자 그들은 웃음소리와 함께 술잔을 비웠다.

"어, 선장님! 저기 앞에 뭔가 있습니다!"

저 높은 망루에서 한 선원이 외치자, 바얀이 위쪽을 쳐다본다. 선원은 투명한 수정을 깎아서 만든 망원경을 눈에다 대고 온 얼굴을 찌푸리며 자세히 보더니 소리 지른다.

"괴…괴물인 것 같습니다!"

바얀은 침착하게 뱃머리로 다가가서 앞을 살핀다. 아직 멀리 있어서 작은 점같이 보이나, 긴 꼬리를 가진 생명체가 배 쪽으로 다가오고 있다.

"속도를 늦추고 무기를 준비한다!"

바얀이 소리치며 선원들을 둘러본다. 선원들이 바얀의 명령에 따라서 대포와 날카로운 작살을 준비한다. 바얀은 보리얀과 루딘을 보고 말한다.

"너희 둘, 난간에서 떨어져라."

바얀은 옆에서 따라오는 '베카르 호'에 바얀 호를 엄호하라는 지시를 내린다. 베카르 호는 바얀 호의 전면으로 나서서 괴물을 잡을 그물을 준비한다. 수면 아래에서 검은 생명체가 빠르게 다가온다. 바얀은 자세히 앞을 살피더니 외친다.

"모테라다! 얼굴은 사람처럼 생겼지만 속지 마라. 절대 눈을 마주쳐서는 안된다!"

"네, 선장님!"

다른 선원들의 대답 소리 사이로 망루에 있던 선원의 외침이 들린다.

"선장님, 한 마리가 아닙니다!"

한 마리인 줄 알았던 괴물의 꼬리에서 다른 몸체들이 갈라져 나온다. 바얀이 베카르 선장에게 지시를 내리자, 베카르 선장이 앞쪽의 배에 소리친다.

"베카르 호! 그물을 쏴라!"

베카르 호에서 쏘아 올린 가시 돋친 그물망이 물살을 가른다. 곧이어 괴물의 비명이 귀를 찢을 듯 울려 퍼진다.

"끼에에엑!"

"하나, 둘…. 세 마리다! 세 마리가 잡힌 것 같습니다!"

"좋다. 작살을 준비하라! 다른 놈들이 오기 전에 쳐야 한다!"

선원들이 난간에 몸을 낮추어서 괴물들을 찌를 준비를 한다. 첨예한 작살의 끝이 번득인다. 잠시 물결이 잠잠한가 싶더니, 다른 모테라 한 마리가 날카로운 소리와 함께 배의 난간 위로 튀어 오른다. 돛대에 붙어 있던 보리얀과 루딘은 자기도 모르게 소리를 지른다.

"으악!"

괴물은 작살을 피해 바얀 호의 갑판 위로 떨어진다. 그 모습을 본 둘은 깜짝 놀란다. 괴물의 상체가 사람의 모습과 정말 비슷하기 때문이다. 모테라의 이마에는 커다란 숨구멍이 나 있고, 손톱은 마치 갈고리 달린 갈퀴처럼 뾰족하며 두 어깨에는 징그러운 따개비와 작은 게들이 다닥다닥 붙어 있다. 허리께에는 뻣뻣해 보이는 털에 해초가 걸쳐있는데 긴 몸통 아래로 강력한 꼬리지느러미가 있다. 새까만 발톱들이 까드득거리며 바얀 호의 갑판을 긁는다.

"절대로 눈을 쳐다보지 마라!"

바얀이 소리친다. 선원들은 괴물의 눈을 피하려 애쓰며 모테라에게 작살을 꽂으려고 덤빈다. 곧이어 캬악 하는 비명과 함께 또 다른 모테라 둘이 바얀 호의 갑판으로 올라온다.

"바얀 호 선원들, 공격!"

선원들은 최고 선장의 지시에 따라 기다란 작살로 괴물을 찌르기 시작한다.

"키야악!"

모테라들이 귀를 찢는 듯한 비명을 내지른다. 작살에 찔린 괴물의 상체에서는 검붉은 피가 흐르고, 하체에서는 초록색 진액 같은 것이 터져 나온다. 그때 선원들 근처로 다른 모테라 한 마리가 빠르게 접근한다.

"으악!"

선원 하나가 모테라를 막으려다가 날카로운 발톱에 팔을 긁혀서 작살을 떨어뜨리고 주춤한다.

"보리얀, 밧줄!"

바얀이 외치자 보리얀이 들고 있던 밧줄을 그에게 힘껏 던진다. 바얀은 주머니에 차고 있던 날카로운 갈고리를 꺼내서 밧줄에 묶는다. 그리고 한 손으로는 밧줄을 잡고, 다른 한 손으로는 재빠르게 선원을 위협하는 모테라를 겨냥해 갈고리를 던진다. 갈고리는 모테라의 등줄기 한가운데로 날아가 박힌다.

"키약!"

모테라는 외마디 비명을 지르며 몸부림친다. 괴물을 저지하려는 바얀의 움직임에 그가 늘 목에 차고 다니는 가죽 주머니가 옷깃 속에서 빠져나온다. 그는 한 손으로 주머니를 얼른 잡아넣고 힘껏 밧줄을 당긴다. 괴물은 비명을 지르며 끌려 나온다.

"쿵!"

커다란 소리를 내며 모테라의 몸뚱이가 보리얀의 앞으로 쓰러진다. 루딘은 반사적으로 보리얀을 자기 쪽으로 끌어당긴다.

괴물 중 몇은 선원들의 공격을 피해 도망치려고 한다. 베카르 호는 남은 한 마리까지 쫓아가서 잡는다. 괴물들은 가시 그물망 속에서 퍼덕거리며 비명을 내지르고, 숙련된 선원들은 남은 모테라들을 진압한다. 바얀 호의 갑판은 괴물의 검붉은 피와 초록색 진액으로 뒤덮인다.

그때 루딘은 발목에 섬뜩한 느낌이 들어 고개를 돌린다. 뒤에 쓰러져서 죽어가는 모테라 하나가 그의 발목을 잡고 있다. 그 소름 끼치는 손아귀에서 벗어나려고 발버둥 치는 순간, 루딘은 그만 괴물과 눈이 마주치고 만다. 새카만 괴물의 두 눈은 마치 자석처럼 루딘의 시선을 끌어당긴다. 그는 미처 피할 새도 없이 암흑 같은 모테라의 눈빛 속으로 빠져든다.

'……!'

루딘은 그 자리에서 얼음처럼 뻣뻣해진다. 아무런 소리도 들리지 않는다. 오직 소용돌이처럼 다가오는 이상한 속삭임들이 머릿속을 가득 맴돈다.

'에린의 후손, 어리석은 에린의 후손…. 너는 절대 지킬 수 없어, 네가 원하는 그 모든 것들….'

순간, 아득해지는 루딘의 시야에는 바얀 호의 커다란 흰색 돛이 보인다. 펄럭이는 돛 앞으로 어른이 다 된 보리얀이 서 있다. 태양에 그을린 그녀는 아름다운 모습으로 루딘에게 미소 짓는다. 그런데 그 미소는 점점 일그러지더니 공포에 사로잡혀 비명을 지르는 얼굴로 변한다. 갑자기 주변이 밤처럼 캄캄해지고 거대한 파도가 바얀 호를 덮친다. 바얀 호는 무너져 내리고 보리얀은 아래로, 아래로 가라앉는다. 그녀는 루딘이 아무리 헤엄쳐 들어가도 닿을 수 없는 심연으로 빨려 들어간다. 보리얀의 얼굴이 루딘에게서 점점 멀어지며 그를 부른다.

"루딘…. 루딘…."

그때, 누군가 양손으로 그의 얼굴을 감싸 쥐고 마구 흔든다. 비로소 눈앞에 있는 이가 서서히 보인다. 지금 루딘이 알고 있는 보리얀이다.

"루딘!"

보리얀이 소리 지른다.

"정신 차려, 이 멍청아!"

루딘은 화들짝 놀라서 주춤한다. 뒤에는 모테라가 동공이 풀린 채 죽어 있다. 선원들이 죽은 모테라의 몸뚱어리를 끌고 간다.

"하아…."

루딘은 막혔던 숨을 내쉬며 비틀거린다. 선원들이 모테라의 시체들을 배 밖으로 던져버리자, 괴물의 잔해가 가라앉으며 검붉은 물거품을 남긴다. 뱃머리 쪽에서 바얀 호의 인원 점검을 마친 베카르 선장이 소리친다.

"두 배 모두 무사합니다, 최고 선장님! 사망자는 없습니다!"

바얀은 자신의 배에 사망자가 없다는 것을 들은 후 부상자들의 상태를 확인한다. 다행히 크게 다친 이는 없다. 안도의 표정이 그의 얼굴에 스친다.

"다들 수고했다! 오늘 사냥은 성공이다!"

"와아!"

선원들이 환호성을 지르는 가운데 바얀이 손을 들고 말한다.

"마라트의 기운이 있는 한 괴물들은 언제나 우리를 위협할 것이니, 오늘처럼 모두가 무사히 돌아가는 것을 목표로 삼자. 알겠는가?"

"네, 최고 선장님!"

"좋다. 이제 진주를 모으고 있을 아지르 호로 간다!"

바얀이 명령을 내리며 뱃머리로 향하자 선원들은 각자의 자리로 분주히 흩어진다. 보리얀은 뿌듯한 마음으로 바얀을 바라본다. 하지만 그 옆의 루딘은 불안한 마음으로 갑판 바닥을 내려다본다. 모테라가 있던 자리에 얼룩진 핏자국이 섬뜩하다.

"거기 견습들!"

한 선원이 물걸레와 통을 내려놓으며 보리얀과 루딘에게 말한다.

"뭘 멍하니 서 있냐? 갑판 좀 치우자!"

한편, 아지르 호는 통마다 진주를 가득 싣고 바얀 호를 기다리고 있다.

"선장님, 조금 더 실을 수 있지 않나요?"

잠수부 하나가 수면에서 올라오며 묻는다.

"이제 그만하는 게 좋겠어. 더 실으면 배가 너무 무거워져. 이만하면 됐어."

"오늘처럼 날씨가 좋은 날이 많지가 않은데…"

아지르 선장이 아쉬워하는 잠수부의 손을 잡고 그를 끌어 올린다.

"자네, 바얀 최고 선장님께서 뭐라고 하셨는지 알지? 욕심부리지 말자고."

그때 선원 하나가 반가운 얼굴로 소리친다.

"아지르 선장님, 저기 벌써 바얀 호가 옵니다!"

아지르 선장이 뱃머리에 올라 바얀호를 보더니 빙그레 웃으며 중얼거린다.

"허허! 돛대 위에 빨간 깃발을 단 걸 보니 괴물을 많이도 잡았나 보네. 오늘은 진주 양도 많고, 우리 최고 선장님이 축하주라도 한 잔씩 돌리셔야겠어."

차르르 흩어지는 물보라와 함께 바얀 호가 아지르 호 가까이 다가온다. 바얀의 옆에 서 있는 베카르 선장이 아지르 호를 향해 소리친다.

"오늘 모테라 여덟 마리를 없앴소!"

"오호! 대단하군. 여긴 진주 열네 통이오!"

아지르 선장도 베카르 선장을 향해 외친다. 아지르 호와 바얀 호 사이에 나무판자로 만든 간이 다리가 놓인다. 색색 가지 진주로 가득 찬 통들이 조심스럽게 바얀 호로 옮겨진다. 그리고 모든 배들이 다시 출항할 준비가 되자 바얀이 외친다.

"자, 선원들. 배가 고픈가?"

"예, 최고 선장님!"

"그럼 이제 물고기를 잡으러 가자! 마을 쪽으로 돌아간다!"

"네!"

이어서 베카르 선장이 소리친다.

"닻을 올려라!"

선원들이 분주하게 밧줄을 당긴다. 곧 닻이 들어 올려지고 커다란 돛들이 바람에 팽팽해진다. 바얀은 해협이 있는 저 너머 북쪽을 바라보며 중얼거린다.

"…닻을 올리고, 돛을 펼쳐라."

먼 곳을 응시하는 바얀의 검은 두 눈동자에 걱정이 서린다.

'부디 무사하게, 스루딘.'

밤이 찾아오자 북쪽 해협에서는 잿빛 달그림자 아래로 매서운 바람이 몰아친다. 스루딘 호는 시퍼렇게 날이 선 빙벽 사이를 조심스럽게 지난다. 그 뒤를 따르는 비슷한 크기의 배 두 척은 북쪽 마을의 표식을 달고 있다. 날카로운 얼음 조각들이 갈라진 채로 수면 위에 떠다닌다. 배 바닥에 닿는 얼음이 부서지면서 끼기긱거리는 소리가 정적을 깬다. 마라트의 기운 때문인지, '샤'와 가까운 곳으로 나아갈수록 점점 추워져서 선원들의 몸이 덜덜 떨린다. 그들을 둘러보던 스루딘은 코를 훌쩍이더니 허연 입김 사이로 중얼거린다.

"에잇 참. 다들 고생이군. 왜 하필이면 북쪽으로 정찰이 잡혀가지고…."

그때 근처의 선원 한 명이 스루딘을 향해 외친다.

"선장님, 조심하십시오!"

"콰지직!"

빙벽 위쪽이 갈라지면서 큼직한 얼음덩어리 하나가 스루딘 쪽으로 떨어진다. 스루딘은 날렵하게 피하고, 얼음덩어리는 갑판 위로 떨어져 부스러진다. 얼음이 부서지는 굉음에 놀란 이들이 바짝 긴장한다. 이내 스루딘은 웃으며 주변에 있는 이들을 진정시킨다.

"하하, 괴물을 잡기도 전에 송장이 될 뻔했군! 빙하가 많이 녹아서 얼음이 무른 것 같은데 다들 조심하게."

"…예에, 선장님."

선원들이 얼음을 치우기 위해 발걸음을 옮기려는 순간 심상치 않은 소리가 들려온다. 직감적으로 위험을 느낀 스루딘은 손을 들어 선원들의 움직임을 막는다.

"잠깐."

스루딘의 말에 선원들은 제자리에 굳은 듯이 선다. 쩌적 하며 얼음이 갈라지는 소리와 함께 배 바닥을 울리는 미세한 진동이 느껴진다. 점점 다가오듯이 커지는 그 소리에 스루딘의 입가에서 미소가 사라진다. 그는 선장의 근엄한 태도로 명령을 내린다.

"선원들 모두 전투태세를 갖춘다!"

"네, 선장님!"

선원들은 바짝 긴장하여 무기를 정비하고 사방을 주시한다. 빙벽에서 투두둑 떨어지는 얼음 조각들이 풍덩거리며 짙푸른 물속으로 잠긴다.

"횃불 준비!"

스루딘의 명령에 갑판의 선원들이 물가 주변으로 횃불을 가지고 간다. 화르륵 타오르는 불빛 아래, 깊이를 모를 물속에서 시커면 지느러미의 그림자가 스치는 것이 보인다. 예리한 눈으로 그 움직임을 파악하는 스루딘은 침착하게 생각한다.

'괴물이 벌써 이 아래까지 내려왔나 보군. 일단 빨리 빙벽 사이를 벗어나야 해. 얼음 속에 갇히면 꼼짝없이 다 죽는다.'

"우드드득-!"

다시 빙벽의 얼음이 부서지는 불길한 소리가 들리는 순간, 뒤쪽 배의 선장들이 약속이라도 한 듯 소리친다.

"후퇴하라! 후퇴해!"

그 말을 듣고 놀란 스루딘은 배의 후미 쪽으로 달려 나가며 자신의 선원들에게 외친다.

"안 된다! 스루딘 호는 전속력으로 전진한다! 일단 빙벽을 벗어나야 해!"

"네, 선장님!"

스루딘 호는 얼음을 제치고 앞으로 더 빠르게 나아간다. 하지만 뒤따라오던 북쪽 마을의 배들은 오히려 속력을 늦추고 배를 돌리려고 한다. 스루딘이 다급한 목소리로 그들에게 외친다.

"어이, 뭣들 하는 거요! 지금 제정신이오?"

방금까지 뒤에 바짝 붙어 따라오던 배의 선장이 한쪽 입꼬리를 올리며 외친다.

"혼자 잘 싸워 보쇼, 스루딘 선장! 우리야 배가 두 척이니 저 괴물들을 해치우고 나가겠지만, 아무리 당신이라도 여기선 못 살아 나갈 거요. 에실린들에게 수치를 안긴 더러운 반역자! 이제 자일리아샤의 모두가 알겠지! 검은 머리 루에린 놈을 모시면 어떻게 되는지를!"

얼음이 갈라지는 소리와 함께, 빙벽의 아래를 뚫고 나온 괴물의 검은 지느러미가 하나둘 드러난다. 스루딘은 입술을 부르르 떨며 분노에 차서 중얼거린다.

"이건 바얀에게 보고하지 말아야겠군. 맘 상해하겠어."

"콰지직!"

뒤쪽의 배가 기어코 선회하며 스루딘 호의 후미와 부딪힌다. 그 충격에 스루딘 호의 자개 장식들이 후두둑 떨어져 나간다. 전속력으로 앞서 나가는 스루딘 호와 뒤에 있는 배들의 사이가 점점 멀어진다. 배의 망가진 부분을 잠시 응시하던 스루딘이 어금니를 꽉 깨문다.

"멍청한 놈들…. 더는 안 말릴 거다. 나도 맘 상했거든."

그는 몸을 휙 돌려, 다시 뱃머리 쪽으로 저벅저벅 발걸음을 옮긴다. 갑판을 지키던 선원이 스루딘에게 달려오며 불안한 목소리로 묻는다.

"선장님, 이게 무슨 상황입니까? 저대로 다 보냅니까?"

"상관 마라. 자기 무덤을 판 놈들이야."

"예?"

"역풍인데도 배를 돌렸잖아. 그것도 지느러미 달린 괴물 앞에서. 아무리 배가 두 척이어도 속력이 떨어졌으니 끝난 거다. 꼼짝없이 갇힌 꼴이지."

"……."

스루딘은 당황한 표정의 선원들을 돌아보며 여유롭게 지시를 내린다.

"잘 들어라! 수면 아래 있는 괴물은 '키테리아'들이다! 보다시피 빠른 놈들이야! 빙벽 사이에서 사냥하는 건 무리다. 우선 방어하며, 물길이 넓은 곳으로 유인해야 한다! 알겠나?"

"네, 선장님!"

스루딘의 믿음직스러운 목소리에 힘입은 선원들은 다시 각자의 자리로 돌아간다. 매섭게 몰아치는 칼바람 덕분에 스루딘 호는 전속력으로 항해한다. 그러나 선회한 북쪽 마을의 배들은 바람과 맞서며 거의 제자리에 있다. 들썩이는 거센 물살 사이로 괴물의 지느러미들이 언뜻언뜻 보인다. 그 시커먼 그림자가 배들 가까이 점점 모여들자, 선원들을 다그치는 북쪽 마을 선장들의 고함이 저 멀리서 들린다.

"대포를 쏴라!"

"콰앙!"

한 배에서 괴물을 향해 대포를 쏘자, 주변의 빙벽이 갈라지며 얼음 조각들이 비수처럼 수면 위로 떨어진다. 이어서 다른 배에서도 대포를 쏘기 시작하자, 빙벽 전체에 쩌저적 하고 금이 간다. 스산한 굉음을 뒤로하고 스루딘 호는 재빠르게 그곳을 빠져나간다.

드디어 널찍한 항로로 나오자 스루딘 호는 본격적으로 괴물을 사냥할 태세를 갖춘다. 뒤따라온 괴물들이 쿵쿵거리며 배의 바닥을 부술 듯이 들이받는다. 동시에 스루딘의 명령이 차가운 공기를 뚫는다.

"대포 준비!"

"네, 선장님!"

"발사!"

"콰쾅!"

괴물 사체들이 수면 위로 떠오른다. 대포 세례에도 살아남은 것들은 작살 부대가 처리한다. 오랫동안 스루딘과 합심해 온 선원들은 마치 한 몸처럼 움직인다. 하지만 괴물들의 저항도 만만치 않다. 온몸을 날려서 배를 들이받는 괴물들 때문에, 스루딘 호가 뒤집힐 듯이 흔들린다.

"배가 전복되지 않도록 중심을 잘 잡아라!"

스루딘은 갑판 위에서 휘청거리다가 아까 빙벽의 얼음이 떨어진 자리를 밟는다. 순간 뭔가 물컹한 느낌이 들어서 발 쪽으로 고개를 돌리려는 찰나, 망루의 선원이 크게 외친다.

"선장님! 저놈이 괴물의 우두머리인 것 같습니다!"

스루딘은 옆의 작살을 챙겨 들고 선원이 가리키는 곳을 향해 달려 나간다. 무리 지어 배를 공격하려는 괴물 중 유독 커다란 몸집을 가진 것이 있다. 한눈에 봐도 무리를 이끄는 놈이다.

'우두머리가 있다면 생각보다 썩 강한 놈들은 아니겠군. 그렇다면 일단 저놈만 잡으면….'

스루딘은 갑판의 난간에 위태롭게 기대어 괴물의 우두머리를 조준한다. 그걸 눈치라도 챘는지 거대한 지느러미를 가진 그 괴물이 스루딘 쪽으로 튀어 오른다. 달빛과 함께 부서지는 얼음 조각 사이로 괴물의 몸뚱이가 드러나자 스루딘의 작살이 괴물의 대가리에 날아가 꽂힌다.

"크어어엉!"

"으앗!"

괴물이 괴성을 지르며 갑판 위로 떨어지는 바람에 스루딘은 중심을 잃고 나동그라진다. 뱃머리의 난간이 우지끈 부서져 내린다. 괴물의 대가리에서 시커먼 진액이 흘러나온다. 하지만 괴물은 아랑곳하지 않고 징그러운 날이 솟아 있는 지느러미를 퍼득이며 그에게 다가온다. 스루딘은 조금 당황한다.

'어라? 대가리를 뚫었는데도 안 죽네?'

괴물은 몸부림치며 괴성을 내지른다. 주변을 빠르게 살피던 스루딘은 근처에 있는 횃불을 잡아든다. 그리고 괴물이 다가오지 못하도록, 지느러미 쪽으로 그것을 휙 던진다.

"쿠에에엑!"

비릿한 탄내와 연기가 갑판 위를 메운다. 어쩐 일인지 괴물은 대가리를 맞앉을 때보다 더 고통스러워하는 것 같다. 스루딘은 연기 사이에서 소매로 얼굴을 가리고 선원들에게 외친다.

"그물을 던져라!"

가시 돋친 그물이 우두머리 괴물의 커다란 몸뚱이를 뒤덮자 괴물은 더욱 거세게 몸부림친다.

"우지직!"

배가 요란하게 흔들리며 물결이 거세게 출렁거린다. 자칫하면 배가 뒤집힐 상황이다. 근처의 선원에게 작살을 넘겨받은 스루딘은 다시 괴물을 조준하고, 쏜다. 이번에는 몸통 정 중앙이다. 괴물이 고통스러워하는 것을 보니 확실히 대가리보다는 효과가 있다. 스루딘은 다시 명령을 내린다.

"작살 부대! 대가리 빼고 모든 곳을 쏴라!"

스루딘의 명령에 작살 세례가 괴물에게 가차 없이 쏟아진다. 작살이 없는 선원들은 횃불을 집어서 던진다. 괴물의 몸뚱이는 순식간에 비릿한 검은 진액으로 뒤덮인다.

"쿠으으으…."

드디어 기력이 다했는지 괴물은 경련을 일으키며 쓰러진다. 선원들은 넘어지고 구르면서도 배가 뒤집히지 않도록 최선을 다한다. 잠시 후 괴물이 경련을 멈추자 배는 가까스로 안정을 되찾는다. 스루딘은 탄내와 그을음에 미간을 찌푸린다. 그는 횃불을 들고 다가가서 괴물의 흉측한 몰골을 살피더니 중얼거린다.

"아하, 생긴 걸 보니 대가리가 무기인 놈들이었군. 그래서 그렇게 머리통으로 배를 들이받은 거였어. 급소는 따로 있었던 모양이네."

그는 괴물이 죽었음을 선원들에게 확인시켜 준다. 그리고 비로소 안심하는 그들과 함께 힘을 모아서 괴물 우두머리 사체를 부서진 뱃머리의 난간 아래로 밀어 넣는다.

"풍덩!"

죽은 괴물의 몸에서 번져 나오는 검은 진액이 수면 위로 서서히 퍼진다. 스루딘은 가만히 다른 괴물들의 움직임을 살핀다. 물속에서 우두머리 괴물의 죽음을 알아차린 다른 괴물들의 움직임이 바빠진다. 그리고 곧 대열을 이루던 검은 지느러미들이 흐트러지기 시작한다.

"어, 선장님! 저것들 설마 도망가는 겁니까?"

한 선원이 묻는다. 정말, 괴물들의 지느러미가 하나둘 자취를 감추고 있다. 스루딘은 경계를 늦추지 않고 계속해서 상황을 지켜본다. 이내 파도가 일렁이는 수면 위에는 다시 얼음 조각들만 남는다. 스루딘은 속으로 십 년 감수했다고 생각하며 능청스럽게 말한다.

"하하, 역시 스루딘 호에 타는 선원들은 운이 좋나 보군! 보게, 우리가 이렇게 또 살아남았어!"

스루딘의 얼굴에 웃음이 돌아온 것을 보고 선원들은 안도의 한숨을 내쉰다. 스루딘이 목소리를 가다듬고 말한다.

"자자, 다들 수고했다. 그래도 방심은 금물이다! 서둘러 움직이자. 계속 이 항로를 따라서 빙벽 지대를 우회해 가야 한다. 알겠나?"

"네, 선장님!"

이어서 스루딘은 배의 상황을 보고 받는다. 다행히 죽거나 다친 이가 없다는 것을 듣고, 그는 그제서야 반쯤 떨어져 나간 뱃머리 장식을 안타깝게 쳐다본다. 배가 다 망가진 꼴을 보고 있자니 한숨이 절로 나온다. 선원 하나가 그에게 다가와서 조심스레 묻는다.

"저기, 선장님…. 괜찮으십니까?"

"그럼. 다들 다치지 않고 살았으니 괜찮지."

"그, 아까 북쪽 마을 배들은…."

선원이 차마 말을 잇지 못하자 스루딘은 씁쓸한 표정으로 선원을 바라본다.

"우리가 뭘 어떻게 하겠는가. 그 배들은 이미 침몰했을 거야. 괴물들 대가리에 받혀서 가라앉았거나, 빙하가 무너져서 가라앉았거나. 무른 얼음벽 사이에서 그렇게 대포를 쏘다니. 모자란 것들."

담담하게 말하는 스루딘을 보고 선원이 어두운 얼굴로 중얼거린다.

"저는 그들이 그럴 줄은 몰랐습니다."

"……."

스루딘은 아무 말 없이 앞을 응시한다. 차가운 바람 사이로 침묵이 무겁게 흐른다. 그러자 분위기를 조금 바꿔보려는지 선원이 애써 웃으며 말한다.

"저어, 그런데 말입니다. 선장님께선 어떻게 그 괴물을 제대로 보지도 않으시고 어떤 놈인지 아셨습니까? 참 대단하십니다. 달리 스루딘 선장님의 명성이 높은 게 아니군요."

그러자 스루딘은 한번 빙긋 웃고는 이렇게 속삭인다.

"그 괴물 이름, 내가 지어낸 거야."

"예에?"

"일단 선원들을 안심시켜야 했으니까. 이름이야 뭐가 그리 중요하겠나. 선원들에게 믿음을 주는 게 중요하지. 선장이 그 괴물을 안다는데, 그럼 해결할 수 있다는 것 아닌가.”

선원이 어안이 벙벙한 표정으로 눈을 깜박이자 스루딘이 짐짓 장난스러운 표정으로 말한다.

“말 나온 김에 내가 자네에게 특별히 좋은 정보 하나 알려주지. 지느러미가 있는 괴물들은 우선 물 밖으로 유인하는 게 중요하다네. 대개 육지에선 약하니까. 게다가 무리를 지어 다닌다면 우두머리 없이는 오합지졸인 게 다반사지. 그건 괴물이나 사람이나 다 똑같아.”

“아하, 그런 건가요….”

“그럼. 배를 오래 타다 보면 알 수 있다네. 중요한 순간에 목숨을 살리는 건 사실이 아니라 믿음이라는 걸. 아무튼 자네가 날 믿어줘서 고맙네. 그게 우릴 살린 거야. 북쪽 마을 배들 도움 없이도.”

“하하, 네. 명심하겠습니다.”

선원의 어깨를 툭툭 쳐 주던 스루딘이 고개를 갸웃하며 중얼거린다.

“그런데 좀 이상하단 말이야. 내가 여기 있다고 들었던 괴물은 훨씬 더 크고, 더 위험한….”

순간, 다급한 목소리가 스루딘을 부른다.

“서, 선장님!”

스루딘은 뒤쪽으로 고개를 돌린다. 그를 부른 선원은 떨리는 손으로 빙벽 쪽의 어둠 속을 가리킨다. 그쪽을 보고 스루딘의 옆에 있던 선원이 소스라치게 놀라며 입을 막는다.

“허억!”

어둠 속을 자세히 응시하던 스루딘의 얼굴도 창백하게 굳는다. 불길한 기운이 넘실거리는 수면 위, 북쪽 마을 배들의 잔해가 처참한 모습으로 떠내려 온다. 파편을 보니 아무래도 그 배들을 부순 존재는 따로 있는 모양이다.

"드드드득-"

이어서 얼음이 부서지는 사이로 엄청난 크기의 괴물이 모습을 완전히 드러 낸다. 거대한 집게발이 무수히 달린 그 모습에 스루딘은 경악스러운 얼굴로 중얼거린다.

"…그래, 저런 거."

그 시간, 루딘은 등잔을 들고 아버지의 서재에서 서성거리고 있다. 책들을 주욱 훑는 그의 손은 괴물과 관련된 책 한 권을 뽑아 든다. 주르륵 넘기는 책 장 사이로 소름 끼치는 괴물들의 삽화가 보인다. 그중에는 거대한 집게발이 달린 괴물들도 있다. 하지만 그런 것에는 관심이 없다는 듯 루딘은 책장을 넘 긴다.

"그건 어딨지? 모테라…. 모테라."

루딘은 등잔을 책상 위에 놓고 종이를 넘기며 모테라에 관련된 내용을 찾 는다.

"어, 여깄다."

책장을 넘기던 손이 멈춘다. 루딘은 책 옆으로 등불을 바짝 가져다 댄다. 섬 뜩하게 생긴 모테라의 그림 옆으로 채워진 빼곡한 설명이 보인다. 그것을 찬 찬히 살피던 루딘은 속삭이듯 작은 목소리로 한 부분을 읽는다.

"…모테라의 힘은 그 괴기스러운 지느러미도, 팔도, 다리도 아니다. 그것들은 선원을 저주로 홀린 다음 물에 빠트려 죽이는 것으로 유명한 괴물이다. 모테라의 눈을 마주친 자는 살아남더라도 더 이상 온전한 삶을 살지 못한다. 그 이유는 그 괴물의 눈을 통해 보는 저주가 반드시 이루어진다는 속설이 있기 때문이다. 실제로 지금껏 많은 선원이 자신의 인생에서 일어날 가장 두려운 장면을 목격했고, 그것은 대부분 현실로 이어졌다고 한다. 피하려 해도 피할 수 없는 공포 속에서 평생을 살다가 결국 그 두려움을 맞이하는 것. 그것이 이 괴물의 무서운 저주다."

루딘은 숨이 턱 막혀서 책을 내려놓는다. 짧게 내뱉는 숨결이 떨린다. 눈을 감으니 아직도 생생하다. 수면 밑으로 가라앉는 바얀 호와 심연 속으로 사라져 가는 보리얀⋯.

"탁."

루딘은 책을 접어 다시 책장에 꽂아 넣는다. 두근두근. 심장 소리가 귓가를 메우며 불안하게 울린다.

"그게 반드시 이루어지는 저주라니⋯."

그는 책장에 머리를 기댄다. 긴 속눈썹 사이로 비치는 은회색 눈동자에 두려움이 어린다.

'보리얀에게 말을 해야 하나, 말아야 하나⋯.'

고민이 깊어질수록 정적은 길어져 간다. 루딘은 방안을 서성거린다. 옮기는 발걸음마다 생각의 갈피가 갈라진다. 보리얀이 이 사실을 모른다면 앞일을 대비하기는 더 어려워질 것이고, 알게 된다면 자신과 같은 공포를 느껴야 할 것이다.

'만약 보리얀이라면 어떻게 했을까? 그 애가 이런 일을 겪었다면 나에게 말했을까?'

루딘은 달빛이 훤하게 드는 창문 아래 선다. 그렇게 한동안 우두커니 서 있던 그의 머릿속에 보리얀의 모습이 스친다. 하도 오랫동안 같이 다녀서 그런지 생각만 해도 눈에 선하다. 기뻐서 웃는 모습, 담담히 슬픔을 감추는 모습, 짓궂은 모습, 그리고 자기를 흘겨보며 핀잔을 주는 모습까지…. 루딘은 세차게 고개를 젓는다. 절대로 그 애를 잃을 수는 없다. 그 어떤 일이 있더라도.

'그래. 보리얀이라면 아마 얘기했을 거야. 친구는 다 같이 하는 거라고 했으니까. 즐거운 것도, 슬픈 것도.'

달빛을 마주하는 루딘의 두 눈이 진지하다. 그는 이내 마음을 먹었는지 책상 쪽으로 저벅저벅 걸어간다. 루딘은 등잔을 집어 들고는 서둘러 계단을 내려간다. 그리고 대문을 나서며 등잔불을 불어서 끈다.

"후-"

이내 그의 집은 물속처럼 고요한 암흑에 잠긴다.

～ 4장 ～

❴　지킬 수 없었던 비밀　❵

"화르륵-"

등잔불이 켜진다. 밝아진 불꽃이 보리얀의 까만 눈동자 속에 일렁인다. 보리얀은 조용히 베개 아래에서 예전에 샬리타가 읽어주던 오래된 책을 꺼낸다. 샬리타는 책을 안방의 서랍에 넣고 잠가두곤 하는데, 보리얀은 책의 그림을 다시 보고 싶을 때마다 이렇게 몰래 가지고 온다.

'오늘도 들키지 말아야지.'

보리얀은 등잔을 침대 옆 의자에 조심스럽게 올려놓고 천천히 책장을 펼친다. 옛 삽화들을 보니 엄마가 전에 읽어주었던 내용이 생생히 기억난다. 신성한 고대의 언어는 도통 이해할 수 없게 생겼지만, 보리얀은 어깨너머로 들은 이야기들 덕분에 특정 단어들의 모양을 기억하고 있다.

"에르…. 에린, 겔리시온."

보리얀이 손가락으로 단어들을 짚으며 더듬더듬 읽어본다. 책장을 한 장 한 장 넘기자 <에르와 에린> 다음으로 <별과 생명의 탄생>이 나온다. 이 장은 <추락의 전쟁>이 나오기 바로 전에 있는 장이다. 새로운 장의 시작을 알리는 커다란 삽화가 보리얀의 눈에 들어온다. 일곱 개의 서로 다른 날개가 둥글게 원을 그리며 새로 태어난 밝은 별 주변을 에워싸고 있다.

"에르가 만든 일곱 개 별의 기운을 타고난 태초의 에린들이네. 이 책을 엮은 사람은 도대체 어떻게 알았을까? 우리가 사는 곳이 마지막에 만들어진 여덟 번째 별이었다는 걸…."

보리얀은 삽화에 그려진 일곱 개의 날개를 하나씩 눈에 담고 조심스럽게 책장을 넘긴다. 뒤에 나오는 그림들을 볼 때마다 샬리타가 들려주었던 책의 내용이 머릿속을 스친다.

"…에르가 에린을 창조하기 전, 마지막으로 만들었던 여덟 번째 별 '에테리온'은 특별한 곳이었다. 그 별에는 에르의 피조물들뿐 아니라 다른 신들의 피조물들도 함께 공존하는 곳이었기 때문이다. 자신들을 탄생시킨 어버이 신이 그랬던 것처럼 에르와 다른 창조의 신들은 자신을 닮은 생명체를 내고 싶어 했다. 그들은 합심하여 새로운 별을 만들어 첫 생명을 내리기로 계획했고, 그곳이 바로 사랑의 별 에테리온이었다.

별을 만드는데 뛰어났던 신 에르는 에테리온의 시간과 공간을 만들었다. 이후 물리적인 순환 현상을 창조할 수 있었던 신 유르가 물과 불, 흙과 공기의 흐름을 선사했다. 그리고 에르와 가장 가까웠던 신 오르는 에테리온에 최초의 생명을 내렸다. 오르는 생명체를 창조하는데 가장 탁월한 힘을 발휘했던 창조의 신이자, 처음으로 유한한 삶을 가진 존재인 아만을 만든 신이었다.

창조의 신들은 에테리온에 각자의 영역을 건설했다. 그 영역은 시간과 공간으로 분리되어 있어서 다른 신들의 영역을 침범하지 않았다. 그렇기에 그 안에서 사는 피조물들은 당연히 자신이 있는 곳이 에테리온의 전부라고 생각했다. 자신이 존재하는 차원에만 머물러 다른 영역들을 볼 수 없었기 때문이었다. 하지만 비록 다른 영역에서 다른 신의 손을 거쳐 탄생하였다고 하더라도, 피조물 대부분 생김새와 습성에는 공통점이 많았다. 그들은 모두 에테리온의 기본적인 원소와 물질들을 바탕으로 창조되었기 때문이다.

서로 다른 영역들 사이를 잇는 시공간 사이의 '문'은 에테리온의 가장 큰 비밀이었다. 그곳은 창조의 신들, 혹은 그들이 필요에 따라 선택한 아주 극소수의 피조물들만이 오갈 수 있었기 때문이다. 다만 오르가 창조한 고대의 아만 중에는 그 비밀을 알고 있는 자들도 있었다. 그들에게는 자신들의 영역과 차원을 넘을 수 있는 죽음이라는 경험이 있었기 때문이다. 그렇지만 죽음은 아만들에게 치명적인 결함을 주기도 하였다. 그들의 유한한 삶은 지혜의 전승을 어렵게 했다. 아무리 현명한 아만의 피를 타고났다 하더라도 그들의 자손은 아무 지혜도 없이 태어났다. 결국 그들 대다수는 어리석음을 반복하며 매우 느리게 발전했다.

창조의 신 에르는 그러한 아만들을 매우 미천한 존재로 여겼다. 자신이 창조한 에린과 생김새가 비슷하기는 하나, 에린들은 그들과는 비교할 수 없는 아름다움과 고매함을 가지고 있었기 때문이다. 에르는 태초의 에린들에게 각각 자신의 신성이 깃든 일곱 개 별들의 기운을 선물했다. 그들은 다음과 같다.

'라델린'
지혜와 권능의 별 라델리온(해)의 기운을 가지고 태어나, 태양 빛 날개를 가진 에린.

'에실린'
신의와 복종의 별 에실리온(달)의 기운을 가지고 태어나, 은빛 날개를 가진 에린.

'마에린'
위대한 용기의 별 마에리온(불)의 기운을 가지고 태어나, 자줏빛 날개를 가진 에린.

'히드린'
성실함과 너그러움의 별 히드리온(물과 바람)의 기운을 가지고 태어나, 푸른빛 날개를 가진 에린.

'유피린'
힘과 성장의 별 유피리온(나무)의 기운을 가지고 태어나, 청록빛 날개를 가진 에린.

'루에린'
욕망과 재능의 별 루에리온(영혼)의 기운을 가지고 태어나, 칠흑 빛 날개를 가진 에린.

'셰트린'
인내와 의지의 별 셰트리온(흙과 광물)의 기운을 가지고 태어나, 갈대 빛 날개를 가진 에린.

태초의 에린들은 이렇게 일곱이었으며, 사랑의 별 에테리온에 자리 잡은 다른 창조물들과 마찬가지로 자신들을 위해 창조된 영역에서 살았다. 그 영역은 바로 대양 '샤' 위에 떠 있는 구름 섬 '겔리시온'이었다. 에르의 은혜를 입은 일곱 명의 에린들은 그들을 창조한 신과 가까이서 소통했다. 에르는 그중 자신을 가장 닮은 태양 빛 날개의 '라델린'과 다양한 재능으로 빛나는 칠흑빛 날개의 '루에린'을 곁에 두고 사랑했다. 루에린은 다른 에린들에 비해 보다 명민하였기에 가장 적극적으로 에르의 창조를 도왔다. 그리고 그 과정에서 다른 피조물들, 특히 동물들과 소통하는 능력을 갖게 되었다고 전해진다.

루에린은 늘 에르에게 영감이 되는 새로운 질문들을 던졌는데, 그중 가장 역사적인 질문은 에린들의 운명을 바꾸어 놓았다. 그것은 바로 생식 능력에 관한 것이었다. 앞의 장 <에르와 에린>에서 살펴보았듯 이것은 에린들에게 자손을 낳을 수 있는 성별과 함께 유한한 삶을 가져다주었다. 생식 능력은 원래 창조의 신 오르의 피조물인 아만들의 특성이었다. 에르는 그들의 특성을 조금 본떠서 자신의 피조물에게 선물하는 대신, 아만에게는 다른 은혜를 베풀기로 하였다. 그것은 바로 아만들이 죽은 후 그 영혼들을 에린들의 지혜로 고양해 주는 것이었다.

에르의 계획은 이러했다. 아만들이 죽으면 그 영혼들을 선별하여 자신이 만든 영역인 구름 섬 겔리시온으로 데려간다. 그리고 에린들에게 그들을 맡겨 신의 피조물로서 지켜야 할 도리와 지혜를 배우게 한다. 그렇게 교육 과정을 마친 영혼들은 다시 새로운 생명으로 아만의 세상에 내보내질 수 있다. 하지만 처벌해야 할 영혼들은 겔리시온 아래의 대양 '샤' 깊은 곳에 던져버린다. '샤'에 던져진 영혼들은 바다의 일부가 되어 영원히 사라지고 다시는 아만의 땅을 밟을 수 없다. 아만을 창조한 신 오르는 그것을 승낙했고, 그렇게 두 세계 피조물들의 교류가 시작되었다.

그 뒤로 에린들은 생전 보지 못하던 존재인 아만들의 영혼을 맡게 되었다. 그들은 이 죽은 자들의 영혼이 어디에서 오는지 몰랐지만, 루에린을 제외하고는 그 누구도 감히 에르에게 질문할 생각을 하지 않았다. 그렇기에 태양 빛 날개를 지닌 라델린을 중심으로 다른 에린들은 아무 의심이나 질문 없이 에르의 지시를 따랐다. 그들은 죽은 아만의 영혼들을 교육하거나 '샤'로 추방했고, 다시 새로운 생명으로 탄생할 준비를 마친 이들을 에르에게 넘겼다. 그러나 아주 오랜 시간이 지나도, 그들은 에르가 아만들의 영혼을 어디에서 데리고 와서 또 어디로 다시 데려가는지 전혀 알 수 없었다.

에린들에게 에테리온의 비밀 문을 알리지 않으려던 에르는 죽은 아만들의 영혼이 오는 곳을 알려고 하지 말라는 명령을 내렸다. 에르를 경외하는 에린들은 그 명령을 철저히 따랐으나 루에린은 달랐다. 이 검은 날개의 에린은 아만들의 영혼이 어디서 오는지 항상 궁금해했고, 결국 에르의 금기를 넘어 에테리온의 시공간을 넘나드는 비밀의 문을 발견하고야 말았다. 아만들이 사는 세상을 보게 된 루에린은 죽은 자들의 영혼만을 교육하는 것은 시간 낭비라고 여겼다. 그래서 몰래 시공간의 문을 통해 살아 있는 아만들에게 직접 지혜와 기술을 전하였다.

이 사실을 알게 된 에르는 분노했다. 그리고 자신의 통제 없이 지혜를 전파하고, 자신의 뜻을 거슬러 비밀의 문 사이를 오간 루에린에게 큰 벌을 내렸다. 루에린은 더 이상 신을 도와서 창조할 수 없었으며 가장 낮은 위치에서 다른 에린들을 도와야 했다. 또한 구름 섬 겔리시온의 신성한 샘인 자일리아샤에서 열리는 회의에도 참석할 수 없었다. 이후 다른 에린들은 루에린이 신을 거역하여 저주를 받았다고 여겨 아무도 그를 가까이하지 않았다. 그리고 그것은 관습처럼 굳어져서, 욕망과 재능의 별 '루에리온'의 기운을 타고난 에린들은 대대로 멸시를 받게 되었다. 그렇게 시간이 거듭될수록 루에린이라는 말은 검은 날개를 지닌 이들을 통칭하는 대명사처럼 사용되었고, 겔리시온에는 '루에린들은 불길하다'는 생각이 만연해졌다. 그렇기에 훗날 에린들은 자손을 가지기를 기원하면서도 부디 에르가 자신에게 루에린만은 내리지 않기를 바랐다.

여기에서 짚고 넘어갈 점이 있다면, 정작 태초의 루에린은 그 사건 이후 일찍이 에르의 품을 떠나버렸다는 것이다. 그 루에린은 담대하게도 창조의 신 에르에게 용서를 빌지 않았다. 대신 에르의 눈을 피해 비밀의 문을 넘어 다른 시공간으로 사라져 버렸고, 이후 에테리온 그 어디에서도 발견되지 않았다. 한때 신의 총애를 듬뿍 받던 루에린이 어디로 향했는지는 아무도 모를 일이다. 이후에 겔리시온에 태어난 검은 날개들은 결국 태초의 루에린과는 별 상관이 없는 이들이었다. 그들은 그저 같은 별인 루에리온의 기운을 타고났을 뿐이었다. 하지만 다른 에린들은 여전히 대를 이어 검은 날개를 지닌 자들을 경계했다. 창조의 신에게 반기를 든 자와 같은 기운을 가진 이는 두려움의 대상이었기 때문이다. 물론, 그 이면에는 에르의 영역을 넘어서 자유를 찾은 루에린에 대한 시기와 질투도 있었다. 여기서 기인된 차별은 결국 구름 섬 겔리시온의 파멸과 비극을 초래했다. 그것이 다음으로 소개할 '추락의 전쟁'이다."

이 장의 마지막 삽화가 보인다. 시공간의 문을 열고 겔리시온을 떠나는 루에린의 뒷모습에서 검은 날개가 빛난다. 물끄러미 그림을 들여다보던 보리얀은, 순간 창문에서 들려오는 '톡톡' 소리에 깜짝 놀라서 고개를 든다.

"헉! 뭐야?"

보리얀은 숨죽이며 책을 내려놓고 천천히 창가로 향한다. 힘든 자세로 매달려 있는 루딘이 속삭인다.

"저기, 이, 이것 좀 열어주면 안 돼?"

"너 진짜 미쳤구나?"

"아, 일단 창문 좀 올려봐. 떨어질 것 같아!"

마지못한 보리얀이 조심조심 창문을 위로 올리자, 루딘은 기다렸다는 듯 잡고 있던 나무줄기를 놓고 창문턱으로 몸을 들이민다. 그리고 가뿐하게 창틀에 걸터앉고는 이마에 맺힌 땀을 훔치며 한숨을 내쉰다.

"어휴, 죽는 줄 알았네."

보리얀이 눈을 치뜨고 루딘을 째려본다.

"너, 뭐야? 왜 왔어?"

"야, 무서워. 눈에 힘 풀어."

"말 안 하면 확 밀어버린다."

"아아, 잠깐. 나 진짜 급하게 할 말이 있어서 온 거야."

"그니까 뭐냐고?"

보리얀의 물음에 루딘이 대답을 피하며 침대에 놓인 책을 바라보고 묻는다.

"…저거 뭐야? 그 책이야?"

보리얀은 아차 싶어서 재빨리 이불로 책을 덮는다.

"뭘 숨겨? 다 봤는데."

루딘의 말에 보리얀은 잔뜩 찌푸린 얼굴로 침대에 털썩 주저앉는다.

"너 진짜 못됐다. 어떻게 막 함부로 남의 집에 들어오고 그래? 너 도둑이야?"

"에이, 미안. 근데 다 그럴 일이 있어서 그런 거라니까. 나 들어간다?"

루딘이 사뿐히 창문틀에서 내려와 보리얀의 옆에 걸터앉고서는 빙그레 웃는다.

"다시 보니까 좋다, 친구. 그치?"

"떨어져."

"아, 진짜. 차갑긴…."

루딘은 중얼거리며 조금 거리를 두고 앉는다. 그리고 진지한 얼굴로 묻는다.

"너, 무슨 책 보는 거야? 내가 알면 안 되는 거야?"

"응. 비밀이거든."

"그래?"

루딘이 큰 눈을 껌뻑거린다.

"그럼 어쩌지? 나 아까부터 다 들었는데. 네가 막 중얼거렸잖아. 여덟 번째 별이 어쩌고, 루에린이 어쩌고…."

"쉿!"

보리얀이 손가락을 루딘의 입술에 갖다 대며 그의 말을 막는다. 루딘이 고개를 끄덕이며 보리얀의 손을 내려놓는다.

"알았어, 알겠다고. 야, 근데 그 비밀에 나도 좀 껴주라. 뭔가 근사한 거 같은데?"

"안 돼. 이것도 지금 몰래 보고 있는 거란 말이야. 그리고 부모님이랑 약속했어. 아무한테도 안 보여주기로."

"그래? 그럼 너는 계속 약속 지켜. 어차피 너는 아무한테도 안 보여줬는데, 내가 그냥 들은 거잖아. 이왕 들은 김에 좀 더 들을게. 응?"

보리얀이 굳은 표정으로 고개를 젓자 루딘은 무언가 말을 할 듯이 입을 달싹이다가 결국 한숨을 내쉰다.

"에휴. 그럼 나도 그냥 가야겠다. 비밀스럽게 할 말이 있어서 온 건데."

"…뭔데?"

보리얀이 슬쩍 루딘의 옷자락을 잡아당기자 그는 조금 주저하다가 말한다.

"아니, 그때 그 괴물 있잖아. 내가 눈 마주쳤었던…."

"그 '모테라' 말이야?"

"응. 그때 내가 무언가를 봤는데…."

루딘이 말끝을 흐리며 고개를 젓는다.

"아니다. 왜 나만 비밀 얘기해 주냐? 공평해야지."

"야, 너는 이미 내 비밀 하나 알잖아."

보리얀의 말을 들은 루딘은 잠시 생각하다가 고개를 끄덕인다.

"음, 그렇기는 하지. 그래도 그건 무효야. 아파라티 할아버지도 아시잖아."

"그게 무슨 상관인데?"

"아주 큰 상관이 있지! 저 책은 아무도 모르지? 내가 지금부터 해줄 말도 아직 아무도 모르는 거야. 그리고 이건 바얀 호의 운명이 달려 있는 문제라고!"

"뭐라고?"

보리얀이 깜짝 놀라서 소리를 높이자 루딘이 손사래를 치며 속삭인다.

"조용, 조용히 해, 좀⋯. 에휴. 아무래도 안 되겠다. 그냥 얘기해 줄게. 사실, 내가 너무 마음이 불편해서 잠을 잘 수가 없더라고. 집도 텅 비어 있지, 불길한 생각은 자꾸 들지⋯."

루딘이 사뭇 진지한 얼굴로 보리얀을 쳐다본다.

"내가 아빠 서재에 들어가서 모테라에 대해 좀 찾아봤거든. 근데 그것들이 글쎄, 예언을 한대. 그 괴물들의 눈을 보면 자신의 미래에서 일어날 가장 두려운 장면을 보게 된다는 거야. 그래서 절대 눈을 마주치면 안 된대."

"⋯근데 넌 마주쳤잖아."

"그랬지. 그게 문제야."

"왜? 뭘 봤는데 그래?"

루딘은 입을 다물고 보리얀을 응시하더니 이내 조용히 말한다.

"⋯나, 바얀 호를 본 것 같아."

"뭐?"

표정이 굳어진 보리얀은 눈을 동그랗게 뜨고 루딘에게 바싹 다가간다.

"그래서? 무슨 일인데?"

"배가 막 다 부서졌어. 산산조각이 났다고. 그리고⋯."

루딘은 말을 이으려다가 보리얀의 얼굴을 쳐다본다. 괴물의 눈에서 보았던 그녀의 얼굴이 떠오른다. 두려움 때문인지 심장이 두근거린다. 루딘은 차마 그 말은 꺼내지 못하고 얼버무린다.

"…그, 그리고 아주 거대한 파도가 쳤어."

보리얀은 하얗게 질린 얼굴로 아무 말 없이 바닥을 내려다본다. 잠시 동안 두 아이의 숨소리만이 정적을 메운다. 일렁거리는 등잔 불빛이 비치는 가운데 보리얀이 묻는다.

"그게 언젠지도 알아?"

"아니, 잘은 몰라. 근데 아마 우리가 어른이 되고 난 후인 것 같기는 해."

"그럼 일단 이건 비밀로 하자. 어차피 언제 어디서 일어날지 딱히 알지도 못하는 거잖아. 배를 타는 게 일상인 사람들을 매일매일 공포에 떨게 할 수도 없고."

"바얀 선장님한테도?"

"당연하지. 신경을 가장 많이 쓰실 분이잖아. 모든 선원을 다 책임져야 하니까. 그러니 우리가 어른이 되면, 그때 말씀드리는 걸 다시 생각해 보자. 약속할 수 있지?"

"알았어. 근데 이미 그걸 본 이상, 난 아마도 계속 마음 졸이고 살 것 같아."

"……."

곰곰이 생각에 잠긴 보리얀은 그의 커다란 눈을 들여다보며 조심스럽게 입을 연다.

"저기 있지…."

"응?"

"그럼, 너는 배를 바꿔 타는 게 어때?"

"뭐라고?"

"네가 얼마나 우리 배를 좋아하는지 잘 알아. 하지만 뱃사람이 자기 배에서 항해하는 걸 두려워하면 안 되지. 네가 바얀 호에 타지 않는다면 적어도 그 일이 네 미래가 되지는 않을 거 아냐. 아직 안 늦었잖아. 스루딘 선장님께서 해협 정찰에서 돌아오시면, 다른 배를 타고 싶다고 말씀드려 봐."

"야, 지금 나 때문에 이러는 것 같아? 내가 그렇게 겁쟁이로 보여?"

"괜찮아, 루딘. 누구나 겁나는 상황이야. 나도 그런데 뭘."

보리얀의 대답에 루딘은 답답하다는 듯 고개를 돌려버린다. 그의 큰 눈에 복잡한 감정이 서린다. 잠시 바닥을 응시하던 루딘은 결국 보리얀의 옆에서 일어나더니 얼버무린다.

"에휴, 진짜. 아니다. 잘 자라. 내일 얘기하자."

루딘이 창문가로 향하자 보리얀이 따라 일어난다.

"가는 거야?"

"......"

루딘은 흘끗 뒤를 돌아보더니, 한숨을 내쉬며 아무 말 없이 창문 밖 어둠 속으로 사라진다. 보리얀은 그런 루딘의 등 뒤에 대고 속삭이듯 소리친다.

"약속이야, 아무한테도 얘기하지 마!"

루딘의 은색 머리가 시야에서 사라지자 보리얀은 고개를 젓는다.

"으이고. 저 제멋대로인 녀석."

보리얀은 생각에 잠겨 천천히 방을 한 바퀴 돈다. 그리고 한숨을 내쉬며 다시 침대에 털썩 앉는다. 한동안 우두커니 있던 그녀는 이불에 반 정도 가려져 있는 책을 꺼내 든다.

"여기에는 저주를 피하는 법, 뭐 이런 건 안 나오나?"

보리얀이 오랜 세월의 두께가 내려앉은 책의 겉표지를 손가락으로 조심스럽게 훑어본다. 거대한 물고기의 가죽으로 만들어진 책의 표면에서 굵은 비늘 무늬의 요철이 느껴진다. 겉장을 열면 아직도 삽화의 색 하나 바래지 않은 온전한 속지들이 빼곡하다. 보리얀은 책을 펼쳐 들려고 하다가 이내 심란한 표정으로 다시 접고 만다.

한편 빈 집에 돌아온 루딘은 우두커니 서서 어둠 속을 응시한다. 보리얀을 만나고 왔지만 왠지 마음은 더 무거워진 것만 같다.

'나더러 배를 바꿔 타라니…. 내가 왜 그러는지도 모르면서.'

그는 생각 끝에 등잔을 들고 다시 아버지의 서재로 들어간다. 그리고 잠시 책장 앞에 서더니 각종 괴물의 종류와 특징을 기술해 놓은 책들을 꺼내서 쌓아놓는다.

"도대체 어떤 괴물이 바얀 호를 그렇게 만들 수 있을까?"

책장을 넘기다가 마라트의 괴물과 루에린에 대한 대목이 눈에 띈다. 루딘은 그 부분을 손가락으로 짚으며 천천히 읽어나간다.

"…알려진 바는 거의 없으나, 이러한 마라트의 괴물들은 본래 창조의 신 에르가 만든 다른 생명체들처럼 아름다웠다고 한다. 그러나 '추락의 전쟁' 때 에르를 배신하는 편에 선 그들의 모습은 창조의 신이 내린 벌에 의해 흉측하게 변했다고 전해진다. 그들을 전쟁에 끌어들인 것은 검은 날개를 가진 사악한 루에린과 그를 따르는 이들이었다. 특히 고대의 루에린에게는 특출한 힘이 있었다. 태초의 루에린이 그랬던 것처럼, 그는 에르의 피조물과 소통할 수 있는 능력을 가졌던 것이다. 만약 추락의 전쟁 때 그들이 어떻게 소통했는지를 알 수 있다면 마라트와 그의 괴물들에 대한 조사는 더 쉬웠을지도 모른다. 그러나 현재 루에린들의 후손에게는 그러한 신비한 능력은 이어져 내려오지 않고 오로지 그 저주받은 검은 머리만이 남아 있을 뿐이다."

루딘의 시선이 흔들린다.
"피조물과 소통하는 능력…. 혹시, 보리얀?"
그는 자리에서 일어나 천천히 창문을 열고 달빛이 흐르는 창가에 걸터앉는다. 신선한 공기가 들어오며 반투명한 천이 밤바람에 펄럭인다. 환하게 빛나는 은색 달빛이 루딘의 맑은 눈망울에 담긴다. 그의 머릿속에 온갖 생각들이 가득 맴돈다.
'그 애가 괴물들과도 소통할 수 있을까? 고대의 루에린은 어떻게 그 많은 피조물과 소통했지? 추락의 전쟁에 대해 좀 더 자세하게 알 방법은 없을까?'
루딘은 답답하다는 듯 두 손으로 머리를 감싼다. 구불거리는 은색 머릿결이 손가락 사이로 흘러내린다. 두 눈을 감자, 물속으로 가라앉는 보리얀의 모습이 자꾸만 머릿속에 스친다. 한숨이 입술 사이로 새어 나온다.
"안 돼…."

다음 날, 루딘은 평상시와 달리 조용하다. 마치 자기 생각 속에 파묻혀 있는 듯 보리얀의 눈을 마주치지도 않고 말도 걸지 않는다. 보리얀은 애써 아무렇지도 않은 듯 행동한다. 하지만 내심 걱정스러운 표정으로 루딘을 지켜보며 그저 묵묵히 주어진 일을 한다. 갈수록 짙어지는 안개 때문에 항해는 이른 오후에 마무리된다. 보통 항해가 일찍 끝나는 날이면 어떻게 놀까 궁리하며 재잘거렸을 루딘이지만, 그날따라 볼일이 있다며 먼저 사라진다. 보리얀은 그럴만한 이유가 있을 것이라고 생각하며 조금 서운한 마음을 감추고 집으로 향한다.

터벅터벅 발걸음을 옮기며 혼자 언덕을 오르던 루딘은 거대한 헤사티오 나무 앞에 다다른다. 루딘은 그 커다란 나무를 한번 올려다보고, 옆에 있는 아파라티 할아버지의 오두막으로 발걸음을 옮긴다. 오두막 안에서는 헤사티오 이파리를 우려낸 차 향기가 퍼져 나온다.

"아파라티 할아버지, 계세요?"

루딘이 부르자 오두막의 문이 열리며 환하게 미소 짓는 할아버지의 얼굴이 보인다.

"어서 오렴, 루딘. 마침 헤사티오 차가 다 준비되었단다."

다정하게 루딘을 맞이하는 아파라티 할아버지의 모습 뒤로 탁자에 정갈하게 놓여 있는 작은 주전자 하나와 잔 두 개가 보인다. 보리얀 없이 와 본 것은 처음이라 루딘은 조금 쭈뼛거린다. 그러자 할아버지가 오두막 안을 가리키며 온화한 목소리로 묻는다.

"들어오겠니?"

아파라티 할아버지 앞에 앉은 루딘은 헤사티오 차가 담긴 잔을 바라보며 한참을 가만히 있다. 바깥에서는 이따금 정원의 동물들이 내는 소리가 들려온다. 할아버지는 그저 평온한 얼굴로 루딘이 이야기를 꺼내길 기다릴 뿐이다.

잠시 후 루딘은 힘겹게 입을 열고 자신이 모테라의 눈에서 본 것과 어제 보리안을 찾아간 것 등을 털어놓는다. 그리고 이제 어떻게 하면 좋을지 모르겠다며 고개를 숙인다. 그의 말을 진지하게 듣던 아파라티 할아버지가 입을 연다.

"힘들겠구나, 루딘. 어떨 땐 미래를 본다는 게 커다란 저주가 될 수도 있으니까."

"정말 그런 일이 벌어진다면 어떡하죠? 제가 할 수 있는 게 있기나 할까요?"

"물론 하루하루를 힘겹게 살 수도 있겠지. 다가올 나날들을 두려움으로 허비하면서 말이야. 그렇지만 그때까지 시간을 아낄 수도 있어. 그리고 그렇게 아낀 시간은 중요한 것을 바꿀 수 있단다."

"시간을… 아낀다고요?"

"그래. 그리고 시간을 아끼는 데 가장 좋은 방법은 곧고 빠른 길로 가는 것이지."

"그, 그게 어떤 길인데요?"

"네 진심을 따르는 거란다. 진심을 다한 선택은 새로운 운명을 만들 수 있거든."

아파라티 할아버지가 차를 한 모금 마시며 말을 잇는다.

"모든 사람에게는 선택의 힘이 있단다. 너한테도 마찬가지고."

"음…. 그럼 제가 뭘 선택하면 되죠?"

"그건 너에게 달린 일이 아니겠니, 루딘."

"……."

루딘은 잘 모르겠다는 표정으로 앉아 있다. 그걸 잠시 물끄러미 바라보던 할아버지는 자리에서 끙차 일어난다.

"흐음. 이럴 때는 지도를 그려보는 게 도움이 된단다. 잠시 기다려 보렴."

할아버지는 곧 선반에서 종이와 쓸 것을 가지고 온다. 그리고 다시 자리에 앉으며 묻는다.

"자, 이렇게 시작해 보자. 넌 무엇이 두려운 게냐?"

"그야 바얀 호가 산산이 조각나서 가라앉는 거죠."

그러자 아파라티 할아버지는 배를 그려 넣고 바얀 호라고 쓴다. 이어서 그가 묻는다.

"그렇겠지. 시작할 방향은 잡았구나. 그럼 좀 더 깊이 들어가 보도록 하자. 바얀 호가 가라앉는 것이 왜 두렵지?"

"사람들이 죽을 테니까요. 저를 비롯한 많은 사람이요."

"음, 그렇다면 결국 배가 부서지는 것보다도 사람이 죽는 게 문제인 게야. 그렇지?"

루딘이 끄덕이자 아파라티 할아버지는 바얀 호 옆으로 줄을 긋더니 이어지는 곳에 사람들 몇을 그려놓는다. 그것을 쳐다보던 루딘은 낮은 소리로 말한다.

"사실 저보다도 다른 사람들이 죽을까 봐 더 겁나요."

"그래? 그렇다면 그 이유는 뭐니?"

"죽으면…. 다시는 볼 수 없잖아요. 우리 엄마, 삼촌들, 사촌 형처럼…."

대답하는 루딘의 큰 눈망울이 젖어 들기 시작한다. 아파라티 할아버지는 물끄러미 루딘을 바라본다. 그리고 잠시 눈을 감고 생각에 잠기는 듯하더니,

먼 세상에서 돌아온 듯한 눈빛으로 고개를 끄덕이며 생각한다.

'그래. 그 사건 때 네 가족 모두가 같은 배에 타고 있었던 게로구나.'

루딘은 물끄러미 탁자를 내려다보면서 말한다.

"엄마는 가장 빠른 잠수부였대요."

"대단하구나. 여인의 몸으로 배에 오르는 것이 쉽지 않았을 텐데. 용감한 사람이었겠어."

"너무 어릴 때라 기억도 잘 안 나요. 어렴풋한 느낌 밖에는…."

아파라티 할아버지가 루딘을 물끄러미 바라본다.

"엄마가 보고 싶니?"

루딘은 고개를 끄덕이며 작은 목소리로 대답한다.

"…항상요."

"그렇구나. 그럼 네가 본 미래의 바얀 호에서 그렇게 항상 그리울 사람들은 누굴까?"

루딘은 선뜻 입을 열지 못하다가 머뭇거리며 대답한다.

"그때 누가 배에 타고 있을지는 정확히 모르겠어요. 한 사람만 봤거든요."

"그 한 사람이 네가 말한 어른이 된 보리얀이로구나. 그렇지?"

"네."

"모테라가 보여준 가장 공포스러운 순간에 있던 한 사람이 보리얀이라…. 그렇다면 우리는 얼추 답을 찾은 것 같다만."

아파라티 할아버지가 사람들 옆으로 줄을 이으며, 또 하나의 사람을 그린다. 그리고 그 아래에 보리얀이라고 쓴다. 할아버지가 천천히 써 내려가는 이름에 루딘의 눈빛이 흔들린다. 그것을 가만히 지켜보던 노인이 묻는다.

"…보리얀이 죽는 게 두려우냐?"

루딘은 천천히 고개를 끄덕인다. 그리고 종이를 바라보며 낮게 말한다.

"만약 그 배에 탄 모두가 죽는다면, 그때 그냥 저도 같이 죽었으면 좋겠어요."

"왜, 너라도 살아야 하지 않겠니?"

"아뇨. 그러면 너무 불행할 것 같아요. 모두를 잃고 혼자 살아남는다는 게 얼마나 지옥 같은 일인지 보고 자랐거든요. 저는 아빠처럼 혼자만 남겨지고 싶지 않아요. 매일 그리워하고 자책하면서 고통스러워하느니, 차라리 괴물과 싸우다가 같이 죽는 게 나을 것 같아요."

"그때 네 아빠가 혼자만 남았다고 누가 그러디?"

노인의 물음에 루딘이 고개를 든다. 할아버지는 따뜻하게 미소 짓는다.

"그에겐 네가 남아 있지 않았느냐, 루딘."

"……."

"사실, 네 말대로 아픈 기억은 평생 사라지지 않는단다. 다만 조금 색이 바랠 뿐이지. 그리고 치유될 수 없는 상처들도 있어. 날마다 덧나고, 아프고, 고통스러워서 지치게 하는 그런 영혼의 상처들 말이다. 그런데도 네 아버지는 사는 것을 포기하지 않고 너와 함께 남아 있기를 선택했구나. 삶이 주는 힘든 짐들을 모두 떠안고 누군가를 지킨다는 것. 그건 큰 용기가 필요한 일이란다."

루딘은 아무 말 없이 종이를 응시하다가 떨리는 목소리로 말한다.

"그런가요…."

"그럼. 네 아버지는 네 어머니만큼이나 용기 있는 사람이란다."

루딘의 커다란 눈동자에 눈물이 감돈다. 잠시 후 그는 차분한 목소리로 할아버지에게 말한다.

"그럼 저도 그 애를 끝까지 지키고 싶어요. 그런데 도무지 어떡해야 할지 모르겠어요."

"그러니까 우리가 이 지도를 그리는 게 아니겠니. 자, 보렴."

아파라티 할아버지가 '보리얀'이라고 써 놓은 사람 그림에서 다시 줄을 긋고 말한다.

"보리얀과 바얀 호의 사람들을 위협하는 존재는 무엇이지?"

"자일리아샤에 있는 괴물들이요."

"음, 좀 더 근본적으로 말하자면 마라트의 괴물들이겠지. 그렇지?"

"네."

"그럼 우리는 마라트와 그 괴물들에 대해 더 알고 대비할 필요가 있겠구나."

루딘이 고개를 끄덕이고, 아파라티 할아버지는 줄 끝에 '마라트의 괴물'이라고 적는다. 루딘은 할아버지를 바라보며 묻는다.

"제가 찾아본 책들 말고도 괴물에 대해 더 알 방법이 없을까요?"

"너도 알다시피 이 서쪽 호수에는 한정적인 자료들밖에 없단다. 모든 기록물들은 중앙 섬 아누다르가야에 있거든. 게다가 그것들은 모크샤의 알을 돌보는 성스러운 자들인 '무니안'이나 그들을 보좌하는 '슈라문'들이 관리하기 때문에 우리 같은 사람은 알기가 힘들지."

"만약 보리얀의 외할머니께서 살아계셨다면 여쭤볼 수 있었을 텐데…. 중앙 섬을 떠나서 이곳으로 오시기 전, 슈라문이셨대요. 그분 덕분에 보리얀의 엄마도 고대의 신성한 언어를 아시는 거고요. 바얀 최고 선장님께서도 틀림없이 마라트의 괴물에 대해서는 많이 아실 테니, 혹시 보리얀네 집에 마라트에 관련된 자료가 있을지도 모르겠어요."

"흠, 그렇구나. 그럼 그건 보리얀과 함께 알아보는 것이 어떻겠니?"

아파라티 할아버지의 물음에, 문득 루딘의 머릿속에 보리얀이 숨겼던 오래된 책이 떠오른다.

"네. 잘은 모르지만 뭔가 있을지도 몰라요."

"좋다. 그럼 이 지도가 거의 다 그려진 것 같구나."

아파라티 할아버지가 헤사티오 차를 한 모금 마시고 말을 잇는다.

"자. 그럼 말이다, 애야. 가장 중요한 질문이란다. 한번 네 마음에 물어보거라. 그 저주로부터 소중한 것들을 지키기 위해, 너는 이제부터 어떻게 매일을 살아갈 셈이냐?"

루딘이 아파라티 할아버지 앞에 놓여 있는 종이를 응시한다. 그리고 '마라트의 괴물'이라고 적혀 있는 글자들을 바라보며 차분한 목소리로 대답한다.

"한 가지는 확실해요. 저는 항상 보리얀과 같은 배에 있을 거예요. 그 애는 아직 모르거든요. 제가 그 괴물의 눈에서 자기를 봤다는 걸. 그때가 오면, 반드시 보리얀을 구해 낼 거예요."

루딘은 맑고 커다란 눈을 들어 아파라티 할아버지를 바라보며 진지하게 말을 잇는다.

"선장이 되는 대신 몇 년 내로 자일리아샤에서 가장 뛰어난 잠수 대원이 되겠어요. 설령 그 저주처럼 우리 배가 그렇게 부서진다고 하더라도, 그 애가 물속으로 가라앉게 두진 않을 거예요."

루딘의 말에 아파라티 할아버지가 꿰뚫어 보는 듯한 눈빛으로 그를 응시한다. 잠시 동안 두 사람 사이에는 침묵이 감돈다. 루딘의 맑은 눈을 들여다보는 노인의 두 눈동자에 알 수 없는 슬픔이 담기지만, 입꼬리에는 옅은 미소가 어린다. 마침내 할아버지는 조용한 목소리로 묻는다.

"…루딘, 이게 네 진심이 내린 선택이니?"

"네. 이제 제가 뭘 해야 하는지 알겠어요. 저는 끝까지 바얀 호에 있어야 해요."

"그래. 그것이 네가 찾은 답이라면, 이제 시간을 아낄 수 있겠구나."

아파라티 할아버지의 손이 '마라트의 괴물'이라고 적힌 곳에서 천천히 줄을 이어 간다. 가느다란 선이 지도의 시작점으로 회귀해서, '바얀 호'라고 적힌 작은 배 그림에 다다른다. 그것을 보고 루딘이 말한다.

"이거 신기한 지도네요. 결국 시작했던 곳에서 끝이 났어요. 그런데 이상하게도 길을 찾은 것 같은 느낌이 들어요."

"그럼 네가 진실한 마음으로 길을 찾았다는 뜻이겠지. 그렇게 찾은 길은 영영 잃어버리지 않는단다."

"고맙습니다, 할아버지. 할아버지 말씀대로 이제부터 시간을 아껴볼게요. 보리얀에게 가봐야겠어요."

루딘은 결심에 차서 아파라티 할아버지를 바라보다가 무언가 생각났는지 부탁하듯 묻는다.

"저, 할아버지. 제가 오늘 말씀드린 거…. 보리얀에게 얘기하지 않으실 거죠?"

"허허, 글쎄다. 이미 지키지 못한 비밀이라면 더 이상 비밀이 아닌 것 같은데. 어떻게 생각하니?"

루딘이 한숨을 푹 내쉰다.

"보리얀에게는 제가 얘기할게요. 제가 모테라의 눈에서 그 애를 보았다는 것만 말씀하지 말아주세요. 아무리 겁이 없는 애라고는 해도, 막상 알면 무서울 거예요.”

“그래. 그러마.”

아파라티 할아버지가 루딘을 위해 문을 열어준다.

“그런데 있잖니, 내가 시간을 아끼는 좋은 방법을 하나 더 알려줄까? 아마 너에게 도움이 될 게다.”

“…그게 뭔데요?”

오후의 햇살이 저물어가는 언덕 위, 자상한 얼굴로 무언가 이야기해 주는 아파라티 할아버지의 모습이 보인다. 그 옆에 서 있는 루딘의 얼굴이 노을 탓인지 붉어진다.

저녁이 찾아오고 석양이 모든 그림자를 길게 늘이며 마지막 인사를 한다. 보리얀의 집 문 앞을 서성거리던 루딘은 이내 문을 두드린다.

“쿵쿵.”

집 안에서 누군가 문 쪽으로 다가오는 소리가 들리더니, 열리는 문틈으로 보리얀이 얼굴을 내민다.

“……”

아무 말 없이 서 있는 루딘의 표정이 어둡다. 보리얀은 그의 얼굴의 살피며 묻는다.

“무슨 일 있어?”

“…아니.”

“저녁은 먹었어?”

“아직. 네게 할 이야기가 있는데, 잠깐 걸을래?”

보리얀은 잠시 루딘을 응시하더니 문을 닫고 그를 따라나선다.

둘은 보리얀의 집 앞으로 흐르는 작은 시냇물을 따라 얼마 동안을 그렇게 말 없이 걷는다. 은색 줄기의 헤사티오 나무들이 석양빛에 진홍색으로 물들고, 푸른 잎사귀들은 마치 자주색이 된 것처럼 빛난다. 저녁을 알리는 새들의 노랫소리가 들려오는 가운데 마침내 루딘은 걸음을 멈추고 보리얀을 돌아본다.

"미안해. 비밀을 못 지켰어. 아파라티 할아버지한테 얘기했어."

"……."

보리얀은 잠시 아무 말 없이 서 있다가 이해한다는 듯 루딘에게 말한다.

"괜찮아. 아파라티 할아버지는 예외야. 어차피 내 비밀도 다 아시는 분이고."

"그래도 미안해. 그리고 어제 멋대로 왔다 간 것도 사과할게."

"괜찮대도. 그리고 있잖아…"

보리얀이 잠시 루딘을 바라보다가 말을 잇는다.

"나는 사실, 그 저주 얘기를 들었을 때 네가 걱정됐어. 너도 그 배에 있다가 어떻게 될까 봐. 그래서 너보고 바얀 호 말고 다른 배를 타보는 게 어떻겠냐고 물어본 거야."

루딘이 아무 말 없이 자신을 바라보자 보리얀은 가만히 그의 어깨에 손을 얹는다.

"루딘. 넌 내 유일한 친구잖아. 난 네가 안전했으면 해."

루딘은 괜히 먼 산을 바라보며 중얼거린다.

"유, 유일한 친구는 아니다. 아파라티 할아버지도 있잖아."

"넌 아파라티 할아버지랑은 다르지."

"어떻게 다른데?"

"할아버지는 참을성 강하시고 지혜로우시잖아. 너는 정반대로 제멋대로고, 어떤 때는 한 대 때려주고 싶기도 하지만…. 그래도 나는 네가 내 친구여서 좋아. 그리고 네가 겁쟁이라고 생각한 적 한 번도 없어. 너는 내가 본 애들중에 가장 용감한걸."

루딘은 미소를 띤 얼굴로 묻는다.

"그래? 그럼 너, 계속 나랑 친구 하는 거다?"

"응."

보리얀이 고개를 끄덕이자 루딘이 두 팔을 벌리며 말한다.

"그럼 한 번만 안아줘 봐."

"뭐?"

"좀 안아줘 보라고, 친구."

루딘을 의아하게 쳐다보던 보리얀이 결국 어색하게 양팔을 벌리자, 루딘은 보리얀을 와락 안는다. 눈이 동그래진 채 나무처럼 뻣뻣하게 서 있는 보리얀의 귓가에서 루딘의 목소리가 들려온다.

"난, 네가 죽지 않았으면 좋겠어."

"…응?"

보리얀이 묻자 루딘은 대답 없이 천천히 그녀를 놓아준다.

우두커니 서 있는 보리얀의 모습을 보며 루딘은 아파라티 할아버지가 오두막 앞에서 해준 말을 떠올린다.

'두려워서, 혹은 부끄러워서 하지 못 하는 말과 행동들 말이다. 마음속에서는 올라오는데 계속 꺼낼 수 없을 것 같은 진심. 그걸 솔직하게 표현하고 사는

것이 바로 시간을 아끼는 좋은 방법이란다.'

초승달이 둘의 머리 위를 비춘다. 은은히 빛나는 은빛 달 옆에 일찍 고개를
내민 샛별이 반짝인다.

5장

❴ 기나긴 잠에서 깨어나다 ❵

"아, 좀 옆으로 가 봐."

보리얀이 루딘을 살짝 밀치며 말한다. 모두가 잠든 깊은 밤, 조심스럽게 켜진 등불 옆으로 보리얀 방의 창문이 반쯤 열려 있다. 결국 루딘의 설득을 이기지 못한 보리얀이 책을 보여주기로 한 것이다. 숨죽이고 있는 둘은 침대에 나란히 앉아 조심스럽게 책장을 넘긴다. 보리얀이 새로운 장을 시작하는 삽화를 가리킨다.

"여기다, 추락의 전쟁. 이제부터 반역을 이끈 루에린이 어떻게 에르의 창조물들과 소통했는지 나올 테니까 잘 들어. 이 종이들은 내가 까먹을까 봐 적어 놓은 내용이야. 그림이랑 같이 봐."

"응, 알았어."

루딘은 큰 눈을 반짝인다. 보리얀이 가리키는 삽화에는 커다란 두 눈이 그려져 있다. 한 눈동자는 검은색이고, 다른 눈동자는 은색이다. 각각의 눈동자에는 날개가 있는 에린들을 비롯하여 신성한 동물들과 다른 존재들이 그려져 있고, 그들은 마치 대적하듯 서로를 마주 보며 서 있다.

보리안이 기억을 더듬어 책 속의 이야기를 읽어주기 시작한다.

"…에르가 창조한 일곱 가지 별, 그 기운을 각각 타고난 태초의 일곱 에린은 구름 섬 겔리시온에 살았다. 그들 중 라델리온(태양)의 라델린, 루에리온(샛별)의 루에린은 에르의 총애를 가장 많이 받았다. 하지만 그중 루에린은 겔리시온이 자리한 별, 에테리온의 다른 세상들로 통하는 비밀의 문을 몰래 발견했다. 이는 신의 영역을 침범하는 행동이었기에 에르의 분노를 샀다. 결국 태초의 루에린은 벌을 받은 후 영영 겔리시온을 떠났고, 그것은 이후 태어난 다른 루에린들에게 큰 고통이 되었다. 샛별의 기운을 타고난 칠흑빛 날개의 루에린들은 불운한 존재라고 여겨졌으며 태어날 때부터 모든 부분에서 큰 차별을 받아야 했다. 에르에게 반기를 든 최초의 루에린이 타고난 별, 그 기운을 잇는 자들이라는 오명이 있었기 때문이다.

루에린들에 대한 차별은 오랜 관습이 되어 에린들 간의 갈등을 점점 심화시켰고, 그 때문에 수차례 비극적인 일들이 일어났다. 이에 많은 루에린들은 겔리시온의 사회 구조에 부정적인 감정을 쌓게 되었다. 본래 욕망과 재능의 별인 루에리온의 기운을 타고난 그들은 자신들의 역량을 펼치지 못하는 것을 가장 괴로워했기 때문이다. 이러한 상황에서 에르에게 선택받은 태양의 에린, 라델린만은 루에린들에게도 평등한 세상을 만들어야 한다고 주장했다. 일곱 종류의 에린 중 가장 희귀했던 라델린은 탄생부터 귀한 존재로서의 삶이 보장된 이들이었다. 또한 그들은 먼 미래를 보는 지혜를 타고났기에 다른 에린들을 통솔하는 역할을 맡았다.

라델린들의 힘이 강해질 수밖에 없었던 이유에는 창조의 신 에르의 개입이 있었다. 에린들은 알지 못했으나 에르의 마음이 서서히 겔리시온이 자리한 에테리온에서 떠나고 있었기 때문이다. 그 신은 다양한 시공간이 얽혀 있는 에테리온을 떠나, 자신만의 별에서 더 새롭고 뛰어난 존재들을 만들고자 했다. 에린의 개체들이 점점 많아져서 통솔하기 힘들어지자 에르는 라델린들을 통해 신전을 짓게 하고 자신의 뜻을 전하게 하였다. 이에 라델린들은 겔리시온의 가장 높은 곳에서 에르를 위한 제례를 치르며 신의 지시를 받았다. 원래 희귀하게 탄생하였던 라델린은 이로써 더욱 추앙받는 존재가 되었으며 에린들의 사이에서 에르의 대리적 존재가 되어갔다.

지혜로운 라델린들은 루에린들에 대한 불합리한 편견을 바꾸어 보고자 했다. 그래서 루에린 중 특출한 이들을 에린들의 최고 내각에 들이기도 하고, 아주 이례적인 일이기는 했으나 루에린과 혈연을 맺기도 하였다. 하지만 이미 팽배해진 부정적인 인식을 바꾸는 것은 어려운 일이었다. 그런 가운데 태초의 루에린이 사라진 이후 그와 가장 닮았다고 평가받는 루에린인 '샤에드릴'이 등장했다. 그는 에실리온(달)의 기운을 타고난 명망 있는 가문의 에린들 사이에서 태어났다. 그리고 이것은 그 가족 모두에게 참담한 일이었다. 일곱 가지 에린 중 에르에 대한 복종과 순응을 운명으로 타고난 에실린들은 루에린들이 반역의 기운을 타고났다고 믿으며, 그들을 가장 혐오했기 때문이다.

샤에드릴의 삶은 유년부터 슬픔과 고통으로 가득했다. 하지만 그는 다재다

능했으며 명망 있는 에실린가의 자손이었으므로, 다른 에린들과 함께 지혜를 함양하고 높은 자리에 오를 수 있는 기회가 있었다. 그는 루에린으로서는 유일하게 라델린의 최측근이 되었다. 이는 그가 죽마고우로 함께 자란 라델린 '에뮤르닐'과 절친한 사이였기 때문이다. 많은 것을 감내한 끝에, 샤에드릴은 에뮤르닐과 더불어 에린들에게 가장 존경받는 자리에 오르게 되었다. 에뮤르닐은 최고 신전에서 에르를 섬기며 신의 뜻과 지혜를 전파했고, 샤에드릴은 그 아래에서 에린들과 다른 피조물의 삶을 돌보았다. 이는 샤에드릴에게 다른 피조물과 소통할 수 있는 태초 루에린의 능력이 있었기 때문이다.

그리하여 역할은 다르지만, 태양의 라델린 에뮤르닐과 샛별의 루에린 샤에드릴은 거의 동등한 위치에서 에린들을 통솔했다. 이는 에린의 역사상 처음 있는 일이었다. 그렇기에 이 둘은 에린들 사이에서 에르의 사랑을 받았던 태초의 라델린과 루에린의 관계로 묘사되고는 했다. 하지만 놀라운 일은 이뿐만이 아니었다. 에뮤르닐 이후로 탄생하지 않던 라델린이, 어느 미천한 루에린 부모 사이에서 탄생한 것이다. 그 아이가 바로 날개가 있던 에린들의 마지막 라델린 '미르카닐'이다. 미르카닐은 에뮤르닐이 지도하는 신전에서 자라며 내면의 지혜를 일깨웠고, 샤에드릴에게서 피조물들을 다루는 최상의 교육을 받았다. 이 아이는 이제부터 시작될 '추락의 전쟁'의 이야기에서 에르의 편에 선 아만들과 함께 겔리시온을 지키는 주역이 된다.

샤에드릴은 에르의 피조물들을 진심으로 사랑하며 소통했고, 그렇기에 누구보다도 그들의 고통에 공감했다. 그럴수록 그는 에르가 만든 세상에 대해 의문을 가지게 되었다. 그리고 에르의 뜻에 따라 정해진 규칙을 지키고자 했던 에뮤르닐과는 점차 다른 의견을 가졌다. 그러던 어느 날, 그의 앞에 홀연히 나타난 어떤 이가 있었다. 그는 샤에드릴에게 새로운 세상에 관한 이야기를 들려주며 에르가 만든 세상을 떠날 수 있다고 그를 충동하였다. 그자는 날개가 없었으며 겔리시온의 존재가 아니었다. 그자는 아만도 아니었고 창조의 신도 아니었다. 그가 누구인지는 잘 알 수 없으나, 많은 이들이 그 존재를 까마득한 옛날 겔리시온에서 사라졌던 태초의 루에린이라고 믿고 있다. 점차 그의 설득에 이끌린 샤에드릴은 결국 그자를 따라 몰래 에르의 땅 겔리시온을 떠나서 '새로운 세상'을 보게 되었다. 그렇게 샤에드릴 또한 에르가 숨기고 있었던 비밀의 문을 지나게 된 것이다.

'새로운 세상'은 창조의 신들이 만든 공간이 아니었으며, 그곳에서는 더 이상 에르의 힘이 미치지 않았다. 그자는 샤에드릴에게 자신과 함께 새로운 세상의 주인이 되자고 했다. 그리고 겔리시온에서 고통받는 피조물들과 루에린들을 새로운 세상으로 데려오자고 설득했다. 신을 위한 삶이 아닌, 자신을 위한 삶을 만들어보고자 하는 욕망이 있었던 샤에드릴은 결국 그것에 동의했다. 그리하여 샤에드릴은 에린들을 제외한 다른 피조물에게서부터 천천히 새로운 세상에 대한 희망을 퍼트리기 시작했다. 태초의 루에린처럼 그의 부름은 대양 '샤'의 생물에게까지도 닿았다. 그렇게 하기 위해 샤에드릴은 에르가 세운 금기를 깨야만 했다. 그것은 바로 금지된 언어로 피조물을 부르고 그들과 소통하는 것이었다.

　비록 샤에드릴에게는 눈빛을 통해 에르의 피조물 하나하나와 마음을 나눌 수 있는 능력이 있었으나, 그것은 한계가 있었다. 때문에 그는 자신이 타고난 것보다 더욱 강력한 힘인 금지된 언어를 사용하기로 마음먹었다. 금지된 언어는 겔리시온 태초의 음성 언어이자, 태초의 루에린이 에르를 도와 피조물들을 만들고 그들의 영혼을 부를 때 사용했던 것이다. 에르는 태초의 루에린이 떠남과 동시에 이 언어를 금기했다. 그러나 몇몇 루에린들은 비밀리에 이것을 기록하여 계속 남겨두었다. 언젠가는 태초의 루에린에 맞먹는 능력을 가진 이가 나타나, 그가 이 언어를 사용할 수 있게 되기를 희망했기 때문이다. 그것이 가능하다면 태초의 루에린이 재림하는 것과 다름없는 강한 능력이 깨어날 수 있을 터였다. 하지만 그 주인이 나타날 때까지 이 주문은 루에린들의 비밀 속에 잠들어 있어야 했다.

아래 나오는 주문은 아누다르가야 중앙 도서관의 '금서의 칸'에서 발견된 것이다. 위험성 때문에 그 기록의 원본은 소멸되었다. 하지만 비밀리에 이 책에 옮기니, 샤에드릴은 이 주문을 통해 대양 '샤'와 구름 섬 '겔리시온'에 있는 피조물들의 영혼을 깨우게 되었다고 전해진다.

이에트 로쿰부르사이
(나의 형제여)

이에아트 라시밀 스문다라 하팀
(너의 마음을 활짝 열어라)

예르닌 만 호르 우브 아이틸 리흐
(우리는 온 세상 위에 하나가 되리)

태초 루에린의 힘을 강력하게 타고난 그가 온 마음을 다해 이 주문을 외우자 날짐승, 뭍짐승, 그리고 물짐승들 모두가 그의 이야기에 귀를 기울였다. 샤에드릴의 목소리를 들은 에르의 피조물들은 영혼의 대답으로써 그에게 응했다. 제일 먼저 응답한 것은 피조물 중 가장 영적으로 발달했던 까마귀들이었다. 그들은 피조물들 사이에서 샤에드릴의 눈이 되고 입이 되었다. 이에 루에린들은 비밀 모임을 만들기 시작했으나 대부분의 에린들은 알지 못하였다. 오직 에뮤르닐만이 이를 알고 자신의 친구를 말리려 하였다. 그러나 샤에드릴은 오히려 함께 새로운 세상으로 가자며 그를 설득하려 했고, 그들의 이견은 좁혀질 수 없었다. 결국 에뮤르닐은 이를 지켜보던 창조의 신 에르로부터 계시를 받았다. 그리고 에르의 선택은 훗날 자신이 세운 세상을 추락에까지 이르게 하는 전쟁의 서막을 열었다."

반쯤 열린 창문으로 불어오는 바람 한 줄기에 등불이 파스스 꺼져버린다.

"여기까지만 읽자. 너 얼른 가야지, 이제."

보리얀이 책장을 덮자 루딘은 커다란 두 눈을 껌벅이며 묻는다.

"너는 어디까지 본 거야? '추락의 전쟁' 끝까지 다 읽었어?"

"응. 추락의 전쟁은 다 봤는데 그다음 편은 아직이야. 엄마께서 해석을 안 해주셔서…. 그래서 혼자라도 좀 보려고. 거의 그림만 보는 수준이지만."

"왜 해석을 안 해 주시려는 건데?"

"글쎄, 엄마도 이 책에 대해 잘 모르셨나 봐. 처음에는 무슨 신화 이야기인 줄 알고 나한테 읽어주신 건데 볼수록 그렇지가 않더래. 내가 읽기에는 적합하지 않은 것 같다고만 말씀하셨어. 그리고 엄마도 확실히 해석할 수 없는 부분들이 있다고 그러시더라."

"그래? 근데 이 책이 너희 아버지 쪽에서 대대로 내려오는 거라고 했지? 샬리타 아주머니 것이 아니라?"

보리얀이 고개를 끄덕인다. 루딘은 의문스럽다는 표정으로 오래된 책을 살펴본다.

"그것 참 의외다. 어떻게 바얀 선장님네에서 이 책이 내려왔을까? 네 외할머니께서 아누다르가야에 있었던 분이었으니, 오히려 그쪽이 더 그럴듯한데."

"그니까. 나도 궁금해. 아 맞다, 그리고 하나 더 있어."

"뭔데?"

"아빠께서 배를 타실 때마다 항상 목에 차고 있는 가죽 주머니. 그것도 이 책만큼 오래된 거라는데, 그 속에 뭐가 있는지는 모르겠어."

"흐음…."

루딘이 고개를 갸우뚱하며 중얼거린다.

"너희 집에는 왠지 비밀이 많은 것 같다."

"그러게."

둘 사이에 잠시 침묵이 흐른다. 골똘히 생각에 잠겨 있던 루딘이 입을 연다.

"추락의 전쟁 마지막 부분에 마라트랑 모크샤가 어떻게 탄생했는지 나온다고 했지? 너는 다 읽었으니까 알겠네?"

"대충은. 그런데 이해가 안 되는 부분이 너무 많아. 우리가 알고 있는 내용하고 많이 다르거든. 루에린 '샤에드릴'이 먼저 전쟁을 일으킨 장본인도 아니고, 그의 편에 있던 생명체들이 저주를 받아서 마라트가 된 것도 아니라고 나와."

"그래? 그럼 마라트는 도대체 뭐야? 그 괴물들은?"

"마라트는 에르가 겔리시온을 떠나면서 에린의 후손들을 위해 '샤에 내린 바다의 기운이었대. 마치 육지에 천 년에 한 번씩 태어나는 모크샤를 내린 것처럼 말이야. 다만 모크샤가 형상을 가진 존재였다면, 마라트는 눈에 보이지 않는 힘이었던 것 같아. '샤의 물속에 있는 생명체들은 그 힘을 모두 느낄 수 있고, 그래서 그 힘의 뜻을 따를 수 있었다고 해. 그리고 더 놀라운 건 '샤'에 살고 있었던 생명체들이 그때 에르의 저주를 받아서 괴물들이 된 게 아니래. 지금처럼 괴물의 형상을 갖춘 것은 훨씬 더 나중에 생긴 것 같던데? 지금으로부터 이천 년 전쯤."

"뭐어?"

루딘이 믿을 수 없다는 듯 커다란 눈을 끔뻑인다.

"나중에 책을 보면 더 자세하게 나올 거야. 아, 그리고 에린들이 날개를 잃은 것도 에르가 내린 벌 때문이 아니었나 봐. '추락의 전쟁' 때 '아만'들이 겔리시온에 들어왔었대. 새로운 세상을 꿈꿨던 샤에드릴에 대적해서, 라델린과 다른 에린들을 돕기 위해서 말이야. 그러다가 정착하면서 에린들과 점차 피가 섞였는데 그 후손들은 점점 에린의 능력을 잃고 날개도 없이 태어나게 된 거래."

그러자 루딘은 충격을 받은 듯 멍한 얼굴로 중얼거린다.

"…아니, 그럼 우리가 지금까지 듣고 배운 건 다 뭐야? 고대의 루에린들이 반역의 전쟁을 일으켜서 겔리시온을 없애려 했고, 그것에 분노한 에르가 겔리시온을 추락시킨 거 아니었어? 모두가 다 그렇게 알고 있잖아?"

"그렇지. 그러니까 내가 이상하다고 하는 거야. 여기 보면, 아누다르가야 중앙 도서관 어디에 있는 무슨 책을 어떻게 참고했는지 너무 자세하게 나오거든. 진짜 그런 책들이 있는지, 한번 가서 꼭 보고 싶어."

보리얀의 대답에 루딘이 고개를 절레절레 흔든다.

"와, 샬리타 아주머니가 왜 안 읽어주려고 하셨는지 알 것 같다. 대체 뭐야, 이 책?"

보리얀이 고개를 저으면서 퉁명스럽게 말한다.

"몰라. 어쨌든 우리 집 비밀이었는데 이제 다 망했어. 너한테 다 보여줬잖아."

"에이, 다 보여주려면 아직 멀었지. 그럼 내일도 또 기대할게, 친구."

"안 돼. 나 내일은 좀 자야 해. 대신 좋은 소식 하나 알려줄게."

"뭔데?"

"며칠 있으면 스루딘 선장님께서 도착하실 것 같아. 저녁 늦게 서신이 왔는데, 모두 무사하니 걱정 말라는 내용이었어. 내일 아빠께서 너한테 직접 얘기해 주려고 하신 건데 미리 알려주는 거야."

"하하, 역시 무사히 돌아오실 줄 알았어."

입가에 커다란 안도의 미소를 짓는 루딘이 다시 장난스럽게 말한다.

"그럼 내일 말고 모레 또 창문 넘어온다?"

보리얀은 못 말린다는 듯 루딘을 슬쩍 밀치며 손사래를 친다.

"어이구. 어서 가. 가서 너도 좀 자, 빨리."

"알았어. 내일 봐!"

"그래, 잘 가."

루딘이 창문 아래로 내려가자 보리얀이 창문을 닫으러 창가로 향한다. 그런데 아직 가지 않은 루딘이 불쑥 고개를 들이밀고 말한다.

"안녕!"

"으악, 아 진짜!"

보리얀은 주먹을 치켜들다가 얼른 소리를 낮추고 두리번거린다. 루딘은 키득키득 웃으며 날쌔게 아래로 내려간다. 보리얀은 루딘이 내려가는 것을 지켜보다가 그가 땅에 발을 내딛자 조용히 창문을 닫는다. 안전하게 착지한 루딘은 보리얀의 방을 올려다보지만 이미 창문은 닫혀 있다. 루딘은 손을 흔들려다가 아쉽다는 듯 씩 웃으며, 허리춤에 손을 올리고 짧은 숨을 내쉰다.

며칠이 흐른 후, 자일리아샤 중앙 마을의 항구는 선원들과 사람들로 북적인다. 보리얀과 루딘은 들뜬 표정으로 고개를 기웃거린다. 그 옆에 서 있는 바얀 최고 선장도 조금 긴장된 표정으로 배가 들어오는 쪽을 바라보고 있다. 이윽고 자개 장식이 너덜너덜해진 배 한 척이 호수 저 멀리에서부터 다가온다.

"저기, 스루딘 선장님이다!"

보리얀이 루딘의 팔을 잡아당기며 기쁜 표정으로 말한다. 스루딘 호가 자일리아샤의 물살을 가르며 항구에 다다르자, 바얀은 흐뭇한 미소를 지으며 스루딘에게 다가가 그를 얼싸안는다. 루딘도 기쁜 얼굴로 아버지를 반긴다. 고단해 보이는 스루딘 선장의 얼굴에 환한 웃음이 서린다.

"아이고, 아들. 내가 없는 사이에 또 무슨 사고라도 친 건 아니지?"

루딘을 보며 말하는 스루딘에게 바얀이 허허 웃는다.

"걱정하지 말게 스루딘. 루딘은 바얀 호에서 아주 단단히 감시하고 있었다네. 그건 그렇고, 자네가 서신으로 보낸 것처럼 모두가 다 무사한 거지? 배 상태는 어떤가?"

"이번에는 운이 좋았지. 그래도 배는 수리해야 해. 저거 보게. 따개비 장식들이 다 엉망이 됐으니, 원."

능청스러운 웃음기가 섞인 대답 끝에, 스루딘은 모자를 벗어들면서 한숨을 내쉬더니 바얀에게만 들리게 말한다.

"…하마터면 선원들을 모두 잃을 뻔했네. 극적으로 살아남았어. 아마 다들 다시는 해협 쪽으로 나가고 싶어하지 않을 걸세. 우리와 함께 정찰을 나온 북쪽 마을 배는 두 대가 다 가라앉았다고."

"두 대가 다?"

스루딘은 잠시 바얀을 응시하다가 고개를 끄덕이며 낮은 목소리로 속삭인다.

"그래. 원래 북쪽 마을이 좀 그렇잖나. 심지어 이번에 나온 선장들은 좀 모자란 놈들이었어. 영 협력이 안 되더라고. 아무튼 지금 거기는 초상 분위기일 거야."

"……."

"그보다도, 점점 보도들도 못한 강한 괴물들이 나오고 있어. 이번에 잡은 것들을 보면 자네도 아마 놀랄 걸세. 아누다르가야 쪽에도 알려야 할 것 같아. 그리고 해협이 넓어지고 있다네. 빙하가 꽤 녹았더라고."

"큰일이기는 한데 자네가 무사히 돌아와서 어쨌거나 다행이야. 일단 해가 질 때까지는 짐을 풀고 좀 쉬게나. 저녁때 우리 집에서 식사하며 더 얘기하기로 하지."

"그래. 그러자고."

스루딘이 대답하며 구불거리는 잔머리를 쓸어 넘긴다. 그리고 신선한 아침 공기를 한껏 들이마시며 중얼거린다.

"하아…. 예정보다 보름이나 더 걸리다니. 아무튼 돌아오니 좋군."

집에 도착한 스루딘은 짐과 궤짝들을 하나둘씩 정리한다. 루딘도 아버지를 도와서 항해 일지와 지도, 서류 등등을 이 층 서재로 옮긴다. 서재에서 보고 사항을 정리하던 스루딘은 갈색 가방을 들고 있는 루딘을 보고 말한다.

"어, 루딘. 거기 쫄딱 젖은 항해복하고 신발이 있다. 아래 욕실에다 좀 놔 줘."

"네."

루딘은 가방을 들고 아래로 내려가서 욕실로 향한다. 나무로 만들어진 욕조 위에서 가방을 열던 루딘은 혼잣말로 중얼거린다.

"물에 젖은 게 아니라 아예 물에 넣어 오셨네, 어휴…."

루딘은 축축한 빨랫감들을 욕조 안으로 쏟아붓는다. 그리고 엉거주춤 앉아서 신발들을 꺼내어 욕실 바닥에 거꾸로 탈탈 턴다. 왼쪽 다음 오른쪽을 터는데, 신발 뒤축에 무언가 차갑고 물컹한 것이 미끈하게 만져진다.

"으앗!"

예상치 못한 촉감에 놀란 루딘이 신발을 들었던 손을 쳐다보니 반투명한 물체가 손에 묻어 있다. 커다란 두 눈을 껌벅이는 루딘은 손을 털어내 보려고 한다. 저기 위층 서재에서 스루딘의 목소리가 들린다.

"왜 그러냐? 또 넘어져서 머리 박은 거냐?"

"아…. 아녜요, 괜찮아요!"

루딘은 서둘러 말하고 다시 손 위를 쳐다본다. 그러자 그 물체가 서로 점점 모여들더니 물방울 같은 모양으로 합쳐진다. 이내 둥근 몸통에서 삐죽거리며 네 개의 조그만 발이 나오고, 머리같이 보이는 것도 나온다. 게다가 그 조그만 머리통 끝에선 동그란 촉수 같은 더듬이까지 길게 나오더니 루딘의 손 위를 이리저리 분주히 휘적거린다. 루딘은 그저 뜨악한 표정으로 눈을 커다랗게 뜨고 그것을 쳐다볼 뿐이다. 루딘이 이것을 징그럽다고 생각해야 할지 귀엽다고 생각해야 할지 머뭇거리는 순간, 그 이상한 생물은 홉, 하고 루딘의 무릎으로 튀어 오른다. 루딘은 그것이 다른 곳으로 도망가기 전에 다시 두 손으로 잡고 자세히 살핀다. 그런데 위층에서 스루딘이 내려오며 말하는 소리가 들린다.

"···거기, 옷은 그냥 물에 담가 놔라. 서류는 바얀에게 가져갈 상자 위에 올려놨으니 나중에 챙기면 돼. 그 상자는 열어보지 말고. 아니다, 넌 이러면 꼭 열어볼 테니까 보더라도 놀라지 마라. 알겠지?"

스루딘의 목소리가 점점 가까워져 오는데, 루딘은 이 생물을 어디에다 둘지 모르고 허둥대다가 결국 두 손을 뒤로 숨긴다. 스루딘은 욕실에 고개를 빼꼼 내밀고는 경직되어 있는 루딘을 쓱 보더니 묻는다.

"···뭐하냐?"

"아, 아녜요."

의심스럽다는 듯 스루딘이 고개를 갸웃하며 루딘을 쳐다본다.

"너, 손에 뭐 있지?"

"아, 그게···."

루딘이 조심스럽게 손을 앞으로 내밀자 그 안에는 이상하게도 아무것도 없다. 루딘은 어? 하는 얼굴로 빈손을 바라보고, 스루딘은 또 시작했다는 듯 고개를 젓는다.

"쯧쯧. 하여튼, 그놈의 장난은."

스루딘이 혀를 차고 욕실에서 멀어지자 루딘은 그 희한한 것이 어디로 갔는지 찾기 위해 두리번거린다. 그러다 오른손의 느낌이 이상해서 쳐다보는데, 손바닥의 피부에서 다시 그 생물이 스멀스멀 기어 나오고 있다. 그것이 루딘의 몸에 흡수되었다가 다시 나오고 있었던 것이다. 그는 경악스러운 얼굴로 자기 손에서 다시 나타나는 생명체를 쳐다본다. 이상한 생물체는 둥그렇게 생긴 궁둥이를 부르르 털더니, 다시 더듬이를 치켜들고 마치 루딘을 쳐다보는 듯 고개를 갸우뚱거린다. 그러다가 불안해 보이는 그의 얼굴을 보고는 다시 손바닥으로 쏙 흡수되어 들어간다.

"으아아아!"

루딘이 소리를 지르자 스루딘이 멀리서 외친다.

"이제 좀 그만해라! 같은 장난도 한두 번이지!"

루딘이 욕실에서 뛰쳐나와서 나머지 가방들을 정리하는 스루딘에게 달려간다. 그리고 다급한 목소리로 묻는다.

"아빠, 이번에 다녀오신 데가 빙하가 있는 북쪽 해협이죠? 그렇죠?"

"다 아는 걸 왜 묻냐."

"저기, 그럼 혹시 거기서 '웝실론'들을 보셨어요?"

스루딘이 가방을 정리하던 손을 멈추고 루딘을 돌아본다.

"아니, 네가 어떻게 웝실론을 다 아냐? 아주 오래전에 멸종된 고대의 생물인데?"

"서재에 있는 책에서 봤어요. 마라트의 괴물들이 생겨나기도 전에 존재했다면서요."

아들의 대답에 스루딘이 조금 의심스럽다는 표정을 짓는다.

"그러니까 그걸 네가 어떻게 아느냐는 거야? 생물에 관련된 책만 보면 눈이 멀겠다고 도망가는 녀석이."

"저, 아빠 안 계신 동안 공부 열심히 했다고요. 꼭 그래야 할 이유가 있었어요."

루딘이 진지하게 대답하자 스루딘은 믿을 수 없다는 듯 팔짱을 끼고 아들을 쳐다본다.

"허, 그래? 그것 참 신기한 일이구나. 아무튼 네가 아는 대로 '윕실론'은 이미 옛날에 멸종했을 거다. 빙하 밑에 얼었거나 괴물에게 다 먹혔거나, 아니면 심지어 마라트 때문에 괴물로 변했을 수도 있겠지. '샤'의 생명체 중 그렇게 변하지 않은 것들은 거의 없을 테니까."

루딘이 자신의 손바닥을 바라보며 중얼거린다.

"하지만 만약…. 만약 빙하 속에 갇혀 잠들어 있었던 게 녹은 거라면…."

"뭐? 뭐라고 웅얼거리는 거냐?"

"아, 아녜요. 아빠, 오늘 저녁에 보리안네 가실 거죠?"

"그렇지. 바안에게 보고할 것들이 있으니. 왜?"

"저도 같이 갈래요."

스루딘이 또 무슨 꿍꿍이냐는 표정으로 바라보자 루딘은 간절히 부탁한다.

"네? 저도 갈게요. 꼭 가야 해요."

"그래라. 내가 말린다고 네가 안 갈 애냐. 창문이라도 넘어서 갈 걸 내가 모를 줄 알고."

루딘은 창문이라는 말에 뜨끔하여 스루딘을 쳐다보더니 이내 표정을 숨기고 빙긋 웃는다.

"에이, 아빠는. 그럼 전 허락하신 거로 알고 서재에 책 좀 읽으러 가겠습니다. 필요하시면 부르세요. 지금 저는 조금 바빠서요."

바쁜 걸음으로 이 층 서재로 향하는 루딘을 멀뚱히 바라보며, 스루딘은 참 이상한 일이라는 듯 고개를 갸우뚱한다. 그리고 내심 흡족한 듯 중얼거린다.

"쟤가 진짜 무슨 일이지? 혹시 보리얀이 책 좀 읽으라고 했나? 그렇다면 바얀이 딸을 참 잘 키웠군, 하하."

한편, 이 층 서재에서 책들을 손가락으로 바삐 훑는 루딘은 그중 한 권을 뽑아 들더니 '웁실론'에 대한 설명이 나오는 부분을 찾아서 읽는다.

"…고대 생명체, 비위험 항목 25번. 여깄다! '웁실론'들은 에르가 '샤'에 만든 첫 번째 생명체의 형태라고 전해지지만, 이는 정확하지 않다. 이 무독성의 단순한 생명체들은 몸의 대부분이 물로 이루어져 있다고 한다. 그리고 물이 있는 곳에는 어디든지 흡수되어 자취를 감추었다가 위협이 사라졌다고 느끼면 언제든지 형체를 드러낸다고 전해진다. '샤'의 북부에 있었다는 이들은 오래전에 멸종되었다고 하며, 이후 생긴 빙하 때문에 연구가 어려워져서 그 특징과 능력에 대해서는 알려진 바가 거의 없다."

그때, 책장을 넘기는 루딘의 손등에서 생명체가 다시 꼬물거리며 나오려고 한다. 루딘은 가만히 손등을 감싸며 나지막이 속삭인다.
"아냐, 비위험 항목 25번. 지금은 들어가 있어. 이제 곧 보리얀을 만날 건데, 걘 너랑 얘기할 수 있을지도 몰라. 보리얀에게 이 책을 보여줘야지."
루딘은 책을 챙겨 들고 서재에서 나오고 저녁이 될 때까지 스루딘의 눈에 띄지 않게 웁실론을 몸에 지니고 있다.

"똑똑."
스루딘이 바얀의 집 문을 두드리자 문이 열리며 아늑한 불빛이 그를 반긴다. 바얀과 샬리타, 보리얀이 밝은 표정으로 스루딘과 루딘을 맞이한다. 부엌에는 정성 들인 음식들이 준비되어 있다.

오랜만에 맛있는 저녁 식사를 하는 스루딘의 얼굴에 화색이 돈다. 식사를 마친 후, 루딘과 보리얀은 위층으로 올라가고 어른들은 부엌 식탁에 남아 스루딘이 준비해 온 것들을 살펴본다. 스루딘은 가지고 온 큼직한 궤짝을 열어 보인다.

"바얀, 너무 놀라지 말게. 괴물들의 수도 늘고 있지만 그 크기가 엄청나게 커지고 있다는 걸 어떻게 보여줄 방법이 없어서…. 아무래도 해협이 '샤'로 들어서는 길목이니 위험한 것들이 더 많았네. 이게 이번에 우리가 잡은 괴물 중에 가장 큰 놈이었어. 비슷한 종류는 봤지만 이런 건 처음 봐."

바얀이 궤짝 안에 있는 것을 보며 놀란다.

"이건 무슨 집게발 같은데? 뼈같이 강한 가시가 밖으로 솟아나 있는 집게발이라…."

"이게 그 괴물의 몸뚱이에서 가장 작은 부분이었네."

"뭐? 그런데 이렇게나 크다고?"

"그래. 아주 끔찍했다고. 저것보다 훨씬 거대한 집게발이 아무리 못 해도 스무 개는 달려 있었을 걸세. 이건 앞쪽에 있던 가장 작은 거였어. 몸통에 붙어 있는 가시들은 어른 갈비뼈보다도 두꺼웠지. 자칫 그 괴물이 갑판 위로 몸을 굴리기라도 하면, 선원들은 물론이고 배가 산산조각 나는 건 일도 아니었다고."

"그런데 이걸 어떻게 잡았어요?"

샬리타가 놀란 표정으로 묻자 스루딘은 생각만 해도 목이 탄다는 듯 물을 한 모금 마시며 대답한다.

"신이 도우셨죠. 물론 창조의 신 에르가 우리의 조상 곁을 떠난 지는 오래되었지만. 아무튼 대포로 그냥 쏴서는 그 단단한 껍질을 뚫는 건 어림도 없었어요. 일단 커다란 빙하가 있는 곳으로 괴물을 유인하다가 그놈의 배 한복판에 눈알이 몰려 있는 걸 봤는데, 시커먼 눈알들이 선원들 머리통만 하더군요. 놈이 앞을 보지 못하게 여분 돛을 떨구어 위에서 덮어버렸어요. 그리고 괴물이 정신 못 차리는 틈에 빙하에다가 대포를 쏴서 커다란 파편들이 그놈의 몸통 위로 떨어지게 했죠. 그러다가 괴물의 다리 몇 개가 잘려 나갔는데 이것도 그중 하나예요. 빙벽 하나가 완전히 무너져서 괴물은 그 무게에 가라앉았습니다."

"죽은 건 확실한가?"

바얀의 물음에 스루딘이 고개를 끄덕인다.

"나중에 괴물의 사체가 떠오르는 걸 확인했다네."

"그렇군."

"정말 심각한 일이야. 괴물들이 이렇게 난리를 치는 게 곧 모크샤가 알에서 깨어날 때가 다가와서라니까, 조금만 더 버텨봐야겠지. 마라트의 괴물들은 어떻게 해서라도 모크샤의 탄생을 막으려 할 테니 말이야."

"암, 이번에는 꼭 지켜내야지. 또 마라트에게 당할 수는 없지 않은가."

바얀의 대답에 샬리타가 이마에 손을 얹으며 중얼거린다.

"정말, 마라트가 어떤 존재인지 제대로 알 수만 있어도 좋을 텐데 말이에요. 정체를 알 수 없는 기운이 만들어 내는 괴물들과 싸워야 한다는 게 참…."

스루딘이 고개를 끄덕이며 동의한다.

"그러게나 말입니다. 일단 이번 정찰 결과를 중앙 섬에 보고해야 하니, 그 사람…. 누구더라? 타르? 하여튼 서쪽 호수 담당자인 그 파견사를 만나야겠군요. 그렇지, 바얀?"

"투르 씨네. 자네가 도착했다고 이미 서신은 보냈어. 안 그래도 투르 씨가 자넬 보고 싶어 하더군, 스루딘."

"왜?"

"중앙 호수 아누다르타의 상황이 좋지 않은가 봐. 아무래도 모크샤의 알이 있는 아누다르가야를 둘러싼 곳이니, 그쪽의 괴물들은 더 심각하겠지. 인력이 더 필요한가 보더라고. 어쩌면 우리가 그쪽 근처로 정찰을 나갈 수도 있겠어."

스루딘이 고개를 절레절레 젓는다.

"또 정찰이라니. 차라리 그냥 날 죽이라고 하게."

"에이, 지금은 아니겠지. 아 참, 그리고 자네 배 말인데. 수리할 때 투르 씨가 아누다르가야 최고 장인들이 만든 뱃머리 장식을 보내겠다고 약속했네."

"…그래?"

스루딘이 솔깃하다는 얼굴로 바얀을 돌아본다.

"그 투르라는 사람, 제법 괜찮은가 보군. 그렇지?"

바얀이 웃음을 터트린다.

"아이고. 도대체 왜 장식은 그렇게 달려고 하는 건가?"

"에이, 자네도 잘 알잖나?"

스루딘이 어깨로 바얀을 살짝 밀고 한쪽 눈을 찡긋하며 말한다.

"보기 좋은 배가 싸우기도 좋다고, 번쩍거리는 것들을 달아놔야 마라트의 괴물들이 도망가지. 하하!"

위층에서는 보리얀과 루딘이 머리를 맞대고 무언가를 골똘히 들여다보고
있다. 반투명한 생물체가 보리얀의 침대 위에서 푹신한 이불이 신기하다는
듯 꼬물대며 돌아다닌다. 보리얀이 조용히 묻는다.

"그니까, 이게 스루딘 선장님 신발에 숨어 있었다는 마라트의 괴물이야?"

"괴물 아니라니까. '웝실론'이야. 여기 이 책에 봐. 괴물이 있기도 전에 있
었던 고대 생물이래. 얘가 혹시 뭘 알 수도 있잖아. 네가 한번 얘기해 보면
안 돼?"

"어떻게? 눈동자를 봐야 하는데 앤 눈이 없잖아."

루딘은 잠시 생각에 잠기더니 조심스레 묻는다.

"음, 혹시 그 비밀의 책에 나온 고대의 주문, 그거 외우면 되지 않을까?"

"위험할 것 같은데…. 뭔가 엄청난 힘이 있다고 그랬잖아. 함부로 사용하면
안 될 것 같아."

"너, 그 주문 기억은 해?"

루딘의 물음에 보리얀은 잠시 고민하는 눈치더니 침대 밑에서 작은 종이쪽
지를 하나 꺼낸다.

"…까먹을까 봐 적어놨어."

"치. 위험하다고 그럴 땐 언제고."

"아니, 내가 뭐 지금 쓰겠다고 그랬나?"

"근데 만약 그 주문이 효과가 있으면, 정말 그 책의 내용도 다 맞는 거 아닐
까?"

루딘이 보리얀을 바라보자 보리얀의 눈이 호기심으로 반짝인다.

"……."

잠시 생각에 잠기던 보리얀이 결심한 듯이 말한다.

"에이, 까짓거. 해보면 알겠지."

보리얀은 목청을 가다듬고 집중하여 주문을 읽는다.

"흐흠! 이에트 로쿰부르사이, 이에아트 라시밀 스문다라 하팀. 예르닌 만 호르 우브 아이틸 리흐."

보리얀이 주문을 외우자, 루딘은 숨죽여 '웹실론'이라고 불리는 그 희한한 생물체를 지켜본다. 웹실론은 보리얀을 쳐다보고 잠깐 갸우뚱하더니, 계속 보리얀의 침대 위에서 몸을 비비적대며 이곳저곳으로 더듬이 같은 촉수를 움직일 뿐이다.

"맞게 한 거야?"

"응, 이게 맞을 텐데. '이에트 로쿰부르사이(나의 형제여)', '이에아트 라시밀 스문다라 하팀(너의 마음을 활짝 열어라)', '예르닌 만 호르 우브 아이틸 리흐(우리는 온 세상 위에 하나가 되리)'. 내가 뭔가 잘못 적어놨나?"

"…흐음."

루딘이 턱을 괴고 웹실론을 지켜본다. 웹실론은 그가 쳐다보거나 말거나 태평하게 뒹굴거린다. 보리얀은 조금 실망한 표정으로 고개를 젓는다.

"에이, 안 되나 보다."

"진짜? 한번 다시…."

그때, 보리얀의 창문에 무언가 톡톡 부딪히는 소리가 들린다.

"어? 보리얀, 저기 봐."

루딘의 말에 보리얀은 고개를 돌린다. 까마귀 한 마리가 창문가에 앉아서 부리로 문틀을 두드리고 있다. 보리얀이 창가로 다가가서 문을 살짝 열자, 까마귀가 안으로 날아 들어오더니 그녀의 어깨에 앉는다. 보리얀은 조금 놀라 엉겁결에 까마귀를 쳐다본다. 순간 까마귀와 눈이 마주치자 마음속에서 이러한 울림이 들린다.

'나의 형제여, 그대의 부름에 기나긴 잠에서 깨어났습니다. 나의 마음을 열었으니 이제 우리는 하나가 되었습니다.'

"……."

보리얀은 너무 놀라서 뒷걸음치다가 창문 밖을 바라본다. 그리고 두 눈이 휘둥그레져서 잠시 숨을 멈춘다.

"헉! 루딘, 저기 좀 봐."

그녀가 속삭이자 루딘은 일어나 창문가로 향한다. 창문에 닿은 그의 손이 떨린다. 달빛이 가득한 밤하늘 위로 새카맣게 까마귀 떼가 날아오고 있다.

"까마귀…."

중얼거리는 루딘의 머릿속에 오래된 비밀의 책에서 나온 한 구절이 스친다. '제일 먼저 응답한 것은 피조물 중 가장 영적으로 발달했던 까마귀들이었다.'

그때, 이야기를 마친 스루딘이 루딘을 데리러 위층으로 올라오는 발소리가 들린다. 보리얀은 자신의 어깨 위에 앉은 까마귀를 서둘러 창문 밖으로 날려보내고, 침대에 앉는다는 게 그만 웝실론 위에 앉아버린다.

"윽!"

보리얀은 질척한 느낌에 미간을 찌푸린다. 루딘은 애써 보리얀을 안심시키려 한다.

"괜찮아. 웹실론은 깔아뭉갠다고 안 죽어. 걔네는…."

똑똑, 하고 방문을 두드리는 소리가 들리자 루딘이 말을 멈춘다. 보리얀이 애써 찌푸린 얼굴을 피며 천천히 일어나서 방문을 연다. 루딘은 보리얀이 앉았던 자리를 살펴보는데 웹실론의 흔적이 없다.

"루딘, 이제 가자."

"…네."

스루딘의 부름에 루딘이 어정쩡한 얼굴로 나온다. 보리얀은 그 뒤를 어기적거리며 따라 나온다. 뭔가 이상함을 눈치챈 스루딘이 묻는다.

"너희 또 싸웠니?"

"아, 아니에요."

보리얀이 미소 지으며 말한다. 그녀의 머리에 검은 깃털이 붙어 있는 것을 발견한 스루딘은 그것을 떼어주며 보리얀에게 말한다.

"저기 있잖니 보리얀, 루딘이 좀 무식한 것 같으면 많이 가르쳐 주거라."

"네?"

"아무래도 이 녀석이 네 덕에 책을 더 다양하게 읽는 것 같단 말이다."

"아, 네에…."

발걸음이 잘 떨어지지 않는 것 같은 루딘에게 보리얀이 조금 어색하게 손을 흔들면서 인사를 건넨다.

"…잘 가."

"응, 너도…. 저건 내일 줘."

루딘이 자기가 가져왔던 책을 고갯짓으로 가리키면서 말한다. 웹실론에 관련된 부분에 책갈피가 껴 있다.

"그래, 잘 볼게."

부모님과 함께 손님 배웅을 마친 보리얀은 다시 방에 돌아와서 아무 말 없이 어둠 속에 서 있다. 아까 창문을 열어놓은 탓에 등불이 꺼진 모양이다. 그녀의 가슴이 둥둥둥 울린다. 밖에는 아직 까마귀 떼가 밤하늘 위에서 선회하며 보리얀을 기다리고 있다. 보리얀은 최대한 침착하게 그들을 향해 마음속으로 말한다.

'그래, 까마귀들…아니, 나의 형제들아. 오늘 만나서 반가웠어. 잘 자고 나중에 또 만나자. 안녕.'

그러자 까마귀들은 마치 인사라도 하듯이 빙글빙글 공중을 날더니 숲으로 흩어진다. 보리얀은 그 모습을 보고 떨리는 숨을 내쉰다. 그러다가 엉덩이의 느낌이 이상해서 손을 대보고 깜짝 놀란다. 보리얀의 손에는 웝실론이 놓여 있다.

"윽, 아이고 참…."

보리얀은 난감하다는 듯 주위를 둘러보며, 루딘이 가지고 온 책을 봐야겠다는 생각에 어둠 속을 더듬어 등잔 쪽으로 향한다. 그러다가 성냥이 부엌에 있다는 것을 기억하고는 이마를 친다. 그러자 불쑥 들리는 웝실론의 귀여운 목소리가 보리얀의 마음속에서 낭랑하게 울려 퍼진다.

'어머, 자기. 왜 이쁜 이마를 때리고 그래? 어두우면 불을 밝히면 되지.'

웝실론은 몸에 조금 힘을 주는 듯이 부르르 떨더니 은은하고 따뜻한 불빛을 내기 시작한다. 통통한 반투명한 몸속이 마치 금빛 별을 품은 것처럼 환하게 빛난다.

'어때, 이 정도면 되겠어, 자기?'

'…너, 내 소리가 들려?'

'그럼. 처음부터 들렸지. 근데 자기도 그렇지만 자기 친구는 너어무 시끄러워.'

윕실론이 궁둥이를 부르르 턴다. 보리얀은 놀란 얼굴로 침대에 털썩 앉는다.

'그럼 아까는 왜 아는 척 안 한 거야?'

'왜긴. 말 통하는 자기를 만난 게 얼마 만인데, 자기 혼자 있을 때 얘기를 나누려 했지. 반가워, 자기.'

'자기? 왜 날 자기라고 부르는 거야?'

윕실론은 보리얀의 손바닥 안에 등을 대고 누우며 능청스러운 목소리로 말한다.

'내가 좀 친절한 성격이라. 에린의 후손들을 보면 아주 예뻐서 그래, 응. 근데 한 가지 부탁이 있는데, 이제부턴 나를 막 깔고 앉거나 그러지는 말아주라, 자기야. 자기 엉덩이가 아무리 귀여워도 거기에 깔리는 건 좀 그래.'

보리얀은 어이가 없다는 듯 윕실론을 바라본다. 그러자 윕실론은 보리얀에게 다시 말을 건다.

'근데 자기, 궁금한 게 있어. 내가 잠든 사이 도대체 마라트한테 무슨 일이 있었던 거야? 왜 물속이 이렇게 이상해졌지?'

'글쎄. 나도 잘 모르겠지만 일단은 너에 대해서 좀 알아야겠어, 윕실론.'

'윕실론? 내가 윕실론이라고? 그게 내 이름이야?'

'…그렇다고 나오네. 이 책에.'

보리얀은 윕실론을 옆에 살며시 내려놓고 루딘이 놓고 간 책을 집어 들며 말한다.

'너네는 오래전에 멸종했을 거라고 나오는데, 너는 어떻게 살아 있는 거지?'

'멸종이 뭐야? 어려운 말 쓰지 마, 자기. 그리고 어떻게 살아 있다니? 우리는 죽지 않는다고.'

보리얀은 밝은 빛을 내는 웝실론을 자세히 들여다본다.

'책을 보는 것 보다 네 이야기를 듣는 게 더 낫겠다. 너는 도대체 어떻게 스루딘 선장님 배에 타게 된 거야?'

웝실론은 두 더듬이를 배배 꼬며 조잘댄다.

'음, 잘 기억은 안 나, 자기. 그런데 일단 내가 마지막으로 기억하는 건 이거야. 나는 달빛을 받는 걸 좋아해, 응. 그래야 이렇게 빛도 낼 수 있고 말짱하게 깨어 있을 힘을 얻는단 말이지. 우리한테 꼭 필요한 건 물하고 달빛이거든. 아무튼, 달빛을 받을까 하고 물 밖으로 나갔던 어느 밤에 갑자기 바다가 미쳐 날뛰더니 막 사방이 다 얼어붙었어. 다들 얼마나 놀랐는지 몰라. 어휴···. 그러다가 나는 점점 추워져서 잠이 들어버렸어. 우린 추우면 모든 걸 멈추고 잠들어버리거든. 이해가 돼, 자기?'

'으···응.'

'그래. 모르겠는 건 물어보라고, 자기. 난 친절하니까. 음, 아무튼 그렇게 얼마나 잠들어 있었는지는 모르겠어. 그런데 내가 갇혀 있던 얼음이 부서졌나봐. 정신을 차리고 보니까 에린의 후손처럼 보이는 자들이 있는 나무 판때기에 내가 떨어져 있지 뭐야? 그중에 구불거리는 은색 머리가 멋있는 에린의 후손이 있더라고. 반가워서 얼굴이나 좀 볼까 했는데 상황이 안 좋았어, 자기야. 상황이···. 내가 평생 보지도 못한 이상한 괴물이 그 나무 판때기로 달려들지 뭐야, 글쎄. 어휴, 너무 무서웠어."

'그래서? 그래서 어떻게 됐어? 네가 떨어진 건 나무 판때기가 아니라 스루딘 선장님의 배일 거야. 스루딘 선장님은 네가 아까 본 애의 아버지야. 선장님께서 괴물을 다 물리치신 거야?'

'응. 그 은색 머리가 꽤 영리하더라고. 휘청거리다가 날 밟아버리긴 했지만. 그래도 일부러 그런 건 아닌 것 같아서, 난 그자 신발에 숨었어. 다 젖어 있어서 축축하고 있기 좋았는데, 아까 본 그 누구냐⋯. 이름은 모르겠는데 자기 친구가 나의 휴식을 방해했지. 맞다, 자기야, 그거 알아? 그 애는 날 보고 기겁하지 뭐야. 내가 뭐 이상하게 생겼나? 흥, 나 상처받았잖아.'

'루딘이야, 그 애 이름.'

'루딘이라고? 괜찮네. 그 애한테 어울려. 그럼 자기 이름은 뭔데?'

'난 보리얀이야.'

'어머, 보리얀 자기야, 반갑다. 이제 자기는 나를 다시 바다에 데려다주면 되지 않을까? 무서운 바다 말고, 괴물 같은 거 없는 평온한 데로 말이야.'

'바다는 지금 못 나가. 너도 봤다시피 괴물들이 가득해. 샤에 평온한 곳은 없어.'

'오우, 이런⋯.'

웝실론은 슬퍼졌는지 빛을 조금 잃는다. 보리얀은 웝실론을 보고 묻는다.

'근데, 네 이름은 뭔데?'

'웝실론! 방금 자기가 지어줬잖아. 우리는 영원히 살기 때문에 이름이 필요 없거든. 다 우리보다 일찍 죽어버려서 우리 이름을 기억해 줄 이가 없기 때문이지. 그래도 자기가 나를 기억할 이름이 있으면 좋잖아, 안 그래?'

'아하하⋯. 그래.'

'그런데 자기, 난 이제 영영 바다에 못 가는 거야? 아름다웠던 내 고향을 다시는 못 보는 걸까, 응?'

윕실론의 측은한 목소리에 보리얀은 잠시 고민한다.

'글쎄…. 하지만 서쪽 호수가 어떻게 생겼는지는 보여줄 수 있어. 나도 배를 타는 사람이거든. 항해할 때 너를 데리고 나갈 수는 있을 거야. 근데 문제는 여기 서쪽 호수에도 괴물들이 많이 올라온다는 거지.'

'서쪽 호수? 나 호수는 처음인데. 그럼 거기는 언제 가는데, 자기?'

'매일 매일 가. 내일도 가.'

'어머머, 그럼 나 내일부터 데리고 가는 거다? 난 자기한테 꼭꼭 숨어서 잘 붙어 있을게! 근데 아까처럼 엉덩이는 좀 그렇고, 어깨가 좋겠다.'

보리얀은 밤이 깊어지도록 윕실론과 대화를 나누다가 결국 잠에 빠져든다. 윕실론은 자신이 잠들어 있던 긴 시간 동안 어떤 일이 있었던 것인지 몹시 궁금했지만, 새근새근 잠든 보리얀을 보고 나중에 묻기로 한다. 어차피 윕실론에게 시간은 많았으므로.

6장

{ 드러나는 진실 속으로 }

"밧줄! 밧줄을 묶어라!"

쏟아지는 빗줄기가 시야를 가린다. 보리얀은 소매로 얼굴을 훔치고, 있는 힘껏 밧줄을 붙들어 맨 후 외친다.

"묶었습니다!"

"배를 돌려야 한다! 좌현으로 있는 힘껏 꺾어라!"

바얀 최고 선장의 외침이 휘몰아치는 비바람 소리에 묻힌다. 하지만 노련한 선원들은 선장의 지시를 알아듣고 한 몸처럼 분주하게 움직여, 배는 점점 좌측으로 방향을 튼다.

"최고 선장님! 저기 좀 보십쇼!"

한 선원의 말에 바얀은 거친 비바람 속에서 눈살을 찌푸리며 앞을 응시한다. 성난 파도에 뒤집어진 나룻배들이 출렁거리며 떠내려오고 있고 조금 더 큰 관리선이 반쯤 가라앉아 있다.

"설마, 모두가…"

바얀 옆에 서 있던 스루딘이 전복된 배들을 빠르게 살핀다. 파도 때문에 앞이 잘 보이지 않지만, 관리선의 갑판 잔해에 가까스로 매달려 있는 선원들이 있다. 스루딘은 두 눈을 크게 뜨고 소리를 지른다.

"저기! 저기 아직 사람이 있다! 저쪽에 밧줄을 내려라!"

보리얀은 선원들을 도와 밧줄을 내리고, 아직 명령이 있기 전이지만 루딘은 잠수 대원들과 함께 물에 들어갈 준비를 한다. 바얀이 잠수 대장을 향해 외친다.

"지금 대원들을 투입해서 구조해야 한다! 바얀 호는 구조 작전을 수행하고, 옆에 스루딘 호는 바얀 호를 엄호한다! 전방에 괴물들이 오고 있다!"

바얀의 말이 떨어지기가 무섭게 파도 사이로 괴물들의 모습이 보인다. 미끈거리는 물갈퀴가 언뜻언뜻 비치더니, 이어 고막을 찢을 듯한 소리를 내는 괴생명체들이 바얀 호를 에워싼다. 스루딘 호는 괴물을 향해 대포를 발사한다. 바얀이 스루딘 가까이에서 그의 어깨를 잡으며 묻는다.

"스루딘, 큰 놈 두 마리야. 자네가 상대할 수 있지?"

"당연하지. 우리 최고 선장님은 구조를 맡아줘."

스루딘은 바얀에게 걱정 말라는 듯 끄덕여 보이고 옆의 보좌선을 향해 외친다.

"최고 선장님은 구조를 맡으신다! 스루딘 호 선원들은 내 명령을 따라 괴물들을 공격한다!"

"네, 선장님!"

바얀이 잠수부들을 내려보내자 루딘은 다른 대원들과 함께 작살과 밧줄을 가지고 넘실거리는 파도 속으로 들어간다. 잠수 부대가 난파선 가까이 다가가는 그때, 구조를 기다리던 선원 중 하나가 비명을 지르며 물속으로 끌려 들어간다. 잠시 후 물이 붉은 피로 물들자 바얀 호의 잠수 대장이 다급히 외친다.

"물속에 괴물이 있다! 조심해!"

루딘과 잠수부들은 침몰하는 배에 다다라서 구조할 선원들의 몸에 밧줄을 묶고, 그들을 조심스레 이끌며 다시 바얀 호로 향한다. 루딘이 구조한 선원들을 배 위로 먼저 올려보내는데, 보리얀이 바얀 호의 난간에서 외친다.

"고개 숙여!"

루딘이 몸을 낮추자 보리얀이 던진 작살이 그의 머리 위로 날아간다. 곧이어 쐐액거리는 소리가 들린다. 뒤를 돌아보니 루딘보다 큰 괴물의 머리통에 작살이 박혀 있다. 루딘은 보리얀에게 고맙다는 신호를 보내고, 박힌 작살을 더욱 깊숙이 찔러 넣었다가 단번에 뽑아내어 괴물의 숨통을 끊어 놓는다. 그리고 기다란 작살 대를 입에 문 채 밧줄을 타고 능숙하게 배 위로 오른다. 모두가 승선하자 바얀이 명령을 내린다.

"생존자 전원 승선! 바얀 호와 스루딘 호는 전속력을 다해 마을로 직진한다!"

"네, 최고 선장님!"

선원들이 외친다. 스루딘은 갑판 위에 서 있는 루딘을 보고 안도의 한숨을 내쉰다. 그런데 루딘의 오른손에서 피가 흐른다. 험한 물살 속에서 선원들을 구조하며 밧줄에 쓸린 손바닥이 까진 것이다. 루딘은 자신의 바짓단을 찢어서 손을 틀어 매고, 보리얀을 도와 돛의 방향을 바꾼다.

바얀 호는 어스름이 내려앉을 때가 다 되어서야 항구에 정박한다. 집에 돌아온 보리얀은 아무 말 없이 난롯불이 타들어 가는 것을 지켜본다. 밖에서 계속 몰아치는 비바람 때문에 창문들이 이따금씩 덜컹거린다. 가만히 보리얀을 지켜보던 샬리타가 다가온다.

"보리얀, 오늘은 좀 힘들었다고 들었어."

"…많은 사람이 죽었어요."

잠시 침묵하던 샬리타가 차 한 잔을 내어준다.

"자. 마시면 몸이 좀 따뜻해질 거야."

"고마워요, 엄마. 오늘은 피곤해서 일찍 쉴게요. 방으로 가져가도 되죠?"

"그럼. 잘 자렴."

"안녕히 주무세요."

샬리타는 보리얀을 안아주고는 조용히 자리를 뜬다. 컵을 들고 자기 방으로 올라간 보리얀은 침대맡에 그것을 내려놓은 후 머리를 뒤로 푹 떨구어 누워버린다. 그러자 그녀의 어깨에서 웝실론이 퐁 튀어나오며 툴툴거린다.

'자기야, 오늘은 참 끔찍했어. 그치?'

'그러게.'

'근데 있지, 내가 이상한 걸 발견했어. 물맛이 완전히 변해버렸지 뭐야. 너무 써. 분노와 증오가 마구 뒤섞여 있는, 그런 맛이랄까? 뭔가 잘못됐어.'

웝실론은 보리얀의 배로 통, 튀어 올라 동그란 배가 위로 향하게 대자로 누우며 말을 잇는다.

'그리고 괴물들도 이상해. 물론 생긴 것부터가 이상하지만. 보통 물속에 있는 생명들은 내 말을 알아듣는데, 전혀 못 알아듣는 것 같았어.'

'괴물들한테 말을 걸었어?'

'응. 아까 자기 어깨에 숨어서 얘기를 좀 하려고 했거든. 왜 그렇게 화가 났

는지는 모르겠지만 무작정 싸우려 들지 말고 말로 좀 해결해 보자고. 그런데 아무 소용도 없었지 뭐야.'

'사실 나도 소통해 보려고 했는데, 내 말도 못 알아듣는 것 같았어. 그 주문을 외우면 물짐승과 뭍짐승이 모두 따른댔는데. 왜지?'

'흐으음. 글쎄. 아무튼 그것들은 다 하나같이 요상한 기운을 가지고 있었어, 자기야. 아무래도 마라트가 좀 이상해진 것 같아. 뭔가 어두운 영혼 같은 게 묘하게 섞여 있는 느낌이 난단 말이야. 그래서 내 말을 못 알아듣나 싶기도 해. 아무래도 그 옛날에 있던 아만들의 영혼 같지는 않은데…'

'아만이라고? 네가 아만을 어떻게 알아?'

보리얀이 놀라서 묻자 윕실론은 더듬이를 씰룩댄다.

'그야, 엄청 옛날부터 '샤'의 바닥에 죽은 아만들의 영혼들이 들어찼기 때문이지. 물론 전쟁이 있고 나서는 살아 있는 아만들도 꽤 많이 봤는데 걔네하고는 말이 전혀 안 통해. 대부분의 아만들은 아주 멍청하기 그지없고 시끄럽기만 한 족속들이거든. 그런데 또 옛날 전쟁에서는 큰 역할을 했지.'

'전쟁? 너, 혹시 추락의 전쟁에 대해서도 알아?'

보리얀의 눈이 휘둥그레지자 윕실론은 팔짱을 끼듯이 촉수 더듬이를 배배 꼰다.

'아니 그럼, 자기야. 내가 그걸 모를까 봐? 나는 구름 섬 겔리시온이 생겨난 때부터 여기 살았던 터줏대감이라고. 날개 달린 에린들이 있기도 전에 내가 먼저 샤에 있었단 말이지. 사실 나 말고도 윕실론들이 몇 더 있었는데, 다른 애들은 지금 어디서 뭘 하고 있는지 모르겠네.'

'그럼, 그렇게 오랜 시간 동안 일어났던 일들을 다 안다는 거네? 근데 넌 대

양인 샤에 있었을 텐데 구름 섬에서 있었던 일들은 어떻게 아는 거야?'

'자기야, 우리는 물기가 있는 모든 것 속으로 흡수될 수 있어. 그리고 우리가 들어간 존재에 대해서는 거의 다 알 수 있단 말이야, 응. 걔의 기억, 감정 등등. 그래서 심심할 때마다 여기저기 들어가서 무슨 일들이 일어나는지 알아내며 놀았지. 난 대부분 물속에 있었지만 겔리시온이 추락하고 나서는 가끔 나무 판때기를 타고 물을 건너는 육지 동물들 얘기도 들었다가, 에린의 후손들 얘기도 들었다가, 샤의 밑바닥에 있는 해초들 얘기도 들었지. 그러다 보니 뭐 어쩌다 시시콜콜하게 알게 된 거지.'

'우와 정말? 너는 그럼 살아 있는 역사인 거네! 그렇지?'

'에이, 자기야. 그게 뭐 그리 대단한 거라구. 다 알면 뭐해? 말이 통하는 존재가 없는데 누구한테 얘길해 주겠어? 아무도 우리한테 관심조차 없는데 뭘. 아, 물론 보리얀 자기 빼고.'

보리얀이 입을 다물지 못하고 웝실론을 쳐다보자, 웝실론은 오동통한 궁둥이를 치켜들고 종종종 걷더니 보리얀의 찻잔 속으로 쑥 들어간다. 그러더니 온몸이 풀린다는 듯 더듬이를 축 내려뜨린다.

'으흐흠, 따뜻하구나. 추워 죽는 줄 알았네. 죽는다는 말이 웃기지만 말이야, 호홍.'

웝실론은 자기를 멀뚱히 바라보는 보리얀에게 나긋나긋 말한다.

'있지, 자기야. 우리는 알고 보면 좀 슬퍼, 응. 우린 끝없는 시간을 가진 대신 뭐든 게 다 없거든. 창조의 신이라는 작자는 우리를 그냥 실험용처럼 만들어만 놓고서 관심이 없었어. 그래서 우린 죽음도 없고, 자손도 없고, 친구도 없고, 딱히 그렇다 할 형체도 없고, 별 능력도 없고, 기억하는 이들도 없고, 이름도 없고, 심지어 재미도 없지. 반대로 에린들은 참 말도 많고 탈도 많았지만 어쨌든 아주 화끈했던 존재들이었어. 난 그래서 자기들이 좋아.'

'고…고마워, 웝실론.'

'근데 그중에서도 보리얀 자기 같은 까만 머리들이 제일이야. 말이 통하거든. 맞다, 그…. 이름은 기억이 안 나는데, 자기네들 태초의 조상이 있던 시절에 아주 멋진 까만 날개를 한 에린이 있었어. 그때는 에린들이 딱 일곱밖에 없어서 기억하기 쉬웠지. 그중에서도 그 에린은 참 자알 생겼었어, 호홍. 그자가 맨 처음 우리랑 소통해서 꽤나 반가웠는데 언제부턴가 홀연히 사라지고 안 보이지 뭐야. 이상한 일이었어. 그리고 나서 또 한참을 있으니까, 또 그 자와 비슷한 까만 머리 에린의 후손이 우리를 부르더라고. 같이 겔리시온을 떠나자는 거야, 글쎄. 생각보다 많은 자들이 그를 따라가려고 했어. 맘씨가 곱고 말재간이 좋았거든. 그 날개 달린 에린의 후손 이름이 뭐였더라…'

'혹시 샤에드릴이야?'

'오, 그랬었나? 비슷했던 것 같아. 혹시 겔리시온을 추락시킨 그 전쟁의 한가운데 있던 에린을 말하는 거면 아마 맞을걸? 아휴, 그때 엄청 시끄러웠지. 에린들도 편이 갈려서 아주 오랫동안 싸우고, 나중엔 창조의 신도 난리가 나고, 결국 살아 있는 아만들이 겔리시온으로 들어오고…'

'잠깐만, 웝실론. 그럼 너는 그 모든 것을 다 직접 봤다는 거야?'

'전해 들은 것도 있고, 겪은 것도 있고, 그렇지 뭐.'

'그래? 그럼 여기 적힌 내용이 다 맞는 거야?'

보리얀은 침대 밑에서 오래된 책을 꺼낸다. 그리고 웝실론에게 중요한 줄거리들을 짚어주며 책에 적혀 있는 것들이 정확한 사실임을 확인한다. 쿵쿵

뛰는 보리얀의 심장 소리를 듣고 웹실론이 조금 걱정스러운 듯 묻는다.

'보리얀 자기야, 괜찮아?'

'응? 으응….'

'그럼 이제 나도 좀 물어보자, 자기야. 내가 기껏해야 한 몇천 년 잠들어 있었을 텐데 도대체 바다랑 호수가 왜 이 모양이 된 거야?'

'그건 우리도 잘 몰라. 우리가 배운 건 나쁜 루에린이 전쟁을 일으켜서 에르가 분노했는데, 그 분노에 겔리시온이 추락했다는 거야. 그때부터 호수가 세 갈래로 나누어졌고 우리 조상은 벌로 날개를 잃은 거라고 배웠어. 창조의 신 에르는 우리가 꼴도 보기 싫어서 떠났지만 그래도 마지막 은혜로 우리를 지켜 줄 모크샤를 천 년에 한 번씩 나오게 했대. 마라트의 저주받은 생명체들이 괴물이 되어서 우리를 호시탐탐 노리고 있었기 때문이지.'

'호오, 그래?'

'응. 그런데 그 몹쓸 괴물들이 결국 일을 저질렀다고 해. 이전 모크샤 '샤카르문'이 시간이 다해 우리를 떠난 이후, 그 뒤를 이어 태어났어야 했을 모크샤를 죽여버렸거든. 그렇게 천 년이 흐른 이후에도 새로운 모크샤는 탄생하지 못했고 이제는 모크샤 없이 보낸 세월이 이천 년에 가까워지고 있어. 사람들이 그러는데 십수 년만 더 기다리면 또 한 번의 기회가 찾아올 거래. 샤에서 올라오는 마라트의 괴물들도 그걸 알고, 모크샤의 탄생을 막기 위해서 엄청 난리를 치고 있는 거라던데? 그게 바로 우리 모두가 그것들을 모조리 무찔러야 하는 이유라고 들었어.'

웹실론은 가만히 듣더니 컵에서 퐁 나와서 온몸을 부르르 턴다.

'음. 그건 아주 거지렁이 바리바리 같은 소리야.'

'거지렁이?'

'그래, 거지렁이 바리바리. 난 안 먹어봐서 모르는데 아주 맛없기로 소문난 물지렁이지. 아무튼 그만큼 말도 안 된다는 거야, 자기. 내가 잠들기 전만 하더라도 샤는 그렇지가 않았어. 물론 그때도 에린의 후손들에게는 날개가 없었지. 아만들하고 자손을 낳았으니 피가 많이 섞여서 그런 거야. 근데 문제는 그뿐만 아니라 아만들의 어리석음까지 같이 섞인 것 같네. 어휴.'

'그럼 윕실론, 뭐가 진실인 거야? 나에게 얘기해 주라. 응?'

윕실론은 보리얀의 무릎 위로 올라가더니 오래된 책을 유심히 살핀다.

'여기 대충 설명되어 있는 것 같던데. 왜 자기는 모르는 눈치지?'

보리얀은 책의 표지를 쓰다듬며 윕실론에게 말한다.

'…이건 비밀이야. 루딘 빼고는 모든 사람에게 비밀인데, 넌 사람이 아니니까 보여준 거야. 우리 집에서만 내려오는 책이거든. 그런데 고대 언어로 되어 있어서 난 잘 읽을 수가 없어. 아마도 진실은 중앙 섬 아누다르가야에서만 알고 있을 거야.'

'흐으음, 중앙 섬에서만 안다고? 왜 그렇게 비밀이 많아졌지? 에린의 후손들이 점점 이상해져 가는 게 보인다, 자기. 내가 기억하던 모습들이 좀 아니네. 뭔가 구려졌어.'

'추락의 전쟁에 대한 진실이 뭐야? 네가 알고 있는 걸 다 얘기해 줘.'

윕실론은 생각에 잠겨서 궁둥이를 실룩거리며 책 주변을 한 바퀴 돌더니 말한다.

'알았어 자기. 오랜만에 기억을 좀 꺼내보지 뭐. 내가 알기로는 에린들이 처음부터 막 그렇게 서로 치고받고 싸운 게 아니야. 샤에드릴인가? 그 검은 머리 에린은 그냥 조용히 떠나고 싶어 했어. 그런데 그를 따라서 함께 가고자 하는 이들이 너무 많았던 게 문제였지. 특히 은색 머리 에린들이 그 꼴을 그냥 두고는 못 보겠는지, 샤에드릴을 죽이려고 했다가 실패했다는 소문이 쫙 퍼졌어. 나까지 알 정도면 '샤'에 있는 생물들도 다 알았단 얘기지. 그러다 겔리시온을 떠나려는 이들과 그것을 막으려고 하는 이들 사이에서 전쟁이 나버린 거야. 근데 전쟁도 너어무 길어지고, 막으려는 쪽이 점점 지는 게 보이지 뭐야? 그제야 창조의 신이 아만들이라도 데리고 와서 좀 싸우라고 명령을 내렸나 봐. 그러면서 전세가 역전되었지.'

'진짜? 너도 살아 있는 아만들을 직접 봤어?'

'그렇다니까, 자기야. 근데 그때 온 아만 중에 괜찮은 여자가 있었는데, 물론 이름은 기억 안 나. 그 아만이 좀 큰 역할을 했거든. 그리고 되게 유명했던 에린이 하나 있어. 그⋯. 그 에린도 이름은 기억 안 나는데, 태양의 기운을 타고난 마지막 에린이라나? 암튼 아주 강력한 애였어. 걔네 둘이 가족을 이루어서 처음으로 에린과 아만의 피가 섞인 거야.'

'그래? 날개가 있던 마지막 라델린이었다는 미르카닐 같은데⋯. 이 책에 나온 것과 비슷해. 그럼 추락은? 모크샤와 마라트는?'

'에린들끼리 싸우다가 그랬지, 뭐. 샤에드릴이랑 함께 있었던 편들이 섬을 추락시킬 만큼 힘이 좀 셌나 봐. 난 하늘에서 일어나는 일은 잘 모르는데 암튼 그냥 끔찍했다고. 겔리시온이 추락하는 바람에 샤에도 지진이 나서 마그마가 끓고 아주 난리도 아녔어. 그게 지금 중앙에 있는 섬 가운데를 화산으로 만든 건데, 뭐. 그 일 때문에 샤에 있던 생명들이나, 에린이나, 아만이나, 참 많이도 죽었어. 암튼 전쟁은 그냥저냥 끝나고 떠나려는 자들을 막으려는 쪽이 이기기는 했는데 거의 상처뿐인 영광이었지.'

'그런 세상을 두고, 에르가 정말 우리를 떠났다고?'

'……'

웹실론은 분노와 서글픔이 어린 보리얀의 표정을 보고 그녀를 달래듯 중얼거린다.

'에르가 떠났어도 남은 자들끼리 그냥저냥 살 수 있는 환경이었어, 자기야. 그런데 신이 그렇게 사라지니까 에린들도 변하더라. 더 이상 일곱 별의 기운을 타고나지 못하는 모양이더라고. 생김새도 점점 아만처럼 변하고, 날개도 없어지고, 아만처럼 핏줄을 통해 그냥 자기를 닮은 후손을 내게 된 거지. 근데 그 유명한 에린 있잖아, 마지막으로 태양의 기운을 타고났다는 걔. 그 에린이 떠나는 신한테 부탁을 했어. 에르가 떠나는 대신, 에린들과 그 후손을 돌봐줄 수 있는 존재를 내게 해달라고 말이야.'

'그럼, 그게 모크샤야?'

'응. 우리 자기 똑똑하구나. 모크샤를 낼 때, 에르는 밝음과 어둠의 균형을 맞추어야 한다며 마라트를 같이 내렸어. 그 둘은 여기서 에르가 만든 마지막 존재들일 거야, 아마. 모크샤는 뭐, 알다시피 자애롭고 너그럽고 지혜롭고…. 에린들의 후손에게 귀감이 되는 권능을 가졌달까? 근데 에린의 후손들이 정신을 못 차리고 살 때마다 따끔하게 혼낼 수 있는 존재는 바로 마라트였어. 커다란 태풍도 만들어 내보내고, 바다의 생물들이 너무 핍박받을 때는 공격도 하고. 난 마라트의 기운이 샤에 들어올 때가 아직도 생생히 기억나. 눈에 보이진 않았지만 우린 그 기운을 느낄 수 있었거든. 암튼 마라트는 지금과는 전

혀 달랐어. 지금은 미친 듯이 날뛰는 튀르카치르테테 같잖아.'

'튀르카…뭐?'

'튀르카치르테테 말이야, 자기야. 샤의 밑바닥에서 한 발로 콩콩거리면서 뛰는…. 아니다, 걔넨 이미 다 없어졌을 수도 있어. 어려운 말로 멸종이랬지, 아마? 어쨌든.'

웝실론은 한숨을 내쉬는 것 같이 목을 길게 빼며 말을 잇는다.

'하아, 마라트는 꽤 괜찮은 기운이었거든. 나는 에린들의 후손이 귀엽지만, 한 번씩 좀 혼내주는 게 필요하긴 했어, 응. 바다에 있는 생물들이 이렇게 다 괴물이 되기 전에 아마 마라트는 뭔가를 알고 있었을지도 몰라. 샤에 흐르는 기운이 점점 차갑고 매서워졌거든. 북쪽부터 그러기 시작했는데 나는 너무 태평하게 있다가 그만 얼어붙어 버렸지 뭐야. 그래서 그 뒤로는 잘 몰라.'

보리얀은 맥이 탁 풀린 표정으로 벽에 등을 기댄다. 밖에서 번개가 번쩍하더니 천둥이 우르르 쾅쾅 몰아친다. 웝실론은 깜짝 놀라 보리얀의 품으로 쏙 들어간다. 보리얀은 그런 웝실론을 한 손 위에 올려놓는다.

'어쨌든 마라트가 이렇게 된 건 전쟁 때문도, 저주 때문도 아니었다는 거네. 그렇지? 그런데 왜 아누다르가야에서는 거짓된 이야기를 사람들에게 알리는 거지? 뭘 숨기는 걸까? 웝실론, 나는 마라트에 대해서 더 잘 알아야만 해. 그래야 나중에 우리 배를 구할 수 있거든.'

'그게 무슨 말이야, 자기?'

'……'

보리얀은 창밖의 세찬 빗줄기를 잠시 바라보다가 웝실론에게 묻는다.

'혹시, 모테라라고 알아?'

'모자라? 그게 뭔데?'

'모테라. 모자라가 아니고.'

보리얀이 괴물 모테라의 저주에 대한 이야기를 해주자 윕실론은 고개를 갸우뚱한다.

'호오…. 내가 옛날에 알았던 샤의 생물체가 생각나는데? 메르모니아라고, 반은 사람 같았고 나머지 반은 물고기 같았지. 노래하는 자태가 어찌나 아름답던지. 예언해 주는 힘이 있어서 에린의 후손들에게 경고를 해주기도 했는데, 저주 괴물이 되다니 참 안타깝네.'

'우리가 그 일을 막을 수는 없는 걸까?'

'옛날에 메르모니아가 보여주는 것들은 대부분 일어났었어, 자기야. 걔네들이 괴물이 된 지금은 어떨지 모르겠지만…. 그래도 찜찜하네. 마라트가 미쳐 날뛰어서 물에 있는 생물들하고는 말이 안 통하니 원. 그래도 자기는 육지의 동물들과는 얘기할 수 있잖아. 혹시 도움을 받을 수 있지 않을까?'

'흐음. 육지 동물?'

보리얀은 잠시 생각에 잠기다가 눈을 반짝인다.

'윕실론, 네가 만나야 할 사람이 루딘 말고 한 명 더 있는 것 같아. 너, 오래 살았어도 서쪽 호수에 사는 육지 동물들은 많이 못 봤지?'

'응, 자기. 난 거의 물속에만 있었는걸.'

'그럼 네가 좋아할 만한 곳을 보여줄게. 동물들이 자유롭게 머물다 가는 곳이야.'

'오, 그래? 거기가 어딘데?'

'큰 헤사티오 나무가 있는 정원이야.'

다음 날 아침, 보리얀과 루딘은 짙은 안개 속에서 배를 수리한다. 돛대 점검을 마친 후 보리얀은 눈치껏 루딘에게 다가가서 속삭인다.

"어제 웹실론하고 얘기를 좀 했어."

"지금도 같이 있는 거야?"

"응. 그리고 웹실론이 다 확인해 줬어. 우리가 본 그 책 내용이 사실이라고."

"역시! 난 네가 외우는 주문에 까마귀들이 올 때부터 알아봤어. 그 책, 진짜 뭐지?"

"아무튼 중요한 건 마라트가 우리가 생각하는 것처럼 무시무시한 존재는 아니었다는 거야. 그리고 몇천 년 전까지만 해도 바다랑 호수가 이렇지는 않았대. 물에 사는 생명체들이 괴물로 변한 건 추락의 전쟁 때부터가 아니었어. 그것보다 훨씬, 아주 훨씬 후였다는 얘기야."

보리얀의 말을 너무 열중하며 듣던 나머지 루딘은 다친 손으로 배의 난간을 짚는다.

"으윽!"

"왜 그래?"

"아, 어제 이 손이…."

보리얀은 그제야 천으로 감고 있는 루딘의 손을 본다.

"어휴, 이건 또 왜 그랬어? 밧줄에 쓸린 거야?"

루딘이 고개를 끄덕이자 보리얀이 안타까운 얼굴로 그의 다친 손을 이리저리 살핀다. 고운 손등과는 다르게 손바닥과 손가락이 상처투성이다.

"넌 밧줄하고는 영 안 친한가 보다. 그냥 잠수부 하는 게 낫겠어."

"네 손은? 쥐 봐."

"싫어."

"아, 쥐 봐, 글쎄."

루딘이 보리얀의 손을 펼쳐 본다. 햇빛에 그을린 작고 야무진 손등을 뒤로 하자, 손바닥에 굳은살이 가득 앉아 있다.

"야, 이렇게 되려면 도대체…."

루딘이 말을 잇지 못하고 보리얀의 눈을 쳐다본다. 보리얀은 손을 스윽 빼 낸다.

"이 정도는 돼야 상처가 잘 안 생겨. 그래야 밧줄도 빠르게 묶고 푸르지."

루딘은 속상하다는 듯 투덜거린다.

"…넌 그냥 빨리 선장이나 돼라. 그래야 굿은일을 덜 하지."

그때 호리호리한 체격에 은색 머리를 가진 보리얀의 외삼촌이 다가온다.

"어이, 우리 견습들. 수리 다 됐으면 가봐도 된다. 최고 선장님이 그러시는 데 오늘은 날씨 때문에 출항하긴 힘들 것 같대. 너네도 모처럼 휴가라고 생각 하고 좀 쉬던지."

"네, 삼촌. 아빠는 지금 어디 계세요?"

"저쪽 배에서 면담 중이셔. 투르 씨라고, 아누다르가야 사람인가 보더라. 아마 뭔가 중요한 일이 있는 듯하니까 너희 먼저 가라."

"네."

외삼촌이 멀어지자 보리얀은 루딘을 보며 말한다.

"또 무슨 일 있는 건 아니겠지?"

"글쎄…."

루딘이 걱정스러운 표정으로 저기 멀리 안개 속에 가려진 투르 씨의 배를 쳐다보는데, 보리얀이 루딘의 팔을 잡아끈다.

"너, 나랑 아파라티 할아버지네 좀 가자."

"지금?"

"응. 웹실론이 어제 나한테 해준 말이 있는데, 아파라티 할아버지는 더 잘 아실지도 몰라."

"무슨 말을 해 줬는데 그래?"

"아 글쎄, 따라와 봐."

언덕을 올라선 보리얀과 루딘은 놀라서 입을 다물지 못한다. 오두막은 거의 비어 있고, 마치 곧 떠날 사람의 집처럼 단출한 짐이 정리되어서 밖에 놓여 있다. 우두커니 선 그들은 양손에 작은 짐꾸러미를 들고 오두막 안에서 나오는 할아버지를 쳐다본다. 아파라티 할아버지는 짐을 내놓다가 둘을 마주치고 빙그레 웃는다.

"때마침 잘 왔구나. 차가 준비되어 있단다."

보리얀과 루딘은 텅 빈 집 안에 덩그러니 놓여 있는 탁자 앞에 앉는다. 둥근 그릇 옆에 찻잔이 세 개가 준비되어 있고, 벌써 헤사티오 차는 주전자에 담겨 탁자 위에서 김을 모락모락 내고 있다. 아파라티 할아버지는 그저 빙긋이 웃는 얼굴로 그들이 입을 열기를 기다린다. 이어서 보리얀이 묻는다.

"저…. 할아버지, 혹시 여길 떠나시는 거예요?"

"허허, 그래. 나는 너희가 마지막으로 이 늙은이를 보러 올 줄 알았다. 와 줘서 고맙구나."

루딘은 아쉬운 눈으로 할아버지를 쳐다본다.

"왜 갑자기 떠나시는 거예요? 어디로 가시는 거죠?"

할아버지는 알 수 없는 미소를 짓는다.

"갈 때가 되었으니 가는 게지. 난 언제나 그랬듯이, 내가 있어야 하는 곳으로 간단다. 여기에서 내가 할 일은 얼추 마무리가 된 것 같아서 말이야. 하지만 걱정 말 거라. 우린 다시 만날 게다. 조금 시간이 걸리겠지만 말이야."

보리얀이 입술을 꼭 깨물고 있다가 묻는다.

"그럼⋯. 할아버지가 가시면 정원은 어떻게 되는 거예요?"

"여기 있는 동물들이야 자기네가 알아서 또 살길을 찾아가겠지. 너도 알잖니, 보리얀. 이 정원에서 우린 만날 때부터 이미 작별 인사를 한단다. 그래야 섭섭한 마음에 얽매임 없이 자유롭게 오고 갈 수가 있지. 아 참, 그러고 보니 오늘은 새로운 손님을 만날 것 같아서 차를 좀 더 준비했는데. 그 손님은 어디 있을까?"

할아버지의 말에 보리얀과 루딘은 흠칫 놀란 표정으로 서로를 바라본다. 보리얀은 마음속으로 웝실론에게 속삭인다.

'웝실론, 이제 나와도 돼. 이분이 내가 어제 말한 아파라티 할아버지야.'

그러자 웝실론이 보리얀의 어깨에서 퐁 하고 나온다. 이어서 탁자 위로 풀썩 뛰어올라 촉수 같은 더듬이를 요리조리 흔든다. 아파라티 할아버지를 유심히 살피던 웝실론이 보리얀에게 말한다.

'흐음, 참말로 희한한 에린의 후손이네. 이 후손은 좀 이상해, 자기야.'

'저⋯. 웝실론, 미안한데 여기 사람들은 네 말을 못 들어.'

'그러니까 자기한테 얘기하는 거잖아. 저 후손은 좀 요상하다고.'

'나중에, 나중에 얘기하자, 응?'

'치. 그러던지.'

보리얀은 투덜거리는 웹실론의 말을 애써 못 들은 척하고 아파라티 할아버지에게 말한다.

"할아버지, 얘는 웹실론이에요. 아주 오래전부터 '샤에서 살아왔는데, 빙하 속에서 잠들어 있다가 깨어났대요. 스루딘 선장님 신발 속에 들어가 있다가 얼떨결에 우리 마을까지 왔어요."

아파라티 할아버지는 미소를 지으며 둥근 그릇을 웹실론 앞에 놓아주고 따뜻한 차를 조금 따른다. 헤사티오 차가 궁금한 듯, 웹실론은 반쯤 차 있는 그릇 안을 이리저리 살펴더니 그 안으로 쏙 들어간다. 그리고 온몸이 풀린다는 듯이 편안하게 더듬이를 추욱 늘어트린다. 그 모습을 보고 할아버지가 빙긋이 웃는다.

"그래, 아주 귀한 손님이구나."

보리얀과 루딘은 그동안 웹실론이 들려준 이야기를 아파라티 할아버지에게 조심스럽게 전한다. 아이들의 심각한 표정과는 다르게, 차를 마시며 이야기를 듣는 할아버지는 여유로워 보인다.

"…음. 그렇다면 바다 생물들이 괴물이 된 이유를 알기 위해선 아누다르가야로 가야겠구나. 중앙 섬의 신성한 자들이 그 비밀을 꼭꼭 숨겨놓고 있는 것 같으니."

"하지만 어떻게 아누다르가야로 갈 수가 있겠어요? 우리 마음대로 서쪽 호수를 떠나는 것조차 어려운 일인데."

보리얀의 말에 루딘이 걱정스러운 얼굴로 덧붙인다.

"그것도 그렇지만, 큰 문제가 있어요. 보리얀이 괴물들과 소통할 수 없다면 모테라의 저주에 대비할 수 있는 방법은 아예 없는 거 아닐까요?"

그러자 보리얀이 루딘을 돌아본다.

"웹실론이 나한테 그랬어. 육지 동물들의 도움을 받을 수는 없겠냐고. 우리가 배를 탈 때 도와줄 수 있는 동물들이 누구지? 혹시 아파라티 할아버지께서는 아실까 하고 온 건데…."

웹실론은 찻잔에 고개를 반쯤 걸치고서 빼꼼히 아파라티 할아버지를 쳐다본다.

"흐음, 동물들에게 도움을 받는 방법이라. 보리얀이라면 아마 가능할 것 같기도 하구나. 요전번 밤에 까마귀들이 떼를 지어서 몰려가는 것을 보았단다. 네가 그들을 부른 게 아니었니, 보리얀?"

"아, 아…. 네."

보리얀은 차마 비밀의 책에서 본 주문을 외웠다고는 말하지 못하나, 아파라티 할아버지는 마치 모든 것을 알고 있다는 표정으로 그녀를 바라본다.

"보리얀, 네가 찾는 진실은 이미 드러날 준비가 되었단다. 이제부터 찾으러 가면 되겠구나."

"…네?"

"따라와 보거라. 모두가 널 기다리고 있단다."

아파라티 할아버지는 끙차, 일어나더니 오두막 문을 열고 나선다. 보리얀은 루딘을 한번 쳐다보더니 엉겁결에 자리에서 일어나고, 루딘도 그릇에 담겨 있던 웹실론을 건져 들고서 할아버지의 뒤를 따른다.

모두가 기다리고 있다더니 정원의 울타리 안에는 이전에 보았던 새끼 투팀만이 있을 뿐이다. 투팀은 이제 많이 자라서 건강해졌다. 보리얀은 반가운 마음으로 투팀에게 다가간다. 그런데 눈을 마주 보기도 전에 투팀의 목소리가 보리얀의 머릿속에 들린다.

　'나의 형제여, 나는 분명 그대에게 조심해야 한다고 했습니다. 그런데도 그대는 기어이 이 길을 선택했군요. 이제는 돌이킬 수 없습니다.'

　'투팀, 그게 무슨 소리야? 그리고 왜 갑자기 나한테 존대를 하는 거지?'

　투팀은 보리얀에게 천천히 다가온다.

　'그대는 이제 우리에게 평범한 에린의 후손이 아닙니다. 예전에 나는 이렇게 말했습니다. 그대의 눈동자가 우리의 눈동자에 담길 때, 조심하라고요. 그대가 우리를 보고 들을 때 우리도 그대를 보고 들을 수 있다고 말입니다. 이제 모든 이들이 그대를 보고, 듣고 있습니다. 그대의 친구들뿐 아니라 적들까지도요.'

　'어, 어떻게?'

　'그대가 형제의 언어로 우리를 부르던 밤, 그대의 영혼에는 표식이 남았습니다. 우리는 모두 그걸 느낄 수 있지요. 이제 밝음을 기다리는 자들은 그대를 섬기고 지키려 할 것입니다. 하지만 어둠이 계속되기를 원하는 자들은 그대를 해치려 할 것입니다.'

　'이해가 되질 않아. 도대체 왜 나를 해친다는 거야?'

　투팀은 보리얀 앞에 서서 황금색 눈을 빛낸다.

　'형제의 언어가 울려 퍼졌을 때 온 세상이 들었습니다. 에르가 내린 가장 뛰어난 자의 영혼과 능력이 그대 안에 깃들어 있다고요. 우리는 그대가 어둠을 바로잡고 다시 세상에 밝음을 내려줄 것을 믿습니다. 하지만 그대를 지키기에 우리는 약하고, 그대는 아직 어립니다. 그러니 약속해주세요. 반드시 살아남겠다고. 그래서 다시 이 세상에 모크샤의 밝음을 선물해 주겠다고.'

'모크샤라니…. 그건 아누다르가야의 신성한 사람들만 할 수 있을 텐데, 내가 그걸 어떻게 하겠니?'

'그대가 진심으로 원한다면, 결국 그대의 운명이 그것을 따를 것입니다. 둘러보세요. 천지에 그대의 눈이 있습니다. 그리고 들어보세요. 사방에 그대의 귀가 있습니다. 우리가 도울 것입니다.'

보리얀은 투팀의 말에 고개를 돌려 사방을 둘러보다가 흠칫 놀란다. 어디에서 왔는지 모를 동물들이 어느새 숲속의 나무 사이사이에 모여들어, 숨죽이며 보리얀을 지켜보고 있다. 보리얀의 발 주변에는 온갖 곤충들과 달팽이들이 더듬이를 빳빳이 들고 미동도 없이 서 있다. 이어서 고개를 들어 하늘을 쳐다보자, 소리 없이 날아든 까마귀 떼가 보리얀의 위에서 빙빙 돌고 있다.

그 기이한 풍경에 보리얀은 신기함과 동시에 약간의 두려움이 엄습해 오는 것을 느낀다. 까마귀들을 보자 그녀의 마음속은 한 번도 경험하지 못한 커다란 울림으로 가득 차오른다. 보리얀은 천천히 그들을 향해 두 손을 뻗는다. 그러자 까마귀들이 회오리를 이루며 날아들어 그녀의 어깨와 팔, 머리에 살며시 내려앉는다. 그리고 그녀의 말을 들을 준비가 되었다는 듯 검은 눈동자를 반짝인다. 그들을 둘러보며 보리얀의 머릿속에는 이런 생각이 스친다.

'아아, 나를 도와줄 이들은 이미 내 주변에 있었구나. 내가 부르기를 기다리고 있던 거야.'

보리얀은 자신을 에워싼 까마귀들과 다른 동물들에게 마음속으로 말한다.

'나의 형제들아, 난 아직 내가 할 수 있는 게 뭔지 모르겠어. 하지만 약속할 게. 무슨 일이 있더라도 진실을 밝히고, 다시 모크샤가 나타나도록 최선을 다하겠다고. 그러니 너희도 나를 도와줘. 내가 부를 때, 나의 곁으로 와줘.'

까마귀들이 대답이라도 하듯 일제히 두 날개를 활짝 펴자, 마치 보리얀의 등에서 칠흑 같은 날개가 펼쳐지는 것처럼 보인다. 보리얀은 까마귀들과 하나가 된 것 같은 마음을 느끼며 예전에 자신이 얼마나 까마귀를 싫어했었는지를 떠올린다. 검은 깃털에 둘러싸인 그녀는 결연한 표정으로 생각한다.

'정말 내가 까마귀와 형제가 되었네. 하지만 이제 누가 뭐라고 해도 상관 없어.'

보리얀은 천천히 뒤를 돌아 아파라티 할아버지와 루딘을 바라본다. 루딘의 손에 들려 있는 웝실론까지, 그들은 아무 말 없이 보리얀을 바라보고 있다. 웝실론은 루딘의 손안에서 빼꼼 고개를 내민다. 그리고 보리얀에게만 들릴 수 있는 말로 이렇게 감탄한다.

'오오, 날개를 찾았구나, 보리얀 자기!'

한편, 투르와 면담 중인 바얀의 얼굴에는 짙게 낀 안개만큼이나 어두운 그늘이 드리워져 있다. 그의 앞에서 지도를 가리키는 투르의 표정도 썩 좋지는 않다.

"그러니까 바얀 호가 정찰을 나갈 곳은 중앙 호수 아누다르타로 가는 길목입니다. 여기, 자일리아샤와 아누다르타의 사이에 있는 섬 '잘리사야'를 거점으로 잡으면 될 겁니다. 스루딘 호는 조만간 남쪽 마을의 배들과 협력해서 해협 쪽으로 다시 가게 될 것 같군요."

"……."

바얀이 침묵하자 투르는 조금 달래는 투로 말한다.

"정찰이 끝나면 바얀 호와 스루딘 호에 타고 있는 선원들은 승급될 겁니다."

"우리가 살아 돌아온다면 말이겠지요."

투르는 잠시 말없이 바얀을 응시하다가 낮은 목소리로 입을 연다.

"바얀 최고 선장, 아까도 얘기했듯이 당신을 최고 선장으로 추천했던 게라트 씨의 배가 침몰했습니다. 전원 사망이에요. 괴물들이 얼마나 강해졌는지 잘 아시잖습니까. 중앙 호수 아누다르타의 상황이 점점 심각해지는데, 이대로 내버려 둔다면 또 모크샤를 잃을지도 모릅니다."

심각한 얼굴로 탁자 위의 지도를 바라보는 바얀의 이마에 깊은 주름이 잡힌다. 투르는 안타깝다는 표정으로 바얀의 어깨를 가만히 잡는다.

"서쪽 호수에서는 바얀 호와 스루딘 호가 선원 생존율이 가장 높고, 괴물들을 처치하는 데에 단연 최고라는 평가도 받고 있습니다. 그러다 보니 중앙 섬에서 자꾸만 당신들에게 손을 벌리는군요."

"휴우…. 우리가 그렇게 목숨 걸고 지키려는 아누다르가야의 화산섬에는 진주가 얼마나 쌓였습니까?"

"제가 확인할 길은 없습니다. 성스러운 자들인 무니안이나 그들을 보좌하는 슈라문들만이 알겠죠."

그러자 바얀은 이상하다는 표정으로 미간을 찌푸린다.

"가끔 말입니다, 투르 씨. 이 세상이 이상하다는 생각 안 해보셨습니까? 저는 그런 마음이 듭니다. 선원들을 잃고, 괴물을 잡고, 또 그다음 날 선원들을 잃고, 괴물을 잡고…. 젊었을 때는 사명감을 가지고 그 일을 했습니다. 그렇게 지금껏 평생을 살아왔지만 이제는 그게 무슨 의미가 있는지 잘 모르겠습니다."

투르는 바얀의 말을 듣고 헛웃음을 짓는다.

"허허, 가끔이라니요. 전 항상 그런 생각이 드는 걸요. 당신이 더 잘 알 것 아닙니까. 모두가 목숨을 바쳐서 진주를 구하고 괴물을 잡는데 정작 무엇을 위해 그러는지는 제대로 알 수도, 볼 수도 없죠. 무니안이나 슈라문은 행사 때를 빼고는 코빼기도 보이지 않으니, 모크샤의 알은 잘 지켜지고나 있는지가 의문입니다. 그런데 어떡하겠습니까, 우리는 그저 해야 할 일을 해야 하는 것을."

바얀이 한숨을 내쉰다.

"도대체 이천 년 전에는 무슨 일이 있었던 걸까요? 어쩌다 우리가 하루하루를 이런 지옥에서 살게 됐는지 모르겠습니다."

"어쩌다라니요. 바얀 최고 선장, 나는 신의 천국은 피조물들의 지옥이라고 생각해요. 우리가 신이 아니라면, 우리가 사는 곳은 어쩔 수 없이 지옥인 게죠. 신이야 일찍이 자기 피조물들을 떠났거나 말았거나, 어쨌든 남은 이들은 살아야 하는 것 아니겠습니까."

"……."

바얀이 아무 말 없이 씁쓸한 미소를 짓자 투르가 그를 보며 말을 잇는다.

"아무튼 지금 전달하는 사항도 아누다르가야의 지시이지만, 나는 부탁으로 얘기하겠습니다. 이번 정찰이 끝나면 상부에서는 당신과 스루딘 선장의 가족이 중앙 섬에 정착할 수 있도록 도우려고 합니다. 거긴 루에린들에 대한 차별도 이곳보다는 덜하고, 항해에 필요한 물건과 최신식 무기도 금방 조달 받을 수 있으니까요. 어떻습니까?"

"말씀은 고맙지만 자일리아샤는 우리가 나고 자란 곳입니다. 집을 옮긴다 는 게 어디 그리 쉽나요."

투르는 잠시 고민하는 듯하더니 바얀에게 묻는다.

"…딸이 선장이 되고 싶어 한다고 했지요? 아누다르가야에서는 여자가 선 장이 되는 것이 불법은 아닙니다. 그런 일이 거의 없어서 그렇지. 여기 자일 리아샤에서는 아예 금지된 일인데, 딸아이가 그걸 알고 있나요?"

바얀은 복잡한 생각이 담긴 얼굴로 투르를 쳐다본다.

"투르 씨, 당신이 우리를 중앙 섬에 데려가려고 하는 이유가 정말 무엇 때 문인지 물어도 되겠습니까?"

"늘 그렇듯 상부 지시입니다. 그리고 난 개인적으로도 바얀 최고 선장이 중 앙 호수에서 좀 더 큰 직책을 맡아주기를 바랍니다. 지금까지 지켜본 당신과 스루딘 선장의 모습에 신뢰가 가기 때문입니다. 그러니 공적인 것과 사적인 것 모두가 섞인 이유라고 할 수 있겠지요."

"일단 정찰에서 살아 돌아온 후에나 생각할 일이겠군요. 이번 정찰은 얼마 나 걸리겠습니까?"

"…석 달 이상이 될 수도 있습니다."

"그럼 지금부터 준비해야겠습니다. 스루딘에게도 그가 맡을 정찰에 대해 잘 설명해 주십시오. 또 해협 정찰을 나가야 한다는 소식에, 아마 그 친구는 좀 화를 낼지도 모르겠습니다. 저보다 성격이 팍팍하거든요."

인사를 하고 나가려는 바얀을 투르가 잠시 멈춰 세우고 그의 손에 무언가를 건넨다. 바얀은 멈칫하며 손에 들린 것을 바라본다. 고급스러운 목재로 만들어진 작은 나침반이다. 방향을 나타내는 핀의 끝에 '아누다르가야'라고 적혀 있다.

"모크샤의 알이 있는 중앙 섬을 가리키는 나침반입니다. 아누다르타를 오가는 선장들에게는 하나씩 있다고, 아마 들어보셨을 겁니다. 이제 곧 당신에게도 필요할 것 같아서요."

"아…. 고맙습니다. 말로만 듣던 건데 신기한 기술이군요."

투르는 바얀을 마주 보며 진지한 얼굴로 말한다.

"그럼 행운을 빕니다. 바얀 최고 선장."

저녁때가 다 되어도 아버지가 들어오지 않자 루딘은 조금 걱정스러운 얼굴로 창문 밖을 내다본다. 그는 혼자 집 안의 불을 밝힌 후 단출하게 저녁상을 준비하고 식탁 앞에 앉는다. 우두커니 앉아 있는 그의 머릿속에서 아까 있었던 일이 생생히 떠오른다. 보리얀에게 모여든 동물들, 까마귀 떼, 그리고 마치 검은 날개를 활짝 편 고대 루에린이 되살아 난 것 같던 그녀의 모습이 눈앞에서 아른거린다.

그때, 밖에서 스루딘의 발소리가 들린다. 루딘은 대문을 열고 아버지를 맞이한다. 무슨 일이 있는 건지 스루딘은 무척 근심스러운 표정이다. 그는 아무 말 없이 들어와 옷을 걸어놓고 식탁 앞에 앉는다. 루딘이 아버지의 얼굴을 살핀다. 스루딘은 자기 앞에 놓인 그릇만 뚫어지게 쳐다볼 뿐이다.

"루딘."

"네."

"너, 이제 배는 그만 타야겠다."

"…네?"

"이대로는 제 명에 못 산다. 저 멀리서 괴물 몇 잡자고 너까지 죽을 수는 없어."

"설마 또 정찰 일정이 잡힌 거예요? 벌써?"

루딘이 묻자, 스루딘은 한숨을 푹 내쉬더니 앞에 있는 컵에서 물을 한 모금 마시고 중얼거린다.

"…날 닮아서 눈치는 빠르구나."

"어디로 가는데요?"

"바얀 호는 아누다르타로 가는 길목인 잘리사야 섬, 스루딘 호는 자일리아샤 남쪽 마을의 해협이다. 분명히 말하는데 넌 아무 데도 갈 생각하지 마라."

"바얀 호도 정찰이 잡혔다고요? 그럼 자일리아샤는 누가 지켜요?"

"그건 뭐, 아누다르가야 쪽에서 신경이나 쓰겠냐. 어쨌든 살아 돌아온다면 아예 중앙 섬으로 보내주겠다는구나. 그게 말이 좋아 승급이지. 정찰 가서 죽거나, 아님 강제로 이사를 가거나 둘 중 하나 아니겠냐."

"……."

바얀 호와 스루딘 호가 다른 곳으로 정찰을 하러 간다는 소식에 루딘의 머릿속은 복잡해진다. 여러 가지 상황을 생각하며 고민하던 루딘이 결단을 내린 듯 조용히 입을 연다.

"아빠, 그거 아세요? 오늘 아파라티 할아버지가 다른 곳으로 이사 가셨어요."

"아파라티 할아버지? 그 언덕 위에 산다는 괴짜 노인네 말이냐?"

"네. 그분은 자기가 있어야 하는 곳으로 간다고 하셨어요."

"그래? 거기가 어딘데?"

"저도 몰라요. 하지만 그분은 분명 시간을 아끼는 길을 찾아서 가셨을 거예요."

"무슨 소리냐, 그게?"

루딘은 아무 말 없이 스루딘의 손을 잡는다. 곱상한 분위기를 풍기는 얼굴과는 다르게 거칠고 단단한 아버지의 손을 잠시 바라보더니, 루딘은 차분하게 말한다.

"처음엔 저도 무슨 얘긴지 몰랐어요. 하지만 이젠 알아요. 그래서 저도 제가 있어야 하는 곳에 있으려고요. 제 진심을 찾아서 갈 거예요."

스루딘은 뭔가 불길한 예감을 느끼며 아들을 쳐다본다. 그리고 그의 예리한 감각으로 이미 알아차린다. 루딘이 어떤 선택을 내렸으며, 그것이 뭐든 간에 자신이 돌이킬 수 없으리라는 것을.

한편 보리얀은 등불 빛이 어른거리는 식탁에 혼자 웅크리고 앉아 있다. 그녀는 가만히 안방에서 흘러나오는 대화를 듣는다. 샬리타가 바얀에게 묻는다.

"그럼 보리얀도 당신과 같이 보내야겠네요? 그렇죠?"

"정찰은 언젠간 거쳐야 하는 일이잖소. 얼마나 걱정될지 잘 알아요. 하지만 날 믿어 봐요. 보리얀은 이미 일반 선원들보다도 노련하니까. 이번 정찰을 승급 시험을 대신하는 기회로 삼으면 될 거예요."

"아무리 애가 원한다지만, 꼭 이렇게까지 해야 할까요? 그리고 당신…. 진짜 보리얀이 나중에 선장이 될 수 있을 거라고 믿어요?"

샬리타의 물음에 나지막하지만 확신이 있는 바얀의 목소리가 들린다.

"난 평생 뱃일을 해왔잖아요. 내가 봤을 때 보리얀은 타고났어요. 아마 잘 해낼 거예요."

"……."

대답 대신 샬리타는 한숨을 내쉰다. 보리얀은 식탁에 엎드려서, 자기 앞에 놓여 있는 작은 나무 나침반을 골똘히 쳐다본다. 어느 방향으로 돌려도, 나침반 핀의 끝이 빙글거리며 곧 아누다르가야를 가리킨다. 그것을 바라보는 보리얀의 검은 눈동자가 등잔 불빛에 얼비쳐 반짝인다. 가만히 나침반을 응시하는 그녀의 머릿속에 지울 수 없는 생각이 자리 잡는다.

'중앙 섬…. 저기에 진실이 있을 거야.'

~ 7장 ~

{ 방랑자들의 섬 '잘리사야' }

"선장님! 여기, 밀항자가 있습니다!"

어두운 밤, 선원 하나가 소리를 지른다. 그는 폭우가 쏟아지는 가운데 삐걱거리는 등잔을 들고 기우뚱거리는 바얀 호에서 중심을 잡으려 애쓴다.

"정찰하러 가는 배에 밀항자라고? 하하, 어떤 멍청한 놈이 죽으러 왔구먼! 누구냐?"

바얀 최고 선장을 보좌하는 베카르 선장이 껄껄 웃으며 선원에게 묻는다.

"저…. 저, 그게…."

선원이 곤란한 듯 말을 더듬자, 갑판 밑에 있는 화물실 문이 벌컥 열리더니 은색 머리 선원 하나가 날쌔게 튀어나온다.

"베카르 선장님, 안녕하세요? 며칠 동안 여기 숨어 있느라고 멀미 나서 죽는 줄 알았어요!"

베카르 선장은 눈을 찌푸리며 그를 쳐다본다.

"야, 넌 루딘 아니냐? 여기서 뭐 하는 거냐? 스루딘 선장님이 알면 기절할거다!"

"그래서 몰래 왔어요. 아버지는 제가 자일리아샤에 남아 있는 줄 아실 테니 너무 걱정하지 마시고요."

"야, 너…. 넌 불법 항해자야, 인마!"

"에이, 어차피 바얀 호에는 잠수 대원이 더 필요하잖아요. 이번에 제가 정찰에 못 끼는 줄 알고, 잠수 대장님께서 얼마나 서운해하셨다고요."

루딘이 어쩔 줄 몰라 하는 베카르 선장을 휙 지나서 배의 난간 쪽으로 향한다. 그런 그를 쫓아가며 베카르 선장은 고래고래 소리를 지른다.

"…아, 아무리 그래도 바얀 호에 밀항자를 태울 수는 없다!"

"그럼 어떡하죠? 지금 바다에 빠질까요?"

루딘이 갑판 난간 쪽으로 몸을 기울이자 베카르 선장이 기겁한다.

"야! 알았으니까 당장 그만둬! 아니, 저런 미친놈을 봤나. 도대체 왜 이 배를 탄 거냐?"

"전 바얀 호의 선원이잖아요! 그럼 전 최고 선장님께 인사드리러 가 볼게요!"

루딘이 빗속을 뚫고 우렁차게 대답하자 베카르 선장은 어쩔 줄 몰라 하며 소리를 지른다.

"뭐야? 아이고! 참도 반가워하시겠다, 이놈아!"

등잔을 들고 그 모습을 지켜보던 선원은 절레절레 고개를 흔들며 다시 자기 위치로 돌아간다.

그렇게 루딘을 태운 바얀 호는 수평선을 가로질러 중앙 호수 아누다르타로 나아간다. 날이 맑을 때는 괴물들을 발견하기 어렵지 않지만, 안개가 많을 때는 잠복해 있던 괴물들에게 당할 뻔하기도 한다. 본격적으로 괴물들을 처단하기 전 일단 '잘리사야' 섬에 도착하는 것이 목표였으므로, 바얀 최고 선장은 최대한 안전한 항로로 선원들을 이끈다.

수증기처럼 후덥지근한 안개가 내려앉은 오후, 바얀은 갑판에서 날씨를 살피며 선원들에게 지시를 내린다.

"계속 안개가 짙구나. 최대한 물소리를 내지 않고 항해해야 한다. 오늘만 잘 넘기면 늦어도 내일 새벽에는 섬에 도착할 수 있을 거다."

"네, 최고 선장님."

선원들이 대답하자 베카르 선장이 바얀에게 다가와서 말한다.

"그런데 최고 선장님, 진짜 마라트가 강해져서인지는 모르겠지만 괴물들이 너무 많다는 생각 안 드십니까? 마치 우리를 노리고 오는 것 같다니까요."

"마라트의 괴물들은 늘 뱃사람들을 노리지 않나. 그러니까 우리가 당하기 전에, 먼저 그것들을 없애야겠지. 잠시 이것 좀 맡아주게."

바얀은 베카르 선장에게 키를 맡기고 돛대를 점검하는 보리얀에게 다가간다.

"보리얀, 아빠가 준 것은 잘 가지고 있지?"

보리얀은 고개를 끄덕이며 자기 목에 걸려 있는 가죽 주머니를 살짝 내보인다.

"그래. 목숨 같이 지키거라. 그게 있으면 안전할 거야. 미신인지는 모르겠지만, 항상 그 목걸이를 하고 있으면 괴물들이 아빠에게 잘 접근하지 못했단다."

보리얀이 잘 알겠다는 듯이 고개를 끄덕인다. 바얀은 그녀의 어깨를 두드려 준다. 이어서 그의 시선이 망루 위에 올라가 있는 루딘에게 향한다.

"에휴. 저 녀석은 하여튼…"

바얀은 중얼거리며 자리를 뜬다. 보리얀도 한숨을 쉬며 루딘을 쳐다본다. 그녀와 눈이 마주친 루딘이 손을 흔들지만 보리얀은 고개를 돌려버린다. 그 순간 보리얀의 어깨에 숨어 있던 웝실론이 머리를 퐁, 하고 내민다.

'난 저 애가 왜 저러는지 알지, 자기야.'

'웝실론, 들키면 어쩌려고! 다시 머리 집어넣어.'

보리얀이 옷깃으로 웝실론을 가리며 마음속으로 말한다. 다행히 선원들은 배 바깥쪽을 응시하며, 혹시라도 괴물들이 배 위로 기어 올라올까 봐 난간 쪽을 예의 주시하고 있다.

보리얀이 돛대 주변에 홀로 남자 그녀를 줄곧 지켜보고 있던 루딘이 망루에서 내려와서 말을 건다.

"야, 진짜 서쪽 호수보다는 여기가 훨씬 더운데? 습해서 바다에 안개 끼는 것 좀 봐. 공기가 달라, 안 그래?"

보리얀은 루딘을 쳐다보지 않고 부루퉁한 얼굴로 대답한다.

"여기가 중앙 섬 쪽에 더 가까우니까 그렇지."

루딘은 보리얀 옆에 바짝 서서 능청스럽게 말한다.

"그치? 화산 때문에 중앙 섬이 가장 덥다고 하잖아. 반대로 모크샤의 기운에서 멀어질수록 추워지니까, '샤'랑 연결된 해협들이 다 얼어붙은 거고."

"……."

보리얀이 아무 말도 하지 않자 루딘은 그녀의 얼굴을 살핀다.

"근데, 아무리 그래도 모크샤의 알이 있는 화산 꼭대기는 좀 춥지 않을까?"

보리얀은 루딘을 돌아보며 쏘아붙인다.

"야! 넌 지금 그게 궁금하냐, 응?"

"어휴 깜짝이야, 왜 화를 내?"

루딘이 놀란 듯이 커다란 두 눈을 끔벅이자 보리얀은 그를 흘겨본다.

"스루딘 선장님께서 네가 여기 탄 걸 아시면 마음이 어떠시겠니? 나 하나만으로도 버거울 텐데, 우리 아빠한테는 또 얼마나 부담이 되겠어? 아무리 정찰에 오고 싶어도 그렇지, 어떻게 이렇게 말도 안 되는 방법으로 배를 타냐?"

루딘은 보리얀을 바라보며 속으로 중얼거린다.

'너 때문이거든. 아무것도 모르면서….'

서운한 눈빛으로 보리얀을 바라보던 루딘은 이내 심정을 감추며 빙그레 웃어 보인다.

"에이. 말이 안 통하니까 그랬지. 그리고 솔직히 말해 봐. 너도 나 없으면 심심하잖아. 안 그래?"

"으이고, 제발 철 좀 들어라! 아무튼 너 이번 정찰에서 죽기만 해. 나한테 두 번 죽을 줄 알아."

보리얀이 투덜대며 자리를 뜨자 루딘은 그저 씩 웃으면서 보리얀을 따라간다.

항해는 계속되고 저녁 무렵이 되자 안개가 차차 물러가며 붉은 노을이 앉는다. 바얀 호의 흰색 돛들이 주홍색 하늘빛에 젖어 든다. 앞을 내다보던 최고 선장 바얀은 미소를 짓고 혼잣말로 중얼거린다.

"…생각보다 일찍 도착했군."

앞에는 검은 점처럼 드러나는 섬이 하나 보인다. 바얀은 선원들에게 알린다.

"잘리사야 섬이 우리 눈앞에 있다! 끝까지 정신 바짝 차리자. 그럼 오늘 저녁은 육지에서 편안히 잘 수 있을 거다."

"예, 최고 선장님!"

선원들이 신난 얼굴로 뱃머리로 향하는데 보리얀이 베카르 선장에게 묻는다.

"베카르 선장님, 그런데 왜 잘리사야는 '방랑자들의 섬'이라고 불리나요?"

"그건 저 섬에 온갖 사람들이 왔다 갔다 하기 때문이야. 서쪽 호수 사람들, 중앙 섬 사람들, 자기가 살던 마을에서 쫓겨난 사람들, 밀거래꾼들, 뭐 이루 말할 수 없이 다양한 족속들이 있다고. 그래서 저기는 머무는 곳이 아니야. 지나치는 곳이지. 이제부터 조심해라. 혼자서 막 함부로 돌아다니지 말고. 알겠지?"

"네, 베카르 선장님."

보리얀은 저 멀리 보이는 섬을 응시한다. 넘실거리는 물결 한가운데 검푸른 육지가 솟아 있다. 섬 쪽에서 불어오는 낯선 바람의 냄새가 코끝을 스친다.

섬에 점점 가까워지자 생전 처음 보는 널찍한 잎을 가진 키 큰 나무들이 눈에 들어온다. 물가에는 암석들 위로 덩굴식물 같은 것들이 자라고 있고, 서쪽 호수와는 전혀 다르게 생긴 높다란 목조 건물들에서 불빛이 새어 나온다. 항구에 들어서니 색색 가지 돛을 단 다양한 배들이 빼곡히 정박해 있다. 여러 종류의 배 중에는 나룻배들도 있고 정찰선들도 있는데, 심지어 저 멀리에는 주인 없이 버려진 배들도 있다.

바얀 호는 정찰 중이라는 표식을 달고 항구에 정박한다. 곧 항구를 관리하는 땅딸한 사내가 다가온다. 그는 루에린인 바얀이 최고 선장이라는 게 신기하다는 듯 위아래로 훑더니, 선원들의 이름을 일일이 적고는 자기를 따라오라고 한다. 검은 모래와 암석들로 이루어져 있는 해변가에는 독특하게 생긴 식물들이 자라나고 있다. 몇몇 선원들은 처음 보는 낯선 풍경에 고개를 두리번거린다. 진한 녹색의 도톰한 이파리들이 반짝거리고, 그 사이로 피어난 커다란 꽃들에서 맵싸하고 달콤한 향기가 풍겨 나온다. 땅딸한 남자가 바얀의 소매를 조금 잡아당기며 말한다.

"저기, 해가 지기 전에 숙소로 들어가는 게 좋을 겁니다요. 서쪽 호수 최고 선장님인지 못 알아보고 괜히 시비 거는 자들이 있을 테니. 그리고 여기서는 불쌍해 보이는 루에린들을 더 조심하십쇼. 동족이라고 친하게 굴었다가 자칫 큰코다칠 수 있거든요. 거의 죄다 사기꾼들이니."

땅딸한 남자가 바얀에게 말하며 녹슨 열쇠 꾸러미를 건넨다. 그리고 퉁퉁한 두 볼을 씰룩하고 웃더니 인사를 하고 가버린다.

바얀은 선원들을 둘러보며 말한다.

"전에도 말했다시피 이곳에서는 정신을 바짝 차려야 한다. 항상 주위를 조심하고 어리석은 행동은 자제해라. 저 앞에 보이는 여관 삼 층을 우리가 전부 쓸 것이니 열쇠는 각자 하나씩 가져가라. 그리고 아는 목소리가 아니면 문을 열어주지 마라. 알겠나?"

"예, 최고 선장님."

보리얀은 하늘이 짙은 보라색으로 변하는 것을 보며 나무로 지어진 여관 안으로 들어간다. 여관 안은 왁자지껄한 소리로 가득하다. 한 번도 맡아보지 못한 향신료 냄새, 생선 굽는 냄새, 각종 술이 익어가는 냄새가 뒤섞여 있는 가운데 소란스러운 손님들의 모습이 보인다. 보리얀을 보고 얼굴을 찌푸리는 선원들이 있는가 하면, 수작을 걸어보려는 술에 취한 사내들도 있다. 바얀 일행은 그들을 헤치고 구석에 비집고 들어가서 앉아 아무 말 없이 앞에 차려지는 음식을 먹는다. 다들 배가 고팠기에 그릇을 모두 비우기는 했지만 서쪽 호수의 사람들에게는 너무 짜고 맵다. 보리얀은 벌써 샬리타의 음식이 그리워진다. 하지만 그 옆에 앉은 루딘은 넉살 좋게도 처음 맛보는 음식들을 신기하다는 듯 잘도 먹는다. 보리얀이 낡은 잔에 담긴 물을 모두 마시자 루딘은 그녀에게 자기 물컵을 쓱 내민다.

식사가 끝나자 일행은 삼 층으로 올라간다. 보리얀은 방안을 보고 예상보다 깔끔해서 다행이라고 생각한다. 송진 같은 향이 후덥지근한 방 안에 가득 퍼져있다. 건물의 모든 부분이 나무로 만들어져 있어서 그럴 것이다. 보리얀은 벽을 손으로 훑다가 생각보다 단단한 나무 재질에 놀란다. 그리고 침대 옆에 조그맣게 나 있는 창문을 발견한다. 창문을 열고 밖을 내다보니 저 멀리 동쪽 하늘에서 흐릿한 달무리 사이로 은빛 달이 고개를 내민다.

"저쪽에 중앙 섬이 있겠네."

보리얀이 나지막히 중얼거린다. 왁자지껄한 소리와 음악 소리가 아래층에서 간간이 들려오고, 창문 안으로 부드러운 바람이 불어온다. 보리얀은 얼굴을 간질이는 머리카락을 쓸어넘긴다. 그리고 짙은 남색으로 빛나는 수평선을 쳐다본다. 저 멀리 하늘에는 몇 마리 새들이 유유히 하늘을 가로지른다. 그녀는 날아가는 새들을 가만히 바라본다.

"부디 우리가 안전히 집으로 돌아갈 수 있도록 지켜줘, 나의 형제들아."

그날 밤, 보리얀은 낯선 잠자리에서 뒤척이며 거의 잠을 이루지 못한다. 방랑자들의 섬에 처음 발을 내디딘 다른 선원들도 마찬가지다. 하지만 여느 때와 다름없이 하루는 저물고 또 다른 날이 그들을 찾아온다.

축축한 새벽바람이 나무들의 넓은 이파리를 흔든다. 섬의 왁자지껄함이 아직 깨어나지 않은 조용한 시간, 바얀 호는 일찍이 출항 준비를 마친다.

"최고 선장님, 대포알 몇 개가 사라졌답니다. 아무래도 밤사이 도둑이…"

베카르 선장이 난감해하자 바얀이 굳은 표정으로 말한다.

"여기서는 무기들이 밀거래된다는데 그게 사실인가 보군. 이제부터 야간 경비가 오기 전까지는 돌아가며 배를 지켜야겠다. 다른 것들은 이상 없나? 보급받은 특제 작살들이나 화약은?"

"다른 것들은 배 가장 아래 칸에 잠가놔서 괜찮았나 봅니다."

"그럼 더 이상 꾸물거리지 말고 호수로 나가자. 잊지 마라. 우리는 정찰을 하러 이 멀리까지 왔다. 정찰 시에는 우선순위가 어떻게 바뀐다고 했지?"

"생존보다 사냥이 먼저다!"

"그래. 뱃사람의 명예를 걸고, 놈들을 해치우지 못할 바엔 돌아갈 생각을 말자. 알겠나?"

"네, 최고 선장님!"

"좋다. 닻을 올리고 돛을 펼쳐라!"

바얀 호가 습한 공기를 가르고 괴물들이 출몰하는 지역을 향해 전진한다. 희뿌연 수증기 사이로 천천히 떠오르는 해가 암초 주변으로 침몰한 배들의 잔해를 비춘다. 배들은 하나같이 녹아내린 듯 부서지고 일그러진 형상으로,

이따금 밀려오는 파도에 철썩거리며 영혼 없는 시체처럼 움직인다. 배가 점점 괴물의 본거지로 다가갈수록 시큼한 악취가 풍겨온다.

"윽, 냄새…."

보리얀이 코가 마비될 정도로 시큼하고 매캐한 냄새에 얼굴을 찡그린다. 선원들이 하나둘 기침을 하자 베카르 선장이 지시를 내린다.

"소문으로 들었던 것보다 더 지독하군. 이제 괴물의 영역으로 들어온 것 같다. 모두 준비한 천으로 코와 입을 잘 막아라."

선원들은 각자 천을 꺼내 얼굴 아래를 가리고 머리 뒤로 단단히 돌려맨다. 그때, 배가 덜컹하더니 멈추어 선다. 선원들은 두리번거리며 서로의 얼굴을 쳐다본다. 바얀이 굳은 얼굴로 명령을 내린다.

"대포와 무기를 준비해라. 이제 시작이다."

바얀 최고 선장의 명령에 선원들이 부리나케 움직인다. 보리얀은 흔들리는 밧줄들을 재빠르게 고정하고 보급받은 작살을 집어 든다. 작살은 자일리아 사에서 썼던 것보다 훨씬 무겁고 날카로우며, 손잡이를 밀면 작살의 촉이 자동으로 발사되는 구조로 되어 있다. 그때 아래 화물칸에서 올라오는 한 선원이 기침을 쿨럭거리며 외친다.

"켁…. 서, 선장님! 배 아래가 부식되고 있는 것 같습니다. 연기가 나요!"

그 말을 들은 베카르 선장이 바얀에게 다가간다.

"전에 말씀해 주신 작전대로 잠수 대원들을 준비시킬까요, 최고 선장님?"

바얀은 잠수 대원들을 돌아본다.

"보급받은 전투복은 모두 챙겨 입고 왔나?"

"예, 최고 선장님!"

잠수 대원들이 대답하며 위에 걸친 옷을 벗자 그 속에서 진주를 녹여 만든 실로 지은 전투복이 드러난다. 몸에 착 달라붙는 전투복은 상의와 하의가 나누어져 있지만, 거의 그 경계가 보이지 않으며 유연하고 튼튼해 보인다. 피부를 보호할 수 있을 만큼 도톰한 재질이 햇빛에 반사되어 영롱하게 빛난다. 잠수 준비를 마친 그들은 복면을 써서 머리와 얼굴 전체를 가린다. 보리얀은 걱정스러운 얼굴로 전투복을 입은 루딘을 쳐다본다. 그러자 루딘이 보리얀에게 씩 웃어 보이며 속삭인다.

"걱정 마. 괴물들은 진주를 파괴하지 못하잖아. 이 전투복은 진주로 만들어진 거라니까, 난 괜찮을 거야."

베카르 선장은 바얀의 지시를 받고 잠수 대원들에게 입수를 지시한다. 루딘은 머뭇거리지 않고 물속으로 들어가고, 보리얀은 그 모습을 보며 심장이 철렁하는 느낌에 입술을 깨문다.

부유물들 때문에 앞이 잘 보이지 않지만, 잠수부들은 곧 배의 밑 부분에 들러붙어 있는 거대한 주머니 같은 것을 발견한다. 잠수 대장이 수신호를 보내서 지시를 내리자 잠수부들은 각자 사방으로 흩어진다. 루딘은 잠수복의 허리에 찬 칼을 뽑아 든다. 양쪽으로 날카롭게 다듬어진 칼끝이 물속에서 빛난다. 점점 다가오는 잠수부들의 움직임을 감지한 괴물이 거대한 주머니 같은 몸체를 꿀렁거리자 물살이 요동친다.

갑판 위에 남아 있는 선원들은 각자의 위치를 지키며 들썩이는 물속을 응시한다. 조금 뒤 양쪽 난간에서 예리하고 새빨간 실 가시 같은 다리들이 배를 감싸듯 스멀스멀 기어 올라온다. 이어서 반투명한 연녹색 촉수들도 너풀거리며 배의 난간을 타고 넘어온다. 촉수에 독성이 있는지, 배의 난간에서 푸쉬

쉬 하며 연기가 피어오른다.

"아직 기다려라! 몸통이 보일 때 공격해야 한다!"

바얀이 소리치고 선원들은 긴장한 표정으로 작살을 꽉 쥔다. 웹실론은 겁을 먹었는지 아무 말 없이 보리얀의 어깨에 숨어 있다가 괴물의 촉수를 보더니 생각한다.

'엉? 잠깐. 저거, 낯이 익은데?'

갑판 아래 물속에서는 잠수부들이 선체를 감고 있는 괴물의 다리를 공격한다. 그러다 한 잠수부가 괴물의 촉수에 얻어맞는다. 충격에 잠시 의식을 잃은 그는 그대로 물속으로 가라앉는다. 그것을 본 루딘은 칼을 도로 집어넣고 빠르게 아래로 헤엄쳐 들어가서 그를 붙잡는다. 하지만 루딘이 잠수부를 겨우 안아 들고 바얀 호를 올려다보니, 괴물의 실다리와 촉수들이 선체를 감싸고 있다. 갑판으로 접근할 수 없다고 판단한 루딘은 대열을 이탈하여 주변의 암초 위로 기절한 잠수부를 올려놓는다.

"읍, 푸후, 헉헉…."

잠수부는 의식을 찾고 켈럭거린다. 루딘은 그 모습을 보고 안도의 미소를 짓는다.

"휴. 살아서 다행…."

그러나 루딘은 채 말을 잇지 못하고 물속으로 휙 끌려들어 간다. 괴물의 촉수 하나가 순식간에 그의 다리를 휘감아서 끌어당긴 것이다. 물에 잠긴 루딘은 재빨리 칼을 휘둘러 자기를 감싸고 있는 괴물의 너풀거리는 촉수를 끊어낸다. 다행히 진주로 만든 전투복은 촉수의 독에 상하지 않는다. 루딘은 잘려서 너덜거리는 촉수 옆에 있는 새빨간 실다리를 잡고서 괴물의 몸통 쪽으로 기어오른다. 잠수부들의 방해에 약이 바짝 오른 괴물은 그들에게로 관심을 돌린다. 괴물이 선체로 올리려던 촉수들을 되돌려 아래쪽의 잠수부들에게로 뻗치자, 공기주머니 같은 거대한 몸통이 배의 바닥에서 떨어진다. 괴물의 몸통이 선체에서 분리되면서 배가 휘청거린다.

"선장님! 배가 다시 움직입니다!"

갑판 위에서 베카르 선장이 외친다. 이어서 바얀이 명령을 내린다.

"잠수부들이 해냈나 보다. 좌현으로 튼다! 돛의 방향을 바꾸어라!"

"네, 최고 선장님!"

보리얀과 선원들이 안간힘을 쓰며 돛의 방향을 바꾼다. 그러자 드디어 배의 오른쪽 아래에서 괴물의 몸통 윗부분이 보인다. 바얀이 그것을 가리키며 외친다.

"지금이다! 저기, 저 둥근 주머니 같은 곳을 향해 대포를 쏴라! 저 안에 본체가 있을 거다!"

"발사!"

돌덩이들이 괴물을 향해 날아든다. 그러나 괴물은 끄떡하지 않는다. 오히려 공기주머니 같은 몸체에 생긴 구멍들에서 역겹고 끈적끈적한 지독한 산성 액체들이 흘러나온다. 성난 괴물이 다시금 실다리와 촉수를 선체로 뻗어 휘감아 옥죄자, 산성 독에 녹아내린 난간이 삭아서 우지끈 부서진다. 베카르 선장은 코를 틀어막으며 괴물이 흘리는 액체를 보고 중얼거린다.

"맙소사, 도대체 이건 무슨⋯."

바얀이 베카르를 돌아보며 지시한다.

"베카르 선장, 잠수 대원들을 복귀시켜라! 지금 당장!"

물속에서 괴물의 몸통을 공격하러 가던 루딘은 앞서가던 잠수 대원 둘이 칼로 괴물의 몸통을 찌르는 것을 본다. 괴물의 몸체에 상처가 생기자 그 속에서 연녹색의 진액이 흘러나오며 유독성 공기 방울들이 위로 떠오른다. 그런데 그 진액에 둘러싸인 두 잠수 대원이 움직임을 멈추더니 들고 있던 칼을 떨어뜨린다. 그리고 의식을 잃은 듯 천천히 물 위로 떠오른다. 루딘은 그것을 보고 멈칫하더니, 도움을 구하기 위해 잠수 대장에게로 향한다.

갑판 위에서는 아수라장이 벌어지고 있다. 촉수를 자르려다가 독을 맞은 선원들의 비명과 대포 소리, 바얀과 베카르의 명령 소리가 울려 퍼진다. 그때, 윕실론의 목소리가 보리얀의 마음속에 들린다.

'자기야, 저 괴물은 넘 징그럽지만 내가 잠들기 전에 알던 애들이랑 똑같이 생겼어! '슘크라우프'라고, 원래 되게 작고 귀여웠거든? 근데 걔넨 생채기만 내서는 절대 안 죽는다고. 자기네한테 공격하는 것들은 적이라고 생각하고 오히려 상처에서 독을 막 내뿜거든. 물론 독이 이렇게 강하진 않았는데…. 암튼 저 괴물이 걔네가 변한 거라면, 아마 속에 벌레처럼 생긴 딱딱한 본체가 있을 거야. 그걸 없애야 해.'

보리얀은 서툴게나마 작살로 촉수 다리들을 밀쳐내며 이를 악물고 묻는다.

'어, 어떻게? 그러려면 저 몸통 주머니를 일단 다 없애야 될 텐데?'

'있지, 슘크라우프들의 껍질은 불에 잘 타. 옛날 에린들이 걔네 껍질을 모아다가 횃불로 쓰는 걸 봤거든. 혹시 모르니까 돌덩어리 말고 불덩어리를 던지라고 해봐, 자기야.'

'…불?'

보리얀의 시선이 화약고가 있는 배의 아랫부분으로 향한다. 그녀는 잠시 무엇인가를 생각하더니 작살을 내던지고 화약고로 뛰어들어 간다.

갑판에 있는 선원들이 촉수를 어느 정도 잘라낸 덕분에, 의식을 잃은 잠수 대원들을 구한 루딘과 잠수 대장은 가까스로 갑판 위로 올라온다. 다른 잠수 대원들도 그들 뒤를 따른다. 루딘은 여기저기 널브러진 괴물의 촉수와 실다리들의 잔해를 넘어 보리얀부터 찾는다. 화약고 쪽으로 뛰어가는 보리얀을 발견하고 루딘은 그녀를 뒤쫓아 계단을 내려간다.

"야, 괜찮아? 여기서 뭐 해?"

루딘이 복면을 벗어들고 보리얀에게 묻는다. 휙 뒤를 돌아선 보리얀은 루딘을 보고 천만다행이라는 표정으로 그를 얼싸안는다. 루딘은 흠칫 놀라 가만히 서 있다. 보리얀이 두 손으로 그의 어깨를 꼭 잡고 속삭인다.

"윕실론이 저 괴물하고 비슷한 걸 본 적이 있는데, 저 독을 뿜는 껍질이 불에 잘 탈지도 몰라. 화약에 불을 붙여서 던져 넣어 봐야겠어."

"윕실론이? 그래도 네가 그걸 어떻게 하게?"

"명령을 내려달라고 선장님들을 설득하기에는 너무 시간이 없잖아. 일단 시도는 해봐야지."

"아, 그러니까 어떻게?"

보리얀은 떨리는 손으로 성냥을 허리춤에 차고 화약통을 하나 들어 메면서 말한다.

"밧줄! 밧줄을 탈 거야."

순간, 루딘은 보리얀의 계획을 빠르게 눈치챈다. 그는 서둘러 보리얀의 머리에 자기 손에 들린 복면을 씌우고 입고 있던 잠수복을 벗는다.

"…뭐, 뭐 하는 거야?"

보리얀이 당황해서 묻자, 루딘은 재빨리 상의부터 보리얀에게 던진다.

"뒤돌아서 빨리 입어. 너 그 차림으로 물에 빠지기라도 하면 죽어."

보리얀이 뒤돌아서 상의를 갈아입자, 루딘도 뒤돌아서 전투복의 하의를 벗어 보리얀 쪽으로 던진다. 보리얀도 자기가 입었던 옷을 루딘에게 던지고, 그렇게 둘은 재빨리 옷을 바꿔입는다. 화약통과 성냥을 챙긴 보리얀은 다시 갑판으로 달려 나간다. 보리얀의 뒤를 따라 나간 루딘은 그녀가 가장 높은 중앙 돛대 쪽으로 뛰어가는 것을 본다.

괴물은 단단히 화가 난 듯 거대한 공기주머니 같은 몸통을 일으켜 세워 바얀 호를 향해 돌진한다.

"쾅!"

천지가 갈라지는 듯한 소리와 함께 난간의 잔해와 뱃머리 부분이 후두둑 떨어져 나간다. 삐죽삐죽 튀어나온 파편들이 괴물의 몸체에 상처를 내자, 그 부분에서 연녹색 거품과 함께 진액들이 쏟아져 나온다.

"푸쉬쉬-"

"모두 뒤로! 뒤로 물러서라! 저 진액을 밟아선 안 된다!"

바얀이 선원들에게 외치다가 화약통을 든 잠수부 하나가 망루 위로 올라가는 것을 보고 소리친다.

"거기, 뭐 하는 거냐!"

보리얀은 대답 없이 재빠르게 배의 가장 높은 곳으로 올라간다. 화약통을 들고 있는 바람에 여러 번 미끄러질 뻔하지만, 그녀는 포기하지 않고 돛대의 끝까지 다다른다. 그리고 맨 위에 있는 밧줄에 자기 몸을 감고 한 손으로 성냥을 긋는다. 하지만 손이 땀에 젖어서 불이 잘 붙지 않는다.

"제발, 제발…."

드디어 성냥불이 붙은 화약통의 심지가 타들어 가기 시작한다. 보리얀은 한 손에 밧줄을, 다른 한 손엔 화약통을 단단히 붙잡고 돛대를 발로 힘껏 찬다. 돛대의 밧줄이 반동에 의해 시계추처럼 앞으로 나아가자 그 끝에 매달린 보리얀이 소리를 지르며 괴물을 향해 돌진한다.

"이야압!"

보리얀은 있는 힘껏 화약통을 던진다. 괴물 위로 떨어진 화약통의 심지가 다 타들어 간다.

"콰쾅! 화르르륵!"

마치 기름을 바른 것처럼, 순식간에 괴물의 온몸에 불이 붙는다. 그러자 괴물은 기이한 소리를 내며 몸부림친다. 바얀 호를 감싸고 있는 촉수들과 실가시 같은 다리들에도 불길이 번지고, 괴물이 갑판 위에 흘린 진액에까지 금세 불이 옮겨붙는다.

"전진! 전진해라!"

바얀 선장의 명령에 따라 바얀 호는 있는 힘껏 불구덩이에서부터 멀어진다. 배가 갑자기 움직이는 바람에 보리얀은 순간 균형을 잃고 흔들리지만 곧다시 돛대를 붙잡는다. 그녀는 돛대에서 내려가기 위해 서둘러 몸을 묶었던 밧줄을 푼다. 그때, 불타오르는 껍질 속에서 괴물의 딱딱한 등껍질이 드러난다. 보리얀은 한 손으로 반쯤 풀린 밧줄을 잡은 채 바얀에게 소리친다.

"저거, 저걸 부셔야 해요!"

그 목소리를 들은 바얀은 깜짝 놀란다.

'보리얀?'

바얀이 빠르게 괴물의 본체를 공격하라는 지시를 내리자 루딘은 불 속에서 허우적거리는 본체를 향해 그물이 달린 작살을 쏜다. 그물이 퍼지며 발버둥치는 본체를 휘감는다. 곧이어 다른 선원들이 쏜 작살도 그 딱딱한 등에 꽂히고, 괴물의 본체는 꼼짝달싹하지 못한다.

"다시 배를 좌현으로 틀고 대포를 발사하라!"

바얀의 명령에 배는 선회하며 괴물에게 대포 세례를 퍼붓는다. 포탄을 맞은 괴물 본체의 껍데기가 마구 으깨지기 시작한다. 괴물은 마지막 힘을 다해서 타들어 가는 공기주머니 같은 표면을 움직여, 몇 개 안 남은 촉수들로 바얀호를 공격한다. 그러다가 거대한 촉수 하나가 돛대를 치는 바람에 보리얀이 있는 윗부분이 꺾여버린다. 그 충격에 밧줄을 놓친 보리얀은 아래로 떨어지고 만다.

"아아아악!"

루딘은 재빨리 중앙 돛대 쪽으로 연결된 밧줄 하나를 끊어서 꽉 틀어쥐고 보리얀이 했던 것처럼 반동을 이용해서 돛대 아래로 날아간다. 떨어지는 보리얀과 밧줄을 탄 루딘이 서로 닿을 만큼 가까워진 순간, 보리얀은 루딘을 향해 힘껏 팔을 뻗는다. 루딘은 추락하는 보리얀을 간발의 차로 잡아낸다. 힘겹게 갑판 위에 올라선 둘이 잠시 숨을 고르는 그때, 위를 올려다보던 루딘이 보리얀을 순간적으로 밀치며 외친다.

"조심해!"

보리얀은 갑판 위에 나동그라지고서 고개를 든다. 중앙 돛대를 치고 나서 허우적거리던 괴물의 촉수가 보리얀이 서 있던 곳을 내리찍는다. 촉수의 끝이 마치 살아 있는 채찍처럼 휙휙 소리를 내며 사방을 휘젓는데, 루딘은 그만

등을 철썩 맞고 만다.

"으악!"

루딘은 무릎을 꿇고 털썩 주저앉는다. 촉수는 제 무게를 못 이겨 스르르 물속으로 가라앉고 보리얀은 루딘에게 달려간다. 괴물의 본체에 맹공격을 가하라는 바얀의 목소리와 대포 소리가 뒤섞여 쩌렁쩌렁 울린다.

"쾅! 쾅!"

대포에서 발사된 포탄이 괴물의 딱딱한 껍데기 이곳저곳을 꿰뚫는다. 이어서 껍질이 모두 파열된 괴물은 우우웅 하는 굉음과 함께 쓰러지더니 더 이상 움직이지 않는다.

"쿠르르르-"

너덜너덜해진 괴물의 잔해는 서서히 물속으로 가라앉는다. 선원들은 서로 부둥켜안으며 환호한다.

"최고 선장님, 성공입니다!"

베카르 선장이 눈물인지 땀인지 모를 것을 손등으로 훔친다. 바얀은 지글지글 불타오르는 괴물을 바라보며 가쁜 숨을 몰아쉰다. 그리고 서둘러 시선을 보리얀에게 돌린다. 보리얀은 쓰러져있는 루딘을 부축하고 있다. 루딘의 윗옷 뒤쪽이 찢어져서 너덜거리고, 등에서는 마치 채찍에 맞은 듯한 상처에서 피가 스며나고 있다.

"으으..."

루딘은 고통에 신음하지만 다행히 의식이 있다. 둘이 살아 있는 것을 확인한 바얀은 다시 선원들을 돌아보며 외친다.

"갑판장! 어서 갑판 위의 불을 꺼라! 베카르 선장은 부상자와 사망자를 확인하라!"

"예, 선장님!"

베카르 선장이 인원을 점검하러 뱃머리 아래로 향한다. 바얀은 다시 한번 괴물이 죽은 것을 확인하며 가라앉고 있는 거대한 사체를 응시한다. 검고 매캐한 연기 사이로 보이는 죽은 괴물의 잔해는 지독한 냄새를 풍기며 계속 불타오른다. 그 주위에서는 바얀 호가 오기 전 괴물에게 처참한 운명을 맞이했던 다른 배들의 파편들이 불 속에 스러져간다.

뉘엿뉘엿 해가 지고 있는 잘리사야 섬의 해변에 따뜻한 저녁 바람이 스친다. 여기저기 부서져서 너덜너덜해진 몰골의 바얀 호가 마침내 항구에 도착한다. 그을음을 온통 뒤집어쓴 선원들이 하나둘씩 내리고, 부상자들은 부축을 받으며 땅에 발을 딛는다. 항구를 지키는 땅딸한 남자는 놀란 얼굴로 다가와서 바얀의 소매를 부여잡는다.

"정말 그 괴물 놈을 잡았단 말입니까요? 이야, 하하! 역시 최고 선장님에 대한 소문이 틀리지 않았나 보군요!"

바얀은 지친 얼굴로 애서 미소 짓는다.

"운이 좋았소. 배가 많이 상했으니 수리공들을 불러주시오. 그리고 부상자들을 옮겨야 하는데…"

"아, 걱정 마십쇼. 저기 바얀 호에 배정된 치료사들이 오고 있으니."

땅딸한 남자가 가리키는 섬 안쪽에서는 사람들 서너 명이 뛰어오고 있다. 그는 들뜬 표정으로 바얀에게 말한다.

"하하, 그 괴물이 죽었다는 걸 알면 다들 엄청 기뻐할 겁니다요! 그것 때문에 중앙 섬으로 가는 항로가 막혀서 얼마나 고생을 했다고요. 여관으로 가서 말해놓지요, 영웅들이 고기를 실컷 드시게 살찐 룸부를 하나 잡으라고!"

"저기, 괜찮소. 괜히 우리 때문에 살아 있는 것을 잡을 필요는 없소."

그러자 남자는 멈추어 서서 바얀을 돌아보더니 자기 머리를 콩 쥐어박으며 껄껄 웃는다.

"아이고, 그렇지. 서쪽 호수에선 육지 동물들을 안 먹는 사람들이 많지요? 그럼 생선 대가리라도 준비하라고 하겠으니, 아무쪼록 얼른 오십쇼."

땅딸한 남자는 잰걸음으로 바삐 사라지고, 루딘을 비롯한 부상자들은 치료 요원들의 부축을 받으며 그 뒤를 따른다. 바얀은 나머지 선원들을 일렬로 소집한다. 선원들은 옆으로 줄을 지어 서고 아직 루딘의 잠수복을 입고 있는 보리얀도 줄의 끝에 선다. 바얀은 그들을 차례로 둘러본다.

"우리는 그 누구 하나 빠짐없이 죽음의 문턱에서 살아 돌아왔다! 지금 밟고 있는 땅의 느낌을 기억하라! 그것이 승리의 느낌이다!"

"예, 최고 선장님!"

선원들이 감격스러운 목소리로 외치자, 바얀은 천천히 보리얀 쪽으로 발걸음을 옮기며 말을 잇는다.

"모두 규율과 명령을 지키면서도 두려움을 넘어 작전을 수행하였지만, 한 사람은 그러지 못했다."

그의 발걸음이 보리얀에게서 멈춘다. 보리얀은 바얀의 얼굴을 쳐다보고는 고개를 숙인다. 바얀은 엄한 목소리로 말한다.

"견습 선원 보리얀."

"네, 최고 선장님."

"결과가 좋았다고 해서 네가 저지른 일이 정당화되지는 않는다. 만약 운이 나빴다면 귀한 화약만 잃고 배는 모두 불탔을 테니까. 선장에게 보고 없이 위험한 일탈 행동을 한 선원은 어떤 벌을 받는지 알고 있나?"

"일정 기간 출항 정지입니다."

"그래. 넌 앞으로 일주일간 출항 정지다. 그때까지 여관에 머물면서 부상자들을 돌보며 반성의 시간을 갖는다. 알겠나?"

"네, 최고 선장님."

바얀이 한 손으로 보리얀의 고개를 들어 올린다.

"어허, 목소리 봐라."

"넵, 최고 선장님!"

보리얀이 절도있게 대답하자 바얀은 돌아서서 다른 선원들을 보며 말을 마무리 짓는다.

"다들 피곤할 것이니 이쯤하고, 견습 선원 보리얀은 식사 후에 내 사무실로 올라와라. 따로 훈육 조치할 것이다. 그럼 이제 여관으로 가서 쉬자! 모두 수고했다!"

"와아아!"

기쁜 표정의 선원들이 커다란 함성으로 대답한 뒤 바얀을 따라서 여관으로 향한다. 보리얀은 풀이 죽은 얼굴로 맨 마지막에 따라붙는다. 호리호리한 보리얀의 외삼촌이 그녀의 어깨를 툭툭 쳐준다.

"조카야, 고맙다. 덕분에 우리가 다 살았잖니."

그의 주변에 있던 선원들도 한 마디씩 거든다.

"야, 너 여자애라고 우습게 봤더니만 네 아빠를 닮아서 그런지 참 대단하다. 근데 최고 선장님도 참…. 보통 팔은 안으로 굽는다던데, 여긴 어째 그 반 댄가? 난 너한테 포상을 해주실 줄 알았는데 말이야."

인심 좋아 보이는 배불뚝이 선원 하나가 말하자 그 옆에서 새초롬하게 생긴 선원이 맞받는다.

"그래도 규율을 어긴 건 맞잖아. 뭐 어쩌겠어. 선장님한테 좀 혼나더라도 우리가 알아주면 되는 거지. 그리고 원래 윗분들은 좀 깐깐하셔야 믿음직하잖아. 보리얀, 너 선장님께 가기 전에 밥 많이 먹어라. 알았지? 그래야 혼나도 덜 서럽다."

"네, 아저씨…."

왁자지껄한 소리로 가득한 여관에 도착하니, 흥겨운 음악 소리가 들려오며 사람들이 바얀 호의 선원들에게 술잔을 권한다. 금세 분위기에 젖어 드는 선원들, 벌써 취한 사람들, 음식을 내오면서 비키라고 외치는 요리사들, 괴물을 잡은 선원을 구경하러 온 이들, 그리고 구경꾼들의 주머니를 털러 온 사람들까지, 여관 안은 아주 요란하기 그지없다.

보리얀은 정신이 없는 가운데에서 거친 빵을 한 입 베어 문다. 밑이 조금 탔고 이빨로 겨우 끊을 정도로 딱딱하지만, 앞에 차려진 다른 진수성찬들에는 도무지 손이 가지 않는다. 음식들을 둘러보던 보리얀은 주먹만 한 모양으로 나뭇잎에 싸인 독특한 열매 찜을 발견한다. 넓찍하고 뻣뻣한 이파리를 펼쳐 보니, 향이 그윽한 것이 꽤나 먹음직스럽게 생겼다. 뭉글뭉글하게 뭉쳐진 열매의 씨앗들은 새끼손톱만큼 작은데 색깔은 마치 흰 생선의 속살처럼 하얗고 맛은 달큼하니 부드럽다. 무슨 열매인지 알 수는 없으나, 맛이 괜찮다고 생각한 보리얀은 빵을 내려놓고 그것을 먹기로 한다. 그러다 곰곰이 생각에 잠기더니 주머니에 열매 찜 서너 개를 챙겨 넣는다.

　보리얀은 식사를 마치고 바얀의 방으로 올라간다. 껄떡거리는 건달들을 못 본 체하며 바쁘게 걸음을 옮기니 곧 삼 층에 다다른다.

　아래층에서 나는 소리가 울리지만 삼 층의 복도는 비교적 조용하다. 보리얀은 삐걱거리는 복도를 따라 조심조심 바얀의 방으로 다가간다. 방의 문틈으로 불빛이 새어 나오고 있다. 보리얀은 입술을 꼭 깨물고 바얀의 방문을 두드린다.

　"저기…. 저 왔어요, 아빠. 아니, 최고 선장님."

　"그래. 들어와라."

　보리얀은 조용히 문을 열고 방으로 들어간다. 혼날 줄 알았는데 그녀를 기다리고 있는 바얀의 표정이 온화하다. 그는 쭈뼛거리며 서 있는 보리얀을 이리저리 살피며 묻는다.

　"어디 다친 데는 없고?"

　"네, 루딘이 잠수복을 빌려줘서…."

　안도의 한숨을 내쉬는 바얀은 보리얀을 앉혀놓고 차분하게 묻는다.

　"너, 화약을 터트릴 생각은 어떻게 한 거니?"

　보리얀은 뭐라고 얘기해야 할지 고민하다가 아직 어깨에 숨어 있는 웹실론을 의식하며 이렇게 둘러댄다.

　"음…. 그게, 뭐라도 해봐야 할 것 같아서요. 화약이 귀하기는 하지만, 그만큼 강력한 게 없으니까 써봐야겠다고 생각했어요."

바얀은 자신의 딸을 바라보며 조용히 미소를 짓는다.

"그렇게 목숨을 걸고 배를 구한 대가가 출항 정지라서 원망스럽니?"

"아, 아니에요. 제가 규율을 어긴 거잖아요. 사실 벌 받을 줄 알았어요. 죄송해요."

그러자 바얀은 따뜻한 눈빛으로 보리얀의 눈을 응시한다.

"보리얀, 잘 듣거라. 네 재능과 열정, 용기와 민첩성이라면, 넌 반드시 선장이 될 수 있을 거다."

"정말요?"

보리얀이 눈을 동그랗게 뜨고 묻자 바얀은 고개를 끄덕인다.

"그럼. 너는 분명히 좋은 선장이 될 수 있어. 그리고 좋은 선장은 바로 믿음을 주는 사람이란다."

"믿음을 주는 사람…."

"그래. 언뜻 보면 선장은 이래라저래라 지시만 내리는 것 같지만, 사실 가장 복잡한 능력이 필요한 사람이란다. 왜냐하면 모든 일을 다 잘할 수 있어도, 그 모든 걸 자신이 직접 나서서 다 해버려서는 안 되거든. 선장은 자신의 선원이 하는 일들을 믿고, 또 선원들은 그런 선장의 지시를 믿고 따라야지 배가 가라앉지 않으니까. 내가 오늘 너를 꾸짖은 이유를 알겠니?"

보리얀은 이해한다는 듯 고개를 끄덕인다.

"제 행동을 눈감아 주셨다면 규율에 대한 믿음과 약속이 깨지게 될 테니까요. 그렇게 되면 돌발행동을 하는 선원들이 늘어날 수도 있고요. 그럼 결국 나중에는 선장도, 선원들도 서로의 일과 판단을 믿을 수 없게 될 거예요."

"그렇지."

바얀이 보리얀의 어깨에 부드럽게 손을 얹는다.

"바얀 호나 스루딘 호처럼 배가 선장의 이름을 따르는 이유는, 선장이 그 배와 운명을 같이 하기 때문이란다. 그만큼 선장은 책임감을 가져야 한다는 거지. 선장이 각 선원의 재능과 역할을 잘 이끌어 주려면, 그들의 일에 대한 지식뿐만 아니라 사람들의 자질에 대해서도 잘 알아야 해."

"…네."

"그래서 나는 네가 우리 선원들과 가까워지는 기회를 만들어 주고 싶구나. 물론 넌 그들을 익히 봐서 어느 정도는 알 거야. 하지만 일터를 떠나 동료와 깊은 대화를 나누어 본다면, 그들의 또 다른 모습을 볼 수 있단다. 내가 아까 그랬지? 출항이 정지된 일주일 동안 부상자들을 돌봐주라고. 이 기회에 네가 알고 지내던 사람들이 실제로는 어떤 성격을 가졌는지, 그들이 배에서 맡은 일에는 어떤 희열과 고충이 있는지 한번 알아보렴. 그럼 분명히 뱃사람의 인생에 대한 통찰이 생길 게다."

"네. 고맙습니다, 최고 선장님…. 아빠."

보리얀이 두 팔을 벌려 바얀을 안자, 바얀이 보리얀을 다독여 준다.

"녀석. 아무튼 오늘 참 용감했다. 그래도 앞으로는 행동이 먼저 나서기 전에 나한테 먼저 보고는 해라, 알겠지?"

"네, 그럴게요."

보리얀은 미소를 지으며 아버지를 꼭 껴안는다. 보리얀의 어깨에 숨어서 그 모습을 보던 웝실론은 흐뭇하게 생각한다.

'아유, 이 자기들 좀 봐. 내가 이래서 에린의 후손들이 이쁘다는 거야, 호홍.'

잠시 후, 바얀의 방을 나선 보리얀은 두리번거리며 루딘의 방을 찾는다.

"걔가 있는 데가 열한 번째 방이었으니까, 여긴가?"

보리얀은 조심스럽게 문을 두드린다.

"누구세요?"

"나야."

보리얀이 말하자, 루딘은 방문을 활짝 열고 고개를 쑥 내민다.

"나 보러 온 거야? 걱정돼서?"

루딘의 신난 목소리를 듣고, 보리얀의 어깨에서 웹실론이 퐁! 튀어나오며 중얼거린다.

'에휴, 시끄러운 걸 보니 살아 있네.'

물론 그걸 들을 리 없는 루딘은 기쁜 얼굴로 웹실론을 반갑게 들어 올린다.

"웹실론도 있었구나!"

웹실론은 촉수 같은 더듬이를 몇 번 꿈지럭대더니 루딘의 손안으로 쑥 들어가 버린다. 루딘은 두 눈을 끔뻑거리고, 보리얀은 그의 등을 살피며 묻는다.

"등은? 상처는 좀 어때?"

"괜찮아. 붕대 감았어. 독 때문에 살점이 좀 녹았나 봐."

"어휴…. 그러니까 왜 쓸데없이 나한테 잠수복은 줘가지고. 암튼 잘 입었어. 내일 가져다줄게."

"천천히 줘도 돼. 근데 너 출항 정지당했다며? 아까 다른 사람들한테 얘기 들었어."

"그래. 나 이제 일주일간 여기서 부상자들 돌봐야 해."

"그럼 나도? 나도 돌봐주는 거야?"

루딘이 장난스럽게 채근 대자 보리얀은 그의 손을 살짝 뿌리친다.

"아, 진짜. 장난하지 말고. 너 밥은 먹었어?"

"무슨 독기 빠지는 데 좋다는 이상한 죽 같은 거 먹었는데 배고파."

"자, 이거."

보리얀이 주머니에서 아까 챙겨온 열매 찜을 꺼낸다.

"먹어본 것 중에 이건 꽤 괜찮더라. 잘 먹고 힘내. 그래야 얼른 낫지."

루딘은 기쁜 표정으로 보리얀이 건네는 음식을 받아든다.

"오, 감동적인데?"

"치. 감동은 무슨….."

보리얀은 나뭇잎 껍질을 하나 벗겨서 루딘에게 내민다. 그는 빙긋 웃고 열매 찜을 받아들더니 맛있게 먹는다. 보리얀은 그런 루딘을 말없이 쳐다보다가 작은 목소리로 말한다.

"…아까는 고마웠어."

루딘은 잠시 먹던 것을 멈추고 보리얀을 쳐다본다. 그녀의 검은 눈동자에 눈물이 어려 있다.

"너, 무서웠구나?"

루딘의 말에 보리얀은 고개를 끄덕인다. 그리고 눈물을 참으려고 안간힘을 쓴다. 루딘은 그런 보리얀을 물끄러미 바라본다. 그러다가 보리얀의 어깨를 살짝 툭 치면서 말한다.

"하하, 너도 참. 패기는 혼자 다 부려놓고선 지금 와서 뭘…. 근데 생각해 보니까 막 무섭지? 무슨 정신으로 그랬나, 싶고. 그치? 너도 가만 보면 생각보다 행동이 참 빨라."

"……."

아무 말 하지 않는 보리얀의 눈에서 결국 눈물이 툭 떨어진다. 루딘은 그걸 보고 잠시 고민하다가 보리얀의 손등에 손을 얹으며 조심스럽게 말한다.

"에이. 뭘 눈물을 참고 그래. 그냥 울어."

그 말에 결국 보리얀이 울먹인다.

"다 죽는 줄 알았다고."

루딘은 보리얀의 손을 토닥여 준다.

"야아, 아직은 걱정 안 해도 돼. 모테라의 저주는…."

보리얀은 루딘이 말을 채 끝나기도 전에 그를 부둥켜안는다. 루딘은 깜짝 놀라서 커다란 두 눈을 껌벅거린다. 보리얀은 루딘을 부둥켜안고 실컷 운다.

"흑, 흐윽…."

아무 말 없이 가만히 앉아 있는 루딘의 눈동자가 흔들린다. 이내 그는 두 팔로 천천히 보리얀을 감싸며 안아준다. 그리고 보리얀이 조그맣게 중얼거리는 소리를 듣는다.

"저주고 뭐고, 도와준답시고 또 다치기만 해 봐, 진짜…."

루딘이 보리얀의 검은 머리를 가만히 쓸어준다.

"왜? 어떡할 건데?"

"너랑 친구 안 한다고. 완전히 절교야."

루딘은 피식 웃는다.

"하하. 이제 그런 말 하기에는 좀 크지 않았나, 우리?"

"이씨…."

보리얀이 루딘을 밀쳐내려고 하자 그는 보리얀을 놓아주지 않는다.

"맨날 어른스러운 척만 하더니. 너 이렇게 우는 거 처음 보네. 아침에는 전사였다가, 저녁에는 그냥 어린 애라니. 진짜 네 성격은 가늠이 안 된다."

보리얀은 볼멘소리로 받는다.

"야, 너도 만만치 않거든. 너는 맨날 어리다가 아주 매우 가끔 듬직하잖아."

"그래서? 나 아까 멋있었어? 응? 널 탁 받아 안고…."

루딘이 다시 장난기 어린 표정으로 보리얀을 쳐다보며 말하자, 보리얀은 질색하는 얼굴로 벌떡 일어선다.

"아직 독이 다 안 빠졌구나. 저거나 빨리 먹고 정신 차려. 간다."

루딘은 휙 몸을 돌려 문으로 향하는 보리얀에게 말한다.

"멋있었어, 너."

보리얀이 멈칫하자 루딘은 말을 잇는다.

"…좋다고. 네가 용기 있어서. 근데 제발 몸 좀 사려라. 그래야 나도 덜 다치지."

보리얀은 고개를 돌려 루딘을 쳐다본다. 루딘은 빙긋이 웃으면서 잘 먹겠다는 듯, 보리얀에게 열매 찜을 들어 보인다. 보리얀은 문을 닫고 밖으로 나가버린다.

보리얀이 나간 후 루딘은 맥이 탁 풀린 듯 한숨을 쉰다. 그는 등을 다친 걸 잊고 침대 위로 벌렁 드러눕는다.

"아, 심장이야. 쟤는 왜 갑자기 안겨가지고. 하여튼 사람 놀라게 하는 데는…윽!"

루딘이 다시 벌떡 일어나자 그의 속에 있던 웹실론은 고개를 저으며 생각한다.

'정말이지 혼자 있어도 시끄러운 에린의 후손이군. 그나저나 오늘은 여기 있어야겠네. 흠, 좋은 기회야. 내가 혹시 독을 빼낼 수 있는지 좀 볼까?'

윕실론은 꼬물거리며 루딘의 등 쪽으로 향한다.

자기 방을 향해 걷던 보리얀은 문득 인기척을 느낀다. 그녀는 경계하며 뒤를 돌아본다. 스치듯 지나치던 모퉁이의 그림자 속에서 누군가 깊은 목소리로 중얼거린다.

"역시, 여자가 맞네. 다행이야."

보리얀은 못 들은 척하고 빠른 걸음으로 걷는다. 그러자 그림자 안에서 키가 훤칠한 사내가 나온다. 어둠 때문에 그의 모습이 잘 보이지는 않으나, 달빛에 진한 자줏빛 머리칼이 비친다.

"못 들은 척하네?"

보리얀은 혼잣말인 듯 묻는 사내의 말에 대답하지 않는다. 그리고 일부러 자기 방을 지나쳐서 빠른 걸음으로 계속 걷는다. 그러자 사내가 보리얀더러 들으라는 듯이 말한다.

"네 방 앞에 선물을 하나 가져다 놨으니 빨리 들어가기나 해. 예쁜 아가씨 혼자 돌아다니기엔 밤이 깊다."

보리얀이 멈칫하며 뒤를 돌아보자 사내는 이미 사라지고 없다.

"……."

보리얀은 다시 주위를 살피고 조심스럽게 자기 방문 앞으로 간다. 정말, 사내의 말처럼 문 앞에는 알 수 없는 꾸러미가 하나 놓여 있다.

'이게 뭐지?'

보리얀은 잠시 머뭇거리다가 그것을 들어본다. 생각보다 조금 묵직하다. 그녀는 고민 끝에 꾸러미를 가지고 방 안으로 들어간다. 잠시 후, 방에서는 숨죽여 놀라는 그녀의 목소리가 들린다. 하지만 그 소리는 곧 아래층에서 간간이 들려오는 잡음에 묻히고 만다.

여관과 달리 항구 근처의 모래사장은 적막하다. 가끔 철썩거리는 파도 소리만이 들려올 뿐이다. 자주색 머리의 사내는 이파리가 넓은 나무 아래 몸을 기대고 서 있다. 오묘하게 빛나는 그의 눈동자는 고요한 자수정 같기도 하면서, 불타오르는 마그마 같기도 하다.

'…기대되는군.'

사내는 하늘을 보며 조용히 미소 짓는다. 밤이 깊은 하늘에 붉은 달무리가 은빛 그믐달을 잠식한다.

8장

{ 축제와 낯선 사내의 초대 }

"고맙구나, 얘야. 이제 좀 편히 쉴 수 있겠어. 외지인들만 보이니 영 불편해서…."

은색 수염이 덥수룩한 선원이 보리얀에게 빙긋 미소 짓는다.

"치료 요원들이 그러는데 다리의 상처는 잘 아물 것 같대요. 그러니 조금만 참으세요, 아저씨."

붕대를 정리하는 보리얀의 상냥한 말에 부상당한 선원은 기특하다는 표정으로 고개를 끄덕인다.

"최고 선장님도 그렇지만 너도 참 대단하구나. 배에 있을 때나 벌을 받을 때나, 뭐든지 이렇게 열심히 하다니. 아무튼 내 얘기 지루하지 않았니? 시간 많이 뺏었다면 미안하다. 나도 살아왔던 얘기는 오랜만이라…."

"아니에요, 아저씨. 말씀해 주셔서 감사해요. 저는 사실 아저씨께서 그렇게 감성적이고 낭만적이신 줄 몰랐거든요. 갑판 일을 하셨던 이유가 별을 보고 싶어서였다니…."

"하하, 다른 뱃놈들한테는 얘기하지 말거라. 놀림당할게다."

"걱정 마세요. 그럼 쉬세요. 이따가 붕대 갈러 한 번 더 올게요."

"그래라. 너도 좀 쉬엄쉬엄하고."

보리얀이 인사를 하고 나가자 수염이 덥수룩한 선원은 미소를 짓는다.

"우리 딸도 살아 있었음 저렇게 잘 컸겠지…. 에휴, 바얀 최고 선장님은 아는지 모르겠구먼. 여러모로 자기를 부러워하는 사람들이 얼마나 많은지."

밖에서는 청명한 하늘 아래 햇볕이 쨍쨍 내리쬐고 있다. 서쪽 호수에서는 느껴보지 못했던 강렬하고 눈 부신 햇살에 보리얀은 기분 좋게 고개를 뒤로 젖힌다. 발 앞에서는 파도가 쏴아아거리며 찬란하게 부서진다.

한참 그것들을 바라보다가 보리얀은 허리춤에서 무언가를 꺼낸다. 질긴 야자 잎으로 겉표지를 만든 낡은 수첩과 헝겊에 싸인 목탄이다. 수첩을 한 장

씩 넘기자 왼쪽 면에는 선원들의 이름과 그들이 들려준 이야기에 대한 짧은 설명이 있고, 오른쪽 면에는 보리얀이 그린 그림들이 있다. 보리얀은 새 면에 '덥수룩한 수염의 갑판장, 타치노 아저씨'라고 쓴 다음 잠시 생각하다가 글을 적어 내린다.

'갑판장 타치노 아저씨는 별을 보는 것을 좋아한다.
아저씨는 별들 속에 영혼이 있다고 이야기한다.
그리운 사람들을 별빛에서 만날 수 있기 때문이다.
아저씨는 별을 볼 때마다 어린 딸 레아르노를 만난다.
밤이 되면 은하수에서 헤엄치는 그 아이를 보기 위해,
타치노 아저씨는 야간 보초 담당 갑판장이 되었다.'

향기롭고 싱그러운 꽃잎의 향이 바람을 타고 보리얀의 머리카락을 흩트린다. 보리얀은 잔머리를 쓸어서 넘기고 아직 비어 있는 오른쪽 면으로 목탄을 가져간다. 그리고 밤하늘에서 별을 만나는 타치노 아저씨의 모습을 그려나가기 시작한다. 그림을 그리며 보리얀은 마음속으로 말한다.

'내게 선장의 꿈이 없었다면 아마 그림 그리는 사람이 되었을 거야. 하지만 그랬다면 너를 만날 수 없었겠지, 웹실론?'

아무 소리도 들리지 않자, 보리얀은 문득 루딘의 손으로 들어간 웹실론의 모습을 떠올린다. 아차 하며 일어선 그녀는 수첩과 목탄을 다시 집어넣고 여관 쪽으로 향한다.

뱃사람들이 거의 다 빠진 여관의 이른 오후는 비교적 조용하다. 청소하는 사람들, 저녁에 낼 요릿감을 손질하는 사람들, 방마다 오가는 치료사들, 난간에 기대앉아 꾸벅꾸벅 조는 악사들의 모습이 평온하다. 삼 층으로 향하던 보리얀은 루딘의 방에서 나오고 있는 치료사 한 명과 마주친다. 오동통한 덩치에 두툼한 손을 가진 치료사는 커다란 쟁반 같은 것을 들고 있는데, 그 위에는 독이 잔뜩 스며들어 시큼한 냄새가 나는 붕대가 담겨 있다.

"아, 네가 그 출항 정지 먹었다는 숨은 영웅이구나."

보리얀을 보고 걸걸한 목소리의 아주머니가 호탕하게 웃는다.

"루에린 여자애라던데, 너 맞지?"

"아, 네…."

아주머니가 고갯짓으로 루딘의 방문 쪽을 가리킨다.

"네 친구, 젊어서 그런지 회복이 빨라. 신기하게도 밤사이에 독이 다 빠진 것 같더라고. 지금은 약 발라놨으니까 잠깐 말린 다음 붕대만 둘러주면 돼."

"네, 감사해요."

아주머니는 가려다가 보리얀을 돌아보며 묻는다.

"근데, 안 힘드니?"

"네?"

보리얀이 묻자 아주머니가 두건을 풀며 웃는다. 그녀의 머리색도 보리얀과 똑같은 흑갈색이다. 아주머니는 보리얀을 바라보며 말한다.

"루에린으로 사는 거 말이야. 검은 머리 여자애가 배까지 타다니 용하네. 사는 게 쉽진 않겠지만 너무 외로워하지는 말아라. 생각보다 너랑 비슷한 사람들도 많아."

보리얀이 아무 말도 못 하고 아주머니를 바라보자 그녀는 짐짓 낮은 소리로 말을 잇는다.

"그래도 여기 있는 작자들은 조심하는 게 좋을 거야. 여기 루에린들, 특히 사내놈 중에는 좀도둑이 많거든. 문단속 잘하고. 그럼, 또 보자!"

보리얀은 놀람이 가시지 않은 얼굴로 멀어져가는 아주머니에게 인사를 한다. 그리고 그녀의 뒷모습을 바라보며 중얼거린다.

"확실히 여기는 아누다르가야와 가까워서 그런지 서쪽 호수보다 다양한 사람들이 살고 있구나."

순간, 보리얀의 머릿속에 선물을 놓고 간 짙은 자주색 머리의 남자가 스친다.

'그럼 그자는 혹시 마에린인가? 위대한 용기의 별 마에리온, 불의 기운을 가지고 태어났다던….'

생각에 잠겨 우두커니 서 있는데 루딘의 목소리가 들린다.

"안 들어올 거야?"

보리얀은 화들짝 놀라서 루딘의 문을 벌컥 연다. 방 안에 앉아 있는 루딘의 등에는 연고 같은 것이 발려 있다. 보리얀은 루딘의 상처를 눈으로 훑는다. 정말 그 치료사 아주머니의 말대로 눈에 띄게 좋아진 모습이다.

"뭐야? 내가 온 건 어떻게 알았어?"

"목소리가 다 들리는데 모르는 게 더 이상하지. 이제 드디어 나 돌봐주러 온 거야, 응?"

루딘이 장난스러운 표정을 지으며 말하자, 보리얀은 못 말린다는 듯 눈을 흘기며 옆에 놓인 붕대를 집어 든다. 그녀는 루딘 뒤에 앉아 붕대를 두를 준비를 하고 마음속으로는 웝실론을 부르며 이곳저곳을 살핀다. 그러자 보리얀을 기다렸다는 듯 루딘의 등에서 웝실론이 퐁, 하고 튀어나온다. 많이 지쳐 보이는 웝실론은 침대 위로 나동그라진다. 그리고 보리얀만 알아들을 수 있는 소리로 중얼거린다.

'보리얀 자기야…. 걱정하지 마. 웝실론은 죽지 않는다구…윽.'

웝실론은 보리얀을 향해 더듬이 같은 촉수를 힘없이 꼼지락대더니 축 늘어진다.

"웝실론?"

보리얀이 외치자 루딘도 뒤를 흠칫 돌아본다. 웝실론은 조금 쭈글쭈글해진 모습으로 시큼한 독을 뱉어내고는 다시 픽 쓰러진다. 루딘이 놀라서 말한다.

"어? 밤새 웝실론이 독을 빼 줬나 봐! 어쩐지, 열도 안 나고 잠도 잘 잤거든."

루딘은 미안하고 걱정스러운 얼굴로 웝실론을 가만히 들어 올린다.

"보리얀, 웝실론한테 말 좀 걸어봐. 괜찮대?"

보리얀은 마음속으로 대화를 나누며 잠시 가만히 있자, 루딘은 웝실론과 보리얀을 번갈아 바라보며 채근 댄다.

"뭐래? 응?"

"네가 시끄럽대."

"아, 아하."

"잠깐 기다려. 뭐 좀 가져올게."

보리얀은 잠시 나갔다가 곧 주방에서 따뜻한 물 한 잔을 얻어서 돌아온다. 그러자 웝실론은 매우 기쁘게 그 속으로 퐁당 들어가서 몸을 부르르 털더니, 노곤하다는 듯 더듬이를 축 내리고 늘어진다.

"아마 웹실론도 자기가 이렇게 힘들 줄 몰랐었나 봐. 불평하더라고."

"그랬구나. 고마워, 웹실론."

"자, 이제 너도 이리 와 봐. 붕대 좀 감게."

보리얀은 루딘의 팔을 잡아당기며 침대에 앉힌다. 그리고 그의 등에 조심스럽게 붕대를 두르고 어깨에 단단히 고정한다. 매듭을 짓는 보리얀의 힘이 조금 세었는지 루딘이 얼굴을 찌푸린다.

"악! 야, 너는 붕대를 무슨 밧줄 묶듯이…."

붕대를 다 감고 끝을 잘라낸 후, 보리얀은 루딘을 자신 쪽으로 돌려 앉혀놓고 눈을 마주 본다. 루딘이 얼굴을 조금 붉히며 묻는다.

"뭐야, 왜 그래?"

"얘기 좀 하려고."

"무, 무슨 얘기?"

"너에 대한 얘기. 네가 내 마지막 면담자거든."

루딘은 아리송한 표정으로 큰 눈을 껌벅거린다.

"면담자?"

보리얀은 고개를 끄덕이며 빙긋 웃는다. 그렇게 루딘은 모처럼 그녀와 마주 앉아서 도란도란 이야기를 나눈다. 두 사람의 대화 소리가 이어지고, 웹실론은 평온해진 듯 색색거리며 잠이 들고 만다. 어느새 서서히 저물어 가는 오후의 햇살이 그들의 얼굴 위로 지나간다.

하루가 마무리되는 여관에는 또다시 왁자지껄한 초저녁이 찾아온다. 보리얀의 방 세숫대야 속에는 웹실론이 새근새근 잠들어 있다. 침대에 우두커니 앉아 있는 보리얀 옆으로 꾸러미 하나가 펼쳐져 있다. 전에 낯선 사내가 놓고 간 선물이다. 보리얀은 그 안에 들어 있던 종이쪽지를 다시 펼쳐 본다. 종이는 매우 고급스러운 재질로 만들어져 있으며 적혀 있는 글씨체 또한 정갈하고 멋스럽다.

바얀 호의 선원 보리얀에게 아누다르가야에서 온 선물을 전합니다.
중앙 섬에서 성스러운 믿음의 실현을 기리는 특별 축제가 공표되었습니다.
며칠 후, 잘리사야 섬의 호숫가에 있는 곳에서도 축제가 열릴 것입니다.
이 작은 성의와 함께 즐거운 무도회 자리에 참석해 주세요.
기억하세요. 우린 당신의 활약을 지켜보고 있을 것입니다.

"누가 아누다르가야에서 나한테 선물을 보냈을까? '성스러운 믿음'은 또 뭐고?"

보리얀은 고개를 갸우뚱하며 꾸러미 안을 다시 들여다본다. 지금껏 한 번도 보지 못한 고운 천으로 지어진 아름다운 옷과 훌륭한 장인의 솜씨로 만들어진 신발이 들어 있다. 손끝으로 옷의 감촉을 느껴보니 옷감이 아주 가볍고 부드러워서 손가락 사이로 차르르 흐른다. 보리얀은 신기하다는 눈빛으로 옷감을 들어 불빛에 살펴본다. 연보랏빛인지, 분홍빛인지, 혹은 자줏빛인지 모를 영롱한 색이 보는 각도에 따라 다르게 빛난다. 한 벌로 이루어진 옷의 끝부분마다 세밀한 황금빛 자수가 놓여 있다.

"어, 허리띠도 있었네?"

보리얀은 다양한 보석으로 꾸며진 아름다운 허리 장식을 발견한다.

'이걸 다 팔면 화약 다섯 통은 살 수 있겠는데…. 신발까지 합치면 더 하려나?'

이리저리 옷을 살피던 보리얀은 자기 몸에 대 본다. 작은 거울 앞에 가져가서 비춰보지만, 옷을 입은 모습이 어떨지 도저히 가늠이 되지 않는다.

"에이. 뭐가 됐던 이건 나랑 안 어울릴 거야, 분명히."

보리얀은 복잡한 마음으로 낯선 이가 준 선물을 바라본다. 그러다가 부드러운 옷감을 다시 한번 쓰다듬어 본다. 반짝이는 자수들을 들여다보고 있으니 애써 가라앉히려던 호기심이 고개를 든다.

'그래도 예쁘긴 하네. 딱 한 번만 입어볼까?'

한편, 루딘은 보리얀과 나눈 대화를 생각하며 방안을 서성거린다. 아까 면담에서 그녀가 건넸던 여러 질문 중, 그가 제대로 대답하지 못한 것은 하나였다.

"그럼 넌 세상에서 뭐가 가장 무서워?"

"……."

보리얀의 물음에 루딘은 아무 말도 하지 못했다. 순간 모테라의 저주가 떠올랐기 때문이다. 쉽게 말을 꺼내지 못하던 루딘은 이내 마음을 숨긴 채 미소 짓고 말했다.

"…너."

"뭐야, 장난하지 말고. 진짜로."

"진짠데."

그 대답은 거짓말이 아니었다. 그저 앞뒤를 많이 잘랐을 뿐이다. 그걸 알 리 없는 보리얀은 그저 피식 웃었다. 루딘이 또 장난친다고 생각하는 게 분명했다.

루딘은 방안을 돌던 걸음을 멈추고 생각에 잠긴다.

'언젠가 그런 일이 일어나면, 정말 그 애를 지킬 수 있을까? 그때까지 시간은 도대체 얼마나 남은 걸까? 혹시, 보리얀이 가장 두려워하고 있는 것도 그 저주가 아닐까? 만약 그게 아니라면 뭘까? 아무래도 얘기를 좀 해야겠다.'

루딘은 방을 나서서 문을 잠그고 복도를 가로질러 보리얀의 방으로 향한다.

"똑똑."

예기치 못한 문 두드리는 소리에 보리얀은 깜짝 놀란다.

"누, 누구세요?"

"나야, 루딘."

"왜?"

"아니, 딱히 이유가 있어서는 아니고, 그냥⋯. 아까 말이야, 왜 네가 선원들의 이야기를 모으는지 궁금했거든. 그리고 이제 네 얘기도 듣고 싶고 해서."

보리얀은 얼른 루딘을 돌려보내려는 생각에 달래듯 말한다.

"뭐든지 간에 내일 얘기해 줄게, 내일. 알았지?"

"내일? 아 참, 너 그거 들었어? 내일 저녁 즈음에 무슨 축제가 열린대. 아까 치료사 아줌마께서 저녁 올려 주시면서 그러시던데, 같이 구경 갈래?"

"어…그, 그러던지."

루딘은 보리얀의 말투가 이상한 것을 눈치채고 고개를 갸우뚱한다.

"한 번에 '어'라고 했네? 무슨 일이지? 야, 문 좀 열어주면 안 돼?"

"안 돼."

그러자 루딘은 뾰로통한 얼굴로 투덜거린다.

"야, 나한테는 아까 얘기 다 듣고 가더니. 너 진짜 너무한다. 왜 이렇게 숨기는 게 많냐?"

"음…. 지금은 좀 그래."

"아, 뭔데 그러냐고. 나 밤새 기다려?"

루딘의 고집을 잘 아는 보리얀이었기에, 그녀는 고민하다가 결국 마음을 먹고 문을 연다. 끼이익거리는 소리와 함께 나무문이 서서히 열린다. 문틈 사이로 상상도 못 한 차림을 한 보리얀의 모습이 드러난다.

"……."

루딘의 두 눈이 휘둥그레진다. 그는 난생처음 보는 보리얀의 모습에 말을 잇지 못한다. 루딘이 동그랗게 뜬 커다란 은회색 눈동자를 끔벅거리자 보리얀은 창피하다는 듯 입술을 샐쭉거린다.

"빨리 들어오든지 가버리든지 해."

루딘은 엉거주춤 방 안으로 들어선다. 보리얀은 사방을 살피며 재빨리 방문을 닫는다. 루딘은 계속 그녀를 위아래로 쳐다보며 아무 말도 하지 못한다. 그러자 보리얀이 그에게 자신이 받은 종이쪽지를 건네며 말한다.

"아, 그냥 한 번 입어본 거야. 선물이라잖아."

루딘은 계속 보리얀을 힐끔힐끔 쳐다보면서 쪽지를 읽는다.

"누, 누가 보낸 거야?"

"몰라."

보리얀이 팔짱을 끼며 말한다. 그리고 자기를 뚫어지라고 쳐다보는 루딘에게 묻는다.

"아니, 왜 얼굴이 빨개지고 그래?"

"어? 어….."

루딘은 급히 얼굴을 감싸 쥐고 목청을 가다듬더니 애써 보리얀에게 되묻는다.

"…그래서 너, 그거 입을 거야? 축제에 가게?"

"몰라. 그냥 궁금해서 입어 본 거고, 이제 벗을 거야. 뒤돌아 서 있어."

루딘이 손사래를 치며 말한다.

"아, 아냐. 좀 더 입고 있어. 뭐 어때."

"어차피 나한테는 어울리지도 않아, 이런 거."

보리얀이 신발을 벗으려고 몸을 숙이자 루딘이 만류하며 보리얀을 일으켜 세운다.

"아니라니까, 진짜. 엄청 잘 어울려. 진심이야."

"진짜?"

"그래. 반할 만큼."

"뭐?"

보리얀이 당황스레 묻자, 루딘이 서둘러 입을 다문다. 보리얀이 조금 발그레해진 볼을 하고 루딘에게 으름장을 놓는다.

"놀리는 거면 진짜 다신 안 본다. 안 그래도 어색해 죽겠는데."

"그런 거 아니야. 나 거짓말 안 해."

"……."

보리얀은 무슨 말을 해야 할지 몰라서 주위를 두리번거린다. 잠시 둘 사이에는 어색한 침묵이 이어진다. 보리얀을 바라보던 루딘이 빙그레 웃으며 그녀에게 손을 내민다.

"이왕 멋지게 입은 김에, 춤 한번 춰 볼래?"

보리얀이 어이없다는 듯이 웃음을 터트린다.

"춤? 하하, 너 춤 추는 법은 알아?"

"모르면 어때? 흉내라도 내 보면 되겠지. 재미로 하는 건데 뭐."

보리얀은 조금 머뭇거리다가 장난기 어린 표정을 짓고 루딘의 손을 잡는다.

"발 밟아도 모른다."

보리얀과 루딘은 아래층에서 들려오는 음악에 맞춰 어설프게 움직여본다. 루딘을 쳐다보는 보리얀의 얼굴에서 웃음이 터져 나온다. 이어서 루딘도 웃음을 터트린다. 처음에는 키득거리며 웃던 둘은 음악 소리에 맞춰 움직이며 점점 소리 내어 웃기 시작한다. 좁은 방에서 춤을 추며 여기저기 부딪힐 뻔하지만 루딘과 보리얀은 곧잘 균형을 잡으며 빙그르르 돌기도 하고, 서로를 마주 보며 즐거움으로 눈빛을 반짝인다.

루딘은 보리얀의 얼굴을 가까이에서 들여다보며 가슴이 두근거리는 것을 느낀다. 그리고 앞에 있는 친구의 아름다움에 눈을 떼지 못한다.

'왜 이렇게 심장이 뛰지? 벌써 이렇게 어른티가 다 나다니…'

보리얀은 루딘의 눈을 응시한다. 환희로 반짝이는 그의 두 눈동자에는 알 수 없는 두려움도 어려 있다. 가까이서 루딘의 예쁜 눈을 들여다보니 왠지 조금 쑥스러워서 얼굴이 발그레해진다. 그녀는 루딘의 옷깃을 꼭 붙잡고 자신도 모르게 그를 따라 환하게 웃는다.

루딘과 보리얀이 춤을 추며 웃는 소리에 잠에서 깨어난 웝실론은 보리얀의 모습을 보고 놀라움에 휘둥그레진다. 하지만 행복해하는 둘의 표정을 보고 이 분위기를 망치지 않아야겠다고 생각한다. 그리고 자신의 눈치를 기특하게 여기며 다시 반신욕을 즐긴다. 무슨 일인지야 나중에 물어보면 되는 것이었다. 항상 그랬듯, 웝실론에게 시간은 많았으므로.

여관의 떠들썩한 소리가 잦아들 정도로 깊은 밤이 찾아온다. 바얀은 흔들리는 등잔 불빛 앞에서 너덜너덜해진 서신을 읽는다. 그의 손에 들려 있는 종이 뒷면으로 스루딘의 서명이 비친다. 긴장된 표정으로 글을 읽던 바얀이 안도의 한숨을 내쉰다.

"휴우…. 피해는 컸지만 스루딘이 무사하다니 다행이군. 그나저나, 아누다르가야에서는 왜 축제를 연다는 거지? 아주 대단한 일이 아니라면 이런 시국에 그럴 리가 없는데."

바얀이 종이를 탁자에 내려놓으며 혼잣말로 중얼거린다. 그는 잠시 생각에 잠기다가 서신용 종이를 꺼내 들어 답신을 쓴다. 하나는 스루딘에게 보낼 것이고 다른 하나는 샬리타에게 보내는 것이다. 글을 쓰고 있는 바얀의 어깨 뒤로 빗소리가 투둑투둑 들려온다. 한두 방울씩 떨어지던 빗방울은 점점 굵어진다. 한낮의 따사로웠던 햇살을 식히기라도 하는 듯, 곧이어 시원한 장대비가 쏟아진다. 바얀의 얼굴에 걱정스러운 주름이 잡힌다.

'내일 아침에 전령 새들을 날리려면 새벽이 오기 전에는 그쳐야 할 텐데.'

바얀은 써 내려가던 손을 잠시 멈추고 물끄러미 창문 밖을 쳐다본다. 빗속에서도 축제 준비를 위해 천막을 옮기는 사람들의 웅성대는 소리가 들려온다. 나무 상자에는 각종 음료가 담긴 병들로 가득한 궤짝이 호숫가 쪽으로 운반되고 있다. 항구 쪽을 바라보니 저 멀리서 밝은 주황색 불빛들이 어둠 속에서 깜박거린다.

바얀은 잠시 밖을 바라보다가 다시 서신을 적어 내리기 시작한다. 그리고 보리얀에게 축제 때 조용히 방에 있으라고 말할까 하다가 이내 마음을 바꾼다. 그런 말을 하기에는 보리얀도 이제는 컸으니까.

드디어 축제가 열리는 저녁, 기력을 되찾은 웝실론은 보리얀에게 재잘거린다.

'…그러니까, 자기한테 이 선물을 준 작자는 자길 알고 있다는 거잖아? 그리고 대충 자기를 봤으니까 옷이랑 신발 크기도 어림잡아 보낸 것 같고 말이야. 그치?'

보리얀이 꾸러미 안에 있는 물건들을 보고 고개를 끄덕인다.

'응. 바얀 호 선원들한테 다 보낸 것도 아니고 나한테만 보낸 걸로 봐서 뭔가 이상하긴 해. 만약 괴물을 잡은 것 때문에 상을 내린 거라면 선장인 우리 아빠한테 선물을 보냈겠지. 안 그래? 암튼 괜히 사람들 혼란스럽게 만들까 봐 루딘에게만 알려줬어.'

'흠….'

웝실론은 생각에 잠긴 듯 더듬이를 휘적거린다. 그러다가 떼구르르 굴러 보리얀의 무릎에 착, 하고 앉는다.

'암튼, 그 작자가 누군진 몰라도 물건 고르는 눈 하나는 아주 좋은 것 같아. 자기한테 아주 잘 어울리더라고, 호홍. 그런데 그자가 축제에 자길 왜 초대한 거야, 응?'

'잘 모르겠어. 그냥 이 옷을 입고 오라고 하던데?'

웝실론은 보리얀의 무릎 위에서 뒹굴뒹굴 구르며 중얼거린다.

'호오…. 어떤 정체 모를 자가, 자기가 준 옷을 입고 축제에 와달라고 했다고? 그럼 만약 자기가 그 옷을 입고 가면 그 자는 단박에 알아보겠네. 무슨 꿍꿍이속인지 모르겠다. 정말 갈 거야, 자기? 위험하지 않을까?'

보리얀은 웝실론을 바라보며 생각에 잠긴다.

'이 작자는 어차피 날 지켜보겠다고 했어. 문제는 그가 적이든 친구이든, 지금 우리가 알고 있는 건 아무것도 없다는 거야. 하지만 한 가지는 확실해. 가만히 있으면 그자에 대해 알 수 있는 게 없어.'

'그렇긴 하네, 자기야. 그럼 어쩌지?'

'음…. 그래서 생각해 봤는데 아예 지금을 기회 삼아 위험을 무릅써 보는 게 나을 것 같아. 웝실론, 네가 좀 도와줬으면 하는데?'

보리얀은 웝실론에게 자기가 가진 계획에 대해 조심스럽게 이야기한다. 촉수 같은 더듬이를 쫑긋거리며 듣던 웝실론은 온몸을 포르르 털더니 들뜬 목소리로 말한다.

'오호, 그거 괜찮다! 호홍, 내가 이래서 우리 보리얀 자기를 좋아한다니까. 화끈한 게 아주 맘에 들어! 그럼 그 시끄러운 애한테도 같이 가자고 해야겠네?'

'응, 아무래도 루딘이 좀 도와줘야겠지.'

윕실론은 더듬이를 배배 꼰다.

'아휴, 어떡해. 나 떨린다, 자기야. 그럼 난 숨어서 임무를 수행할게, 호홍!'

윕실론이 보리얀의 손바닥 속으로 쑥 들어가자, 보리얀은 옷 꾸러미를 챙겨서 루딘의 방으로 향한다.

여관 밖에는 이색적인 광경이 펼쳐지고 있다. 항구에서 조금 떨어져 있는 해변은 온갖 사람들로 북적거린다. 바얀 호의 선원들이 묵고 있는 곳뿐 아니라, 다른 여관의 사람들까지 모두 쏟아져 나와서 축제를 즐기고 있다. 화려한 색상의 천들로 만들어진 하늘하늘한 천막 위로 진한 석양빛이 비치고, 작은 폭죽들이 터진다. 사람들은 흥겹게 악기를 연주하며 장단에 맞춰 노래를 부른다. 점점 많은 사람이 몰리며 축제의 분위기가 무르익어 간다. 루딘과 보리얀은 그들을 헤치며 앞으로 나아간다. 루딘은 은색 머리가 아닌 다른 에린들을 보는 것이 신기한지 들뜬 얼굴로 주위를 두리번거린다. 하지만 윕실론은 소란스러운 광경이 불편하다는 듯 투덜댄다.

'아휴, 너어무 시끄러워. 이게 다 아만들이 전한 멍청한 문화야. 옛날 에린의 후손들에게 날개가 있을 때랑 너무 달라. 그땐 축제가 신성한 의식을 치르는 시간이었는데, 지금 이건 뭐….'

그때 루딘이 조금 떨어진 곳에 튀어나와 있는 작은 곶을 가리킨다.

"보리얀, 저기가 축제 중심부인가 봐. 무슨 무도회가 열리는 것 같은데? 네가 선물 받은 것처럼 온통 좋은 옷을 입은 사람들만 모여 있어."

보리얀은 루딘의 손가락을 따라 곶을 찬찬히 눈으로 살펴본다. 확실히 주변과는 분위기가 다르다. 그녀는 루딘에게 옷 꾸러미를 들어 보이며 속삭인다.

"나 이제 옷 좀 갈아입을 테니까, 네가 망 좀 봐."

루딘은 놀란 얼굴로 묻는다.

"어디서? 여기서?"

"아니, 바보야. 저기 작달막한 나무들 있잖아. 저 뒤에서 빨리 입으면 돼."

보리얀은 조금 멀찍이 떨어져 있는 어두운 수풀을 가리킨다. 이파리가 두툼한 식물들이 듬성듬성 자라고 있는데, 그녀를 가려줄 수 있을 만한 크기다. 수풀 주변을 살펴보니 다행히 아무도 없다.

보리얀이 옷을 갈아입는 사이, 루딘은 가슴이 바짝바짝 타들어 가는 심정으로 사방을 둘러본다. 그런데 공교롭게도 술에 취한 건달 둘이 비틀거리며 걸어오고 있다. 어두운 탓에 자세히 보기는 어렵지만 둘 다 루에린이다. 그들은 투박하게 엮은 조그만 자루를 하나씩 들고 있다. 틀림없이 도둑질한 물건들을 담은 것으로 보이는데, 축제를 틈타 한 몫을 단단히 챙긴 것 같다. 그중 한 남자가 하필이면 보리얀이 숨어 있는 곳을 가리키며 말한다.

"저기 널찍하니 괜찮네. 저기서 끌러보자고. 아까 막 쓸어 담느라고 잘 못 봤는데 이번엔 얼마나 좋은 물건들이 걸렸을까나, 큭큭."

사내들이 점점 다가오자 수풀 앞에 서 있던 루딘은 이리저리 머리를 굴린다. 저들을 막아서서 싸우기에는 너무 소란스럽고, 다른 곳으로 돌려보내자니 저들의 관심만 더 사게 될 것 같다.

'그렇다면 방법은 하나야….'

결국 루딘은 눈을 질끈 감더니, 재빠르게 바지춤을 내리고서 양다리를 벌리고 선다. 그리고 마치 취한 듯한 목소리로, 그들이 다 들을 수 있도록 외친다.

"아으, 시원하다! 하하!"

그러자 수풀 쪽으로 걸어오던 루에린 남자들이 멈춰 서더니 오만상을 찌푸린다. 그중 해진 조끼를 입고 있는 남자가 걸쭉한 목소리로 말한다.

"에잇, 퉤. 더러운 선원 자식. 지린내 나겠군. 다른 데로 가자고."

다른 남자도 욕설을 내뱉고는 중얼거린다.

"젊은 놈이 어지간히도 마셨나 보네."

남자들이 사라지자 루딘은 바지춤을 올리고 사방을 살핀 후 보리얀에게 속삭인다.

"아직 멀었어?"

"이제 다 입었어."

보리얀이 수풀 속에서 나오면서 묶고 있던 머리를 푼다. 탐스러운 흑갈색 머리가 등까지 물결치듯 내려온다. 루딘은 그 모습을 넋 놓고 쳐다보더니 걱정스럽다는 듯 고개를 젓는다.

"여기서 옷 갈아입는 것보다 이렇게 다니는 게 더 위험하겠다. 진짜 보호자가 필요해, 너."

"그래? 그럼 내 옆에 바짝 붙어서 오시던지요. 시원하게 볼일 보신 선원 씨."

보리얀이 큭큭 웃으며 손을 내밀자, 루딘이 머쓱해 하며 보리얀의 손을 잡는다. 보리얀은 그런 루딘의 손을 살짝 잡아당겨 팔짱을 끼고는 말한다.

"자, 가 볼까?"

루딘은 옆으로 힐끔힐끔 보리얀을 쳐다보면서 조금 긴장한 듯 헛기침을 한다. 보리얀은 미소를 지으며 곳을 향해 걸어간다. 불빛에 가까워질수록, 보리얀의 아름다운 자태는 더욱 확연하게 눈에 띈다. 주변의 사람들은 그녀와 루던을 번갈아 쳐다보며 이렇게들 수군덕댄다.

"저 아가씨는 분명 아누다르가야에서 왔겠지? 루에린 주제에 슈라문이나 고위 관료의 자녀인가 보군. 근데 옆에 있는 놈은 뭐야? 옷차림을 보아하니 선원인가?"

그 옆에 술잔을 들고 보리얀을 쳐다보던 자가 혀를 찬다.

"쯧쯧, 한눈에 봐도 알겠네. 저 에실린 놈이 축제를 기회 삼아 어린 아가씨를 꼬셨겠구먼. 자식, 곱상하게 생겨가지고."

"크크크, 내 얼굴도 괜찮은데, 내가 한번 뺏어볼까?"

"이봐, 괜찮다니? 거울이 깨진 건가, 양심이 깨진 건가? 저 선원 놈한테 한 대 얻어맞기 전에 관둬."

그들은 이런저런 실없는 소리를 하지만 동행자가 있는 보리얀에게 감히 다가가거나 말을 걸지는 못한다.

곳에 도착하자 시끄러운 호숫가 주변과는 사뭇 다른 풍경이 펼쳐진다. 계단을 올라가야만 닿을 수 있는 간이 무대 위에서 화려한 옷을 입은 사람들이 걸어 다닌다. 은은한 불빛에 빛나는 하늘하늘한 자주색 천막이 높게 드리워져 있고, 중앙 섬 아누다르가야의 각 도시 문양들이 새겨진 깃발 장식이 걸려 있다. 널찍한 공간 안에서 여유롭게 무도회를 즐기는 사람들은 모두 나뭇잎 문양이 수놓인 가면을 쓰고 있다.

보리얀은 널찍한 내부 구조를 살핀다. 중앙에는 춤을 추는 사람들을 위한 무대가 있고, 주변으로는 귀한 음식들이 놓여 있는 화려한 탁자가 보인다. 그 뒤로는 고급스러운 재질로 만들어진 둥근 모양의 앉을 자리들이 마련되어 있다. 한 번도 들어 본 적 없는 감미로운 음악의 선율이 밤공기를 따라 흐르는데, 이 모든 것은 잘리사야 섬의 여관들에서는 찾아볼 수 없는 우아함이다.

멀찍이서 경비병들이 서 있는 것을 보니 여기 모인 사람들이 분명 일반적이지는 않을 것 같다. 보리얀은 예리한 눈으로 무도회를 즐기는 이들의 행동과 말투를 살핀다. 사람들 사이에서 중앙 섬의 말씨가 들리는 것을 확인한 보리얀은 루딘을 돌아보며 속삭인다.

"여기서 기다려. 우리 작전 알지?"

"알았어. 여기 있을게."

루딘이 걱정 말라는 듯 고개를 끄덕인다. 보리얀은 떨리는 마음으로 무도회가 열리는 입구로 다가간다. 말쑥하게 차려입은 한 청년이 다가오며 묻는다.

"안녕하세요, 아가씨. 잠시 명단을 확인해 드려도 될까요?"

보리얀은 자기 이름이 있을까 싶은 마음에 머뭇거리지만 곧 여유로운 표정으로 살짝 미소 짓는다.

"보리얀이에요."

"아, 잠시만요."

청년은 명단을 넘기더니 손가락으로 한 줄을 훑으며 말한다.

"여기 있는 것 같네요. 아누다르가야 중앙 도서관 소속이었던 이전 슈라문 베리타의 외손녀 보리얀, 맞습니까?"

청년의 긴 질문에 조금 어지러웠지만, 보리얀은 외할머니의 이름을 듣고 고개를 끄덕인다.

"네. 맞아요."

"환영합니다. 잘 아시다시피, 오늘은 신성한 무니안들의 정원에 전설의 나무가 돌아온 것을 축하하는 자리입니다. 가면은 이게 잘 맞으실 것 같군요. 아누다르가야에서 '신성한 나무의 축일' 때마다 많이 써보셨을 테지만, 여기에서는 이 정도 품질이 최선이었다는 점 양해 부탁드립니다."

청년이 친절하게 미소 지으며 나뭇잎 문양이 섬세하게 수놓아진 가면을 보리얀에게 건넨다. 양 끝에 얇은 끈이 달린 가면은 눈가를 가릴 수 있을 정도의 크기인데, 얼굴 아랫부분은 드러나게 되어 있다. 보리얀은 가면을 받아들고 머리 뒤로 끈을 묶는다. 이어서 천천히 계단을 오르자 잘 꾸며진 축제장의 널찍한 내부가 눈앞에 선명히 펼쳐진다.

그녀가 시야에서 사라지자 가면을 건넸던 말쑥한 청년은 고개를 갸웃한다.

"이전 슈라문의 외손녀라고? 이렇게 복잡한 섬에서 어떻게 찾아서 초대하신 건지, 훌라르 님도 참."

보리얀은 떨리는 마음으로 주위를 살피며 둘러본다. 고급스럽고 화려한 옷차림에 가면을 쓴 사람들이 기품 있는 말씨로 이야기를 나누고 있다. 그 모습을 보던 보리얀이 웹실론에게 마음속으로 묻는다.

'쪽지에는 분명, 성스러운 믿음의 실현을 축하하는 자리라고 적혀 있었는데…. 이 축제가 어떤 나무랑 관련이 있나 보네? 혹시 그런 거에 대해 들어본 적 있어, 웹실론?'

'나무? 글쎄…. 알다시피 난 잠들어 있었다고, 자기야. 어쨌든 여긴 좀 조용해서 다행이야. 이제 우린 그 빨간 머리를 한 에린의 후손을 찾으면 되는 거지, 응?'

'빨간 머리라기보다는, 아주 짙어서 갈색에 가까운 자주색이었어. 근데 그

자가 나타나야 할 텐데.'

보리얀은 우선 어딘가에 앉아 있어야겠다는 생각으로 사람이 많지 않은 무대의 가장자리로 향한다. 자리에 앉으니 푹신하고 부드러운 촉감이 느껴진다. 그녀는 긴장한 티를 내지 않으려고 애쓰며 주변의 사람들을 살피지만, 어두운 자줏빛 머리를 가진 사내는 보이지 않는다. 대신 보리얀보다 나이가 조금 많아 보이는 작달막하고 통통한 은색 머리 총각이 그녀에게 관심을 보인다.

"예쁜 아가씨. 저와 함께 춤추시렵니까?"

보리얀은 책에서나 튀어나올 법한 그의 말투에 웃음을 터트릴 뻔했지만 꾹 참는다. 그리고 예의 바르게 거절하려던 찰나, 누군가 끼어들면서 말한다.

"아, 미안하군요. 이분은 내 선약이어서 말입니다."

키가 훤칠한 그는 다른 이들과 마찬가지로 가면을 쓰고 있다. 깃털 장식이 달린 멋들어진 모자를 쓰고 있어서 그의 머리 색깔은 보이지 않는다. 하지만 보리얀은 목소리가 귀에 익다고 생각하며 그의 눈을 들여다본다. 타오르는 듯한 진한 자주색 눈동자가 빛에 반짝인다.

'저자야, 웹실론!'

보리얀은 마음속으로 외친다. 훤칠한 사내는 보리얀에게 손을 내민다. 길쭉하고 고운 그 손가락들을 보며, 그녀는 웹실론에게 작전을 개시하라는 신호를 보낸다. 그리고 천천히 그자가 내민 손을 잡는다. 작달막한 은색 머리 청년은 아쉬운 표정으로 물러가고, 보리얀은 엉겁결에 자주색 눈동자가 빛나는 사내의 손에 이끌려 무도회장 한가운데로 나아간다.

이어서 음악이 시작되자, 자줏빛 눈동자의 사내는 보리얀을 바짝 끌어당기고 그녀만이 들을 수 있을 만큼 작은 소리로 부드럽게 속삭인다.

"용감한 아가씨, 춤출지는 모르지?"

보리얀이 끄덕이자 그는 씩 미소 짓는다.

"어쩔 수 없지. 그냥 내가 움직이는 대로 따라오면 돼."

보리얀은 그에게 나직이 묻는다.

"누구야, 당신? 왜 나한테 여기로 오라고 한 거야?"

"와, 보자마자 나에게 반말을 하다니. 배짱이 대단하군."

사내는 보리얀의 허리께에 한 손을 가볍게 얹으며 말을 잇는다.

"그냥 너에 대한 소문이 맞나 궁금해서, 한번 보고 싶었어. 그런데 아직까지는 여러모로 기대 이상이군."

보리얀은 맞잡고 있는 남자의 손을 꽉 움켜쥐며 말한다.

"빨리 말해. 나한테 이러는 용건이 뭐냐고."

"어휴, 아가씨 손힘이 장난 아니군. 역시 뱃사람들은 달라. 근데 너무 거칠어서 마음이 아프네. 이제 아누다르가야에 오면 뱃일은 그만두지그래?"

보리얀은 멈칫하며 묻는다.

"내가 아누다르가야에 간다고?"

"그럼, 그래야지. 하지만 우선 여기서 살아남아야 할 거야. 안 그래?"

보리얀은 의심스러운 눈으로 이 이상한 사내를 쳐다본다. 불빛에서 보니 이제야 그의 모습이 자세히 보인다. 황금색이 섞인 듯한 옅은 갈색으로 빛나는 피부, 조각 같은 콧날과 가면 깊숙이에서 빛나는 강렬한 눈빛, 그리고 날렵한 턱선을 따라 잘 손질된 진한 색의 짧은 수염. 그는 나직한 목소리로 말한다.

"아가씨, 지금 내 이름은 알려줘 봤자 소용없을 테니 이것만 말해주지. 난 중앙 섬에서 어느 위대한 무니안을 모시고 있어. 그런데 그분께서 너희 부녀에게 관심이 좀 많으시거든. 특히 너한테. 안타깝게도 난 너희 부녀가 무사하게 아누다르가야에 올 때까지 보고를 자세히 올려야 하는 입장이라…. 보다시피 좀 과도한 애정을 쏟고 있지."

"무, 무니안을 모신다고? 그럼…. 아저씨는 슈라문이세요?"

보리얀이 눈을 동그랗게 뜨고 묻자 그는 웃음을 터트린다.

"하하하, 귀여운 아가씨네. 바로 존댓말로 바뀌고. 그런데 아저씨라니, 그건 좀 실례인걸."

사내는 보리얀이 다른 사람들과 부딪히지 않게 그녀를 인도한다.

"그래. 그러니까 너무 무서워하지 말라고. 앞으로 우리는 자주 볼 테니까. 어쨌든 이 조졸한 축제장에 와 줘서 반가웠다. 정식 인사는 아누다르가야에서 하지."

음악이 점점 잦아들자 사내는 보리얀의 손을 놓으며 우아한 동작으로 인사를 한다. 보리얀도 얼떨결에 다른 이들이 하는 것처럼 따라서 몸을 낮추며 인사를 한다. 사내는 멀어지며 미소를 짓고 덧붙인다.

"아, 그리고 옷은 예상대로 잘 어울리네. 예뻐."

"……."

보리얀은 우두커니 서서 그 사내가 유유히 사라지는 것을 지켜본다. 그리고 이내 정신을 가다듬은 후, 마음속으로 웹실론을 부른다.

'웹실론! 여기 있어? 설마 아직도 저쪽에 가 있는 건 아니겠지?'

'걱정하지 마, 보리얀 자기야. 작전 성공이야!'

웹실론의 목소리가 들리자 보리얀은 안도의 한숨을 내쉰다. 웹실론은 보리얀에게 속삭인다.

'근데 자기야, 저 마에린 작자, 만만치가 않다.'

'응? 뭐가?'

'너무 짧은 동안이라 많이 알아내진 못했는데, 그래도 내 느낌으로는 보통이 아닌 것 같아. 흠⋯. 뭐랄까. 어둡지만 강렬하고, 화려하면서 뜨거워. 무슨 용암처럼. 그래도 아까 한 말이 거짓말은 아니던데? 저자는 슈라문이 맞아. 대대로 아주 고귀한⋯.'

웝실론의 말을 듣던 보리얀은 아까의 그 은색 머리 청년이 히죽 웃으며 자기에게 다가오는 것을 발견한다. 그녀는 성급히 자리를 떠나며 속으로 말한다.

'그렇구나. 자세한 건 우선 여길 빠져나간 뒤에 얘기하자. 루딘이 기다리겠어.'

보리얀이 무도회장을 빠져나와 계단을 내려오자, 아까 명단을 확인했던 말쑥한 청년이 친절한 얼굴로 묻는다.

"혹시 필요하신 것이 있으신가요? 방금 훌라르 님께서 떠나시며 보리얀 아가씨가 축제를 즐길 수 있도록 신경 써달라고 말씀하셔서요."

"아, 아니에요. 충분히 즐거웠습니다. 저는 갈 데가 있어서⋯. 안녕히 계세요."

보리얀이 미소 지으며 인사하고 떠나자, 그 뒷모습을 물끄러미 바라보던 청년은 갸웃하며 중얼거린다.

"⋯뭐지? 생각할수록 참 희한해."

'훌라르인가 보다. 그자의 이름.'

보리얀은 생각하며 무도회장에서 멀어진다. 옷 보따리를 들고서 멀찍이 서 있던 루딘이 보리얀을 보고 다가온다.

"괜찮아? 성공한 거야?"

"응, 일단은. 이제 가자."

보리얀이 루딘의 팔을 잡아끌자 그가 조금 망설인다.

"바로 돌아가려고?"

"당연하지. 그럼 뭐하게?"

루딘은 고개를 저으며 피식 웃는다.

"이야, 너는 참 목적이 뚜렷하구나. 축제에는 진짜 관심이 하나도 없나 보네."

보리얀이 루딘을 멀뚱멀뚱 쳐다보자 루딘은 옷 보따리를 쓱 내민다.

"됐다. 일단 갈아입어. 그 차림으로는 숙소에 못 들어가잖아. 보는 눈도 많은데."

보리얀은 보따리를 받아든다. 그리고 잠시 뭔가 생각하더니 조금 떨어진 항구 쪽을 가리킨다.

"저쪽으로 가자. 항구에는 사람이 없을 것 같아. 아까 보니까 수풀 쪽도 좀 위험하고, 이쪽으로도 사람들이 몰리고 있어."

루딘이 고개를 끄덕인다. 그리고 막 걸음을 떼려는 보리얀의 손을 잡는다.

"왜?"

루딘이 빙긋 웃는다.

"내 옆에 바짝 붙어서 가셔야죠, 아가씨."

루딘은 보리얀의 팔을 자신의 팔에 두르며 팔짱을 낀다. 어이가 없다는 듯이 픽 웃던 보리얀은 그의 팔을 잡고 함께 걷는다.

예상대로 항구 쪽에는 인기척이 없다. 축제가 열려 출항을 쉬었던 탓에 돌아오는 배들도 없고, 선원들도 보이지 않는다. 별들만이 총총 떠 있는 하늘에 이따금 들려오는 물결 소리가 고요하다. 마치 저쪽에서 들려오는 축제의 소란은 이곳과 무관하다는 듯, 갈매기들이 잠들어 있는 배들 사이로 푸드덕 날아오른다. 보리얀은 전혀 다른 세상에 온 느낌에 크게 숨을 들이쉰다. 그리고 내쉬는 숨에 웃음을 섞으며 말한다.

"하아. 왜 웝실론이 시끄러운 걸 싫어하는지 알겠어. 하도 배만 타다 보니까, 사람이 많은 건 적응이 안 되네."

주위를 살펴보던 보리얀이 버려진 나룻배 하나를 발견한다.

"아, 저기. 옷은 저 뒤에서 갈아입으면 되겠다. 따라와 봐."

보리얀은 나룻배 뒤에서 옷을 갈아입고, 루딘은 또 혹시 모를 불청객에 대비해서 망을 본다. 머리를 다시 질끈 묶은 보리얀은 헌 옷으로 갈아입으며 웝실론이 알아낸 내용을 루딘에게 말해준다.

"…그러니까, 그 훌라르라는 자는 대대로 고귀한 슈라문으로 아누다르가야에 있었나 봐. 하지만 웝실론이 생각하기엔 별로 만족스럽게 살았던 것 같지는 않고, 뭔가 분노가 많이 느껴졌다고 해. 그리고 어떤 엄청 높은 무니안이 그자를 특별히 시켜서 나랑 바얀 호를 지켜보게 했다는데, 왜 그러는 건지는 아직 그자도 제대로 모르는 것 같더라고. 아무튼 이게 마지막 만남이 아닐 건 분명해."

"그렇구나. 하여간 별 이상한 사람이 다 있네. 왜 너한테 선물은 주고 그러는지."

루딘이 의심스럽다는 듯이 투덜거리자 보리얀이 잘 모르겠다는 표정으로 어깨를 으쓱한다.

"그러게. 그나저나 웹실론이 크게 도왔어. 그때 괴물 잡는 것도 그렇고 이젠 잠복 작전까지, 아주 기특하지 뭐야."

그러자 그 말을 들은 웹실론이 뭐라고 종알댔는지, 보리얀이 웃으며 대답한다.

"하하. 그래. 넌 저 시끄러운 애의 독도 빼 줬지. 우리도 네가 좋아, 웹실론."

곧이어 나룻배 뒤에서 영락없이 남루한 선원의 모습으로 돌아온 보리얀을 보고 루딘은 너털웃음을 터트린다.

"왜? 벌써 적응이 안 돼?"

보리얀이 따라 웃으며 루딘을 조금 밀친다. 그 바람에 루딘은 뒷걸음질 치면서 겨우 웃음을 그친다.

"하하. 내가 드디어 미쳤나 보네."

"왜?"

"아니, 그 넝마 같은 걸 다시 입어도 네가 계속 예쁘게 보여서."

"에잇, 진짜. 하여튼 입만 열면 장난이야. 그만해라."

그러자 루딘은 보리얀의 얼굴을 들여다보며 말한다.

"진짠데? 왜 못 믿지?"

"뭐라는 거야. 허튼소리 하지 말고 빨리 가자, 이제."

보리얀이 발걸음을 떼자, 루딘은 숙소 쪽으로 향하려는 그녀의 손을 잡고 선다. 보리얀이 무슨 일이냐는 듯 루딘을 쳐다보자 그가 입을 연다.

"너 그거 알아?"

"뭐?"

"…나, 너 좋아한다."

잠깐 침묵이 흐른다. 보리얀은 별 표정 없이 눈을 깜빡이다가 루딘을 바라보며 대꾸한다.

"…그렇구나."

"뭐야, 무슨 반응이 그래?"

"그럼 뭐라 그래야 하는데?"

루딘이 보리얀을 돌려세우고 그녀의 어깨를 잡으며 묻는다.

"너는? 너도 나 좋아?"

보리얀은 잠시 생각 끝에 대답한다.

"흐음. 글쎄? 근데 싫었으면 넌 벌써 몇 대 맞았겠지."

"크, 너는 역시 박력이 있어."

루딘이 배시시 웃으며 보리얀의 눈을 바라본다. 그런데 보리얀이 갑자기 웃음을 터트린다. 루딘은 얼굴을 조금 붉히며 묻는다.

"뭐야, 왜 그러는데? 민망하게."

"하하하. 웝실론이 그러는데, 저 시끄러운 애가 드디어 나한테 진짜 수작을 부리기 시작했대."

그러자 루딘이 눈을 찡긋한다.

"수작이라니, 웝실론. 이건 제일 중요한 작전이라고."

"하하, 작전이라고? 그럼 다음에 수행할 일은 뭔데?"

루딘은 장난기 어린 얼굴로 잠시 생각하다가 대답한다.

"음…. 일단은 웝실론이 나 몰래 너랑 쑥덕거리지 않는 거야. 그리고 나는 너를 별이 잘 보이는 곳으로 이끄는 거지, 이렇게. 저기에 있는 가장 멋진 배로."

루딘이 부드럽게 보리얀의 손을 이끌며 정박해 있는 커다란 배에 오른다. 보리얀은 조금 걱정스러운 표정으로 루딘을 말리려고 든다.

"야, 엄청 좋은 배 같은데, 이거 누구 건지도 모르잖아. 어쩌려고?"

그러자 루딘은 씩 웃으며 한 손으로는 밧줄을 붙잡고 다른 한 손은 보리얀에게 내민다.

"이것 봐, 아가씨. 어차피 난 밀항자라구. 이걸 타고 달아나지는 않을 테니까 걱정 마."

보리얀은 못 말린다는 듯 웃으며 루딘을 따라 커다란 배의 갑판 위로 올라간다. 바얀 호보다는 더 크고 조금 덜 날렵한 것으로 봐서, 전투선이나 어선은 아닌 것 같다. 난간의 고풍스러운 장식은 한눈에 봐도 최고급 장인들의 솜씨다.

"오, 배가 높아서 그런지 별이 진짜 잘 보인다. 도대체 이 대단한 배는 누구 거지?"

보리얀이 잔머리를 쓸어 올리며 중얼거린다. 배 위에 혹시나 누군가 있을까 봐 살피며 둘은 조심조심 뱃머리 쪽으로 향한다. 갑판과 선실은 다행히 모두 비어 있다. 루딘은 보리얀과 함께 갑판의 계단 가장 윗자리에 나란히 앉는다. 보리얀은 고개를 젖혀 아무 말 없이 별을 바라보더니, 무엇이 생각났는지 꾸러미를 뒤적거린다. 그리고 겉표지가 야자 나뭇잎으로 만들어진 수첩 하나를 꺼낸다. 그것을 본 루딘이 눈을 둥그렇게 뜨고 묻는다.

"오, 이게 뭐야? 네가 만든 거야?"

"응. 수첩을 하나 만들어 봤는데 나름 괜찮더라고. 항상 바지춤에 넣어서 들고 다녔거든? 그런데 놓고 온다는 걸 까먹었어. 지금 별을 보니까 이게 생각이 나서."

보리얀이 몇 장을 넘기자 딸을 그리워하며 별을 바라본다는 타치노 갑판장의 이야기를 그린 그림이 보인다. 다음 장들에는 어렸을 때의 기억 때문에 괴물보다 물고기를 무서워하는 잠수 대원 지아르모, 동물 치료사가 되고 싶은 꿈이 있었다는 바얀 호 최고의 작살꾼 야나타 등, 그동안 보리얀이 돌본 부상자들의 이야기가 짧은 글과 함께 그려져 있다. 보리얀은 루딘을 살짝 밀치며 말한다.

"읽지는 마. 다 비밀들이라고."

"알았어. 어, 여기 내 것도 있네?"

루딘은 마지막 장을 넘기면서 말한다. 오른쪽 면에는 나이가 지긋이 든 할아버지와 할머니가 평화로운 항구에 앉아 있는 그림이 보이는데, 그들의 옆으로는 갈매기와 까마귀들이 사이좋게 앉아 있다. 루딘의 눈이 왼쪽 면으로 향한다. 거기에는 이렇게 적혀있다.

'승급대상 선원 루딘에게는 진심을 다해 찾은 길이 하나 있다.
그 길을 따라서 그는 선장이 되는 대신, 잠수 대원이 되기로 했다.
갈매기 같은 루딘에게는 까마귀 같은 특별한 친구가 한 명 있다.
하지만 무슨 일인지 이 세상은 까마귀들을 미워하게 되었다.
루딘과 그 친구는 오랜 거짓말 속에 숨어 있는 진실을 찾을 것이다.
그리고 나중에 아주아주 나이가 든 할머니가 된 그 친구와 함께,
루딘은 할아버지가 되어 잔잔한 햇빛이 드는 항구를 바라보고 싶다.'

루딘은 오른편에 있는 그림을 바라보고 빙긋이 미소 짓는다.

"와, 이게 나랑 너야?"

"네 꿈이라며. 그래서 한번 이렇게 그려봤어."

"벌써 이렇게 보니까 좋다. 넌 모르겠지만, 나는 할머니가 된 네 모습을 꼭 보고 싶거든."

"내가 나이 든 모습이 왜 그렇게 궁금한데?"

루딘은 잠시 아무 말 없이 보리얀을 바라보다가 웃으며 대답한다.

"왜긴 왜야. 그때까지도 내 친구 해줄지 궁금해서 그러지."

그 말을 들은 보리얀이 하하 웃으며 루딘의 어깨를 살짝 찌른다.

"오호라, 그게 네 작전이구나? 할아버지 될 때까지 나랑 친구 하기?"

"그건 큰 작전이지. 오늘의 작전은 좀 다른 거야."

"뭔데?"

루딘은 조금 긴장한 듯 입술을 깨문다.

"음…. 이건 지금 수행할 수도 있어. 그런데 이번에는 네 도움이 좀 필요해."

"그래? 뭔데?"

루딘이 보리얀에게 바짝 다가가면서 목청을 가다듬고, 짐짓 낮은 목소리로 속삭인다.

"흐흠, 네가 나한테 항상 하는 거 있잖아, '떨어져' 기법이랑 밀치기. 그게 등장하면 이 작전을 완성하기가 참 어려울 거야."

"그래? 그럼 내가 안 그러면 되지, 뭐."

루딘이 두 눈을 반짝이며 묻는다.

"진짜? 약속한 거야?"

"알았다니까."

보리얀이 고개를 끄덕이며 대답하자 루딘은 조금 머뭇거린다. 그러다가 양 손으로 보리얀의 옆 머리를 쓸어주는 듯 부드럽게 잡는다. 보리얀과 눈빛이 마주치는 순간, 루딘은 그녀의 코끝에 살짝 입을 맞춘다.

쿵쿵거리는 루딘의 심장 소리가 보리얀의 귓가에까지 들린다. 얼른 제자 리로 돌아온 루딘은 입술을 꼭 깨물고 민망한 듯 일부러 먼 곳을 바라본다.

"뭐야, 이게 작전이야?"

"……."

보리얀의 말에, 그새 얼굴이 붉어진 루딘은 아무 말도 하지 못한다. 그 모습 을 본 보리얀은 살며시 미소 짓는다.

"에이 난 또. 큰소리치길래 무슨 엄청난 작전인가 했지."

"하, 뭐…뭘 기대했길래…."

루딘은 괜히 보리얀의 눈을 피하며 중얼거린다. 보리얀은 그런 그를 잠시 바라보더니, 이내 마음을 정한다.

"미리 말하는데, 안 피하면 네 책임이다."

보리얀은 한 손으로 천천히 루딘의 구불거리는 은색 뒷머리를 감싼다. 그 리고 그의 얼굴 가까이 다가간다. 루딘의 두 은회색 눈이 더 커진다.

"……."

루딘을 바라보던 보리얀은 자기 입술을 루딘의 떨리는 입술에 살며시 얹으 며 눈을 감는다. 보리얀의 입술이 전하는 온기가 닿자, 루딘은 눈꺼풀을 파르 르 떨며 눈을 꼭 감는다. 그리고 돌이 된 것처럼 그 자리에 굳은 채 가만히 앉 아 있다. 그의 심장 소리가 둥둥 울려 퍼진다.

이윽고 루딘은 떨리는 한 손을 천천히 뻗어 보리얀의 등을 부드럽게 감싸 안는다. 마치 시간이 멈춘 것처럼 사방이 고요하다. 진한 다홍빛으로 물든 달빛이 보리얀과 루딘을 비춘다.

루딘의 뒷머리를 감싼 보리얀의 손등에서 웹실론이 퐁, 하고 튀어나온다. 웹실론은 아무 소리도 나지 않도록 숨죽여 착지한다. 그리고 종종걸음으로 나와서, 조금 떨어진 곳에 자리를 잡은 뒤 보리얀에게 들리지 않게 혼자서 생각한다.

'아휴, 전기 올라. 찌릿찌릿해서 저 속에 더 있을 수가 있어야지 말이야. 아흐흥, 정말! 내가 이래서 에린의 후손들이 좋다니까. 짜릿하잖아!'

웹실론은 몸을 한번 푸르르 털더니, 신난 더듬이를 진정시켜서 턱받침으로 만들고는 둘을 흐뭇하게 구경한다.

저 멀리 중앙 섬 부근에서 색색 가지의 폭죽이 터진다. 오색찬란한 불꽃은 별빛과 함께 하늘 저편을 아름답게 수놓는다. 하지만 황홀한 풍경 속에서 서로의 빛에 휩싸인 루딘과 보리얀, 그리고 그 둘을 흐뭇하게 바라보는 웹실론은 미처 알아차리지 못한다. 까마득히 높은 돛대 위, 망루의 그림자 속에서 배의 주인이 그들을 조용히 지켜보고 있었다는 것을.

붉게 물든 보름달이 루딘과 보리얀이 타고 있는 배를 비춘다. 뱃머리의 정반대쪽에는 아누다르타의 문양이 장식되어 있다. 달빛이 점점 달아오르자 그 아래에 새겨진 '홀라르 호'라는 황금색 문장이 선명하게 빛난다. 그것과 함께 망루에 앉아 있는 한 사내의 깊은 자주색 눈동자가 불타오른다. 그는 알 수 없는 표정으로 나지막이 읊조린다.

　"…역시, 기대 이상이야."

겔리시온 I

- 신이 떠난 세상 -

초판 1쇄 발행 2022. 10. 11.

지은이 이주영
펴낸이 김병호
펴낸곳 가넷북스

편집진행 임윤영
디자인 김민지

등록 2019년 4월 3일 제2019-000040호
주소 서울시 성동구 연무장5길 9-16, 301호 (성수동2가, 블루스톤타워)
대표전화 070-7857-9719 | **경영지원** 02-3409-9719 | **팩스** 070-7610-9820

•가넷북스는 여러분의 다양한 아이디어와 원고 투고를 설레는 마음으로 기다리고 있습니다.

이메일 barunbooks21@naver.com | **원고투고** barunbooks21@naver.com
홈페이지 www.barunbooks.com | **공식 블로그** blog.naver.com/barunbooks7
공식 포스트 post.naver.com/barunbooks7 | **페이스북** facebook.com/barunbooks7

ⓒ 이주영, 2022
ISBN 979-11-978872-3-9 04810 / 979-11-978872-2-2(전4권) 04810